U0042385

翻牆讀唐詩

六神磊磊 著

Literary Forest 文学森林

目次

做一個唐詩的翻牆人……005
今天能讀到唐詩，你知有多幸運嗎？……009
謝眺死後，王勃生前……021
唐詩的崛起，還是沒半點徵兆……031
引爆！唐詩的寒武紀……047
有趣的王家人……075
宋家的長子……085
軍曹的絕唱……101
浪漫的初唐……115
我只留下了六首詩，但還是無冕之王……129
盛唐，那個偉大的詩人朋友圈……139
如果沒有李白……155
李白到底有沒有千金裘……161
猛人杜甫，一個小號的逆襲……165
杜甫的太太：我嫁的是一個假詩人……175
老實的情聖……185
大唐的學渣和考霸……193

還我煌煌大唐……219
唐代詩人裡的好男人……251
從唐朝的節婦到明清的蕩婦……259
武俠小說怎麼用唐詩才高明？……271
中唐的幾場「華山論劍」……277
放下筷子罵娘的白居易……289
我活二十七歲，讓你爭吵千年……303
「三百首」裡不會有的那些「冷門」好詩……317
何當共剪西窗燭……329
李商隱的小宇宙……345
唐詩裡最美的四種植物……355
聶夷中的兩個夢……365
從長城窟到菩薩蠻……379
流水今日，明月前身……391
唐詩，就是一場太陽和月亮的戰爭……401

台灣版自序

做一個唐詩的翻牆人

很高興這本書能夠和台灣的讀者朋友們見面。

我原來的工作是新華社的一名記者，二〇一三年底的時候，社裡把我們集中在北京的房山培訓。學習之餘，還有一些閒置時間，就想到在互聯網上開了一個小專欄，談金庸的武俠小說，偶爾也談一談唐詩。

意外的是，這個小專欄受到了歡迎，慢慢有了幾百萬讀者。發的一些唐詩的文章也有不少人喜歡。後來我辭掉了記者的工作，專心寫作。

之前從來沒有想到，在今天這個互聯網的時代寫唐詩、杜甫會有人看。本來以為，在大陸的社交網路上，最受歡迎的應該都是署名「倉央嘉措」之類，實則作者不知是何人的情詩。

後來，隨著自己關於唐詩的文章越來越多，就產生了認真寫一本書的打算，並且輕率地對編輯說，半年就交稿。

然後就是一年、兩年……有一首老歌的歌詞，叫作「不負責任的誓言，年少輕狂的我，在黑

六神磊磊

暗中迷失才發現自己的脆弱」，說的就是這個意思。那些日子裡，我推掉了各種活動，放棄了很多休假，埋頭在這本書裡，稿子卻遲遲完不成。

直到第三個年頭，意識到這事不能再無止境拖下去了，人家曹寅編《全唐詩》也才一年呢，這才強迫自己結束全書。

現在，回頭看看過去寫作的這兩年多，越來越感覺到這是開心的、充實的兩年。

因為搬家，我的書房裡堆滿了雜物，沒有辦法寫作，經常要揹著一書包的材料到外面去寫。多數時候是坐在咖啡廳裡，耳機裡放著現代的「動次打次」的音樂，卻讀著古人的噫籲嚱、之乎者也的文字和材料，真有一種恍如隔世的感覺。

那些日子裡，自己每天的心情也都隨著文字在起起落落。當寫到杜甫最後的日子裡，老朋友們一個個離世，他感嘆「鄭公粉繪隨長夜，曹霸丹青已白頭」的時候，忍不住濕潤了眼眶；當寫到韓愈為李賀鳴不平，大聲疾呼：父親叫「晉肅」，兒子就得避諱不能考進士，那父親如果叫「仁」，兒子是否就不能做人了，此時又忍不住感動。

寫這本書，還喚起了以前的不少回憶。

小時候，我很長時間裡的最愛，都是小城街頭吵鬧的遊戲廳，並沒有特別喜歡唐詩。到了初中，才得到了第一本正兒八經的唐詩集。

記得在杜甫的名下，劈頭就是三首〈羌村〉，第一眼就特別不喜歡。什麼「柴門鳥雀噪」、「群雞正亂叫」，一股子泥土味，除了讓人想起過年到鄉下親戚家吃飯，那種臘肉堆滿大碗公，屋外雞鵝亂叫的情景外，看不出一點好。

我於是本能地就不喜歡杜甫，第一眼就喜歡錢起：

瀟湘何事等閒回？水碧沙明兩岸苔。
二十五弦彈夜月，不勝清怨卻飛來。

這才是最美的詩啊，那時我堅定地覺得。

唐詩，在那時我的心目中，是由兩個陣營的人組成的，或者說是「土洋二元世界」。這兩撥人氣質迥異，涇渭分明，一撥是靚麗、清新、洋氣、白衣飄飄的人，比如李白、杜牧、錢起、許渾，我如果見到，需要向他們拱手；另一撥是沉悶、費解、無聊、灰頭土臉的人，比如杜甫、元結、孟郊、張籍，他們「弱爆」了，連一句「長笛一聲人倚樓」都寫不出來。

後來，唐詩接觸得略多了，年紀也慢慢增長了，自己心目中唐詩的樣子不知不覺變了。原先印象裡老朽的人漸漸年輕豐潤起來，一些枯燥的人漸漸有趣起來，一些嚴肅的人漸漸詼諧起來。小時後那麼嫌棄的〈羌村〉，居然成了最喜歡的詩之一。

作為一個唐詩的愛好者，而非專家，我給自己「讀唐詩」的定位，就是一個翻牆的人，幫你翻過唐詩那道牆，去折出幾枝帶露的花來，拿給你看。喜歡的話，你就可以自己去找正門參觀。

看這本書會很輕鬆，以前對唐詩沒什麼了解也沒關係，你分不清元稹和元結也沒關係，手邊上並不用放一本詩詞格律學，也不用存一部《全唐詩》備著。

只要一路上保持好奇心，敞開心懷，保證這裡會有無數好看的風景。

今天能讀到唐詩，你知有多幸運嗎？

一

距離今天大約四百年前，大明朝天啟年間，魏忠賢公公正權勢熏天的時候。

在浙江海鹽縣，有一位老人默默脫下了官袍，整齊疊好。這是一件繡著精緻白鷴鳥的青袍，代表著他是五品官員。

外面有人喊：胡書記，你怎麼還不出來？我們等著接你去德州上任呢。

「上任？」老先生淡淡一笑，自言自語：再見了，官場！對於你，我早已厭倦[1]。我要回到家鄉，用剩餘的歲月，去完成一件更重要的事。

「編一部最全的唐詩集，不要再有遺漏，不要再有散佚，讓後世子孫都能讀到它！」

讓我們記住這位老先生的名字——胡震亨。

現在人可能很難理解，不就是編本唐詩的集子，很難嗎，用得著這麼發狠嗎？事實是，在那個年代，真的好難。那時可沒有這麼多出版社、印刷廠、圖書館，沒有那麼多搜索引擎。你要查找一首詩，就要翻無數的書，說不定還要跋涉千山萬水去抄，也不一定能抄到。

如果老胡偷懶，不編這本唐詩集，會怎麼樣？答案是：後果很嚴重。

那時候，唐詩正以今天物種滅絕般的速度在失傳。據胡震亨估算，到他所處的年代，唐詩已經至少失傳了一半。

你也許以為：詩怎麼會失傳呢？只要詩人夠棒，寫得夠好，就會口口相傳留下來。

呵呵，你以為是你們家菜譜呢？

先問一個好像不太嚴謹的問題：在所有唐詩裡，最牛的是哪一首？可能有不少人會回答：〈春江花月夜〉，所謂「孤篇壓全唐」嘛。那麼它的作者是誰？不少讀者也能答上：張若虛。

這位張先生寫出了這麼牛的作品，一定是個大名人了？沒錯，他當時就被人尊稱為「吳中四士」之一。要是拿武俠小說打比方，張先生的江湖地位就算不如明教四大護教法王，也差不多夠「五散人」的級別了。

然而，這麼了不起的一位先生，到今天留下來了多少詩呢？一百首？八十首？答案令人震驚——只有兩首。

由於一個很偶然的機會，宋代人在編一本樂府詩集時，收錄了張若虛的這首詩[2]，讓它得以流傳下來。不然，我們壓根不會知道這首詩。

此外，唐代的五言絕句裡哪一首最牛？有很多人會脫口而出：〈登鸛雀樓〉，就是每個人小時候都背過的「白日依山盡，黃河入海流」。一般認為，它的作者是王之渙。

這個王猛人有多少詩留了下來？答案觸目驚心，只有六首。

一千多年裡，也不知道有多少「白日依山盡」、「海上明月共潮生」湮滅失傳？

二

王之渙、張若虛同學的遭遇，並不是偶然的。

李白有多少詩留了下來？最慘的說法是：大概十分之一[3]。這個偉大的天才寫了一輩子詩，總數估計有五千到一萬首，也許十之八九我們永遠見不到了。

李白去世前整理了畢生稿件，鄭重託付給了族叔李陽冰[4]，請他為自己編集子，以便流傳後世。李陽冰沒有辜負他的期望，用心整理出了《草堂集》十卷，然後……失傳了。

再說杜甫。這個同樣偉大的詩人，四十歲之前的詩幾乎全部失傳[5]，而他活了多少歲呢？只有五十八歲。從這個意義上說，可謂大半輩子的詩白寫了。

同時期的另一個大腕兒王維也沒有好到哪裡去，開元年間他寫了成百上千首詩，最後十成裡留不到一成[6]。

還有「初唐四傑」裡坐第一把交椅的王勃，沒錯，就是寫出「落霞與孤鶩齊飛」的那個。他的集子艱難地流傳了幾百年，終於在明代徹底湮滅。直到明朝都快亡了，人們才從別的圖書裡找出一些他的詩文，甚至要跑到日本去找一點抄本殘卷，攢成集子，讓我們感受王勃的風采。

這就好比《金庸全集》全部失傳了，你只能跑到六神磊磊的專欄裡去找幾段金庸原文來過癮，想想都要哭。

偉大的孟浩然算是幸運的，死了沒幾年，就有人給他編詩集，但許多詩當時仍然已經散佚。還有偉大的李商隱，就是「春蠶到死絲方盡」、「心有靈犀一點通」的那位，曾親自編了四十卷詩文集，可惜全部失傳，沒一卷留下來。他的詩是多年之後人們陸續一點點搜求到的。

那些湮滅掉的詩文，都是因為水平糟糕，大家才記不住嗎？不是的。即便是名動一時、口口相傳的詩文，也照樣會亡佚。比如唐代人記載說，李白的〈大鵬賦〉和〈鴻猷文〉特別偉大，比漢代辭賦霸主司馬相如和揚雄的水平都高[7]。今天，〈大鵬賦〉幸運地流傳了下來，但〈鴻猷文〉呢？對不起，沒有了，永遠淹沒在了歷史中。

又比如晚唐詩人韋莊，不少讀者都知道他那首浪漫的〈菩薩蠻〉：「人人盡說江南好，遊人只合江南老。」但韋莊還有一首非常珍貴的長篇敘事詩，叫作〈秦婦吟〉，詳細描繪了唐末黃巢起義前後的歷史畫面，其中有一句，是寫農民軍進入長安後的景象的，尤其有名，叫「內庫燒為錦繡灰，天街踏盡公卿骨」。

可是〈秦婦吟〉的全文卻不幸亡佚了，宋、元、明、清四代人都沒能讀到它。萬幸的是，後來在敦煌石室發現了一首長詩的抄本，仔細一辨認，居然就是傳說中的〈秦婦吟〉，我們這才有機會見到它的真面目。

不光是詩歌在消失，前人編的各種詩集、詩選也在消失。何況，過去不少學者編詩集有偏見。有的人拚命選盛唐詩，中唐、晚唐的詩選得很少。有的人只愛選些清湯掛麵的詩，粗獷豪邁的一首都不選。

在當時，號稱最全、最完整的一本唐詩，叫作《唐詩紀》。胡震亨找到這套書，只翻開第一卷就不滿意了：「開篇就把唐高祖李淵的一首詩給漏了，這也號稱是最全的唐詩嗎[8]？」

他下定決心：我距離唐朝已經七百年了，再不編一本完整的唐詩出來，我們怎麼對得住那些偉大的前輩詩人？

三

有人不解：老胡，這麼難的事情，你一個人幹，憑什麼能幹成？

老胡充滿信心：就憑我家的萬卷藏書！

所謂「萬卷藏書」，一點兒也沒有吹牛。他家有一個巨大的藏書樓，叫作「好古樓[9]」，包羅萬象，「收藏圖書萬餘卷」。除了藏書，老胡本人的學問也很淵博，十八歲中秀才，二十九歲中舉人[10]。他還涉獵廣泛，連兵書都啃，連當時的抗倭名將「劉大刀」劉綎都是他的朋友。

一六二五年，老胡挽起袖子，幹了起來。

「我不但要收錄最全的盛唐詩，也要收錄最全的中唐詩、晚唐詩、五代詩！

「我不但要收錄詩歌，還要整理出每一個詩人的小傳、評語，讓他們名垂千古。

「我不但要收錄完整的詩，還要收入斷篇零句，甚至詞曲、歌謠、諺語、酒令，什麼都不遺漏。」

我讀金庸先生的《射雕英雄傳》時，每當讀到大高手黃裳寫《九陰真經》這一段，就往往想起胡震亨老先生編全唐詩的情景來。

秋去春來，無數個晝夜過去了。終於有一天，胡震亨放下了筆，完成了這部著作。此時已經是一六三五年，他已整整工作了十年。這部巨著，被取名為《唐音統籤》。

這部超級大書有一千零三十三卷，按天干之數分為甲、乙、丙、丁、戊、己、庚、辛等十籤，不但收錄了當時最完整的唐代和五代詩，以及詞曲、歌謠、諺語、酒令、占辭等等，還有極其珍貴的文學評論、傳記史料，堪稱中國古代私人編書的超級王中王。

更誇張的是，老胡還不過癮，又用了七年時間，吭哧吭哧寫出了研究李白杜甫的《李詩通》、《杜詩通》兩部大書。

這時，已經七十四歲的老人方才露出微笑：我終於完成了一生的夢想。這才叫不辜負我的時代。

這樣一個人，《明史》中卻沒有他的傳，各類書籍史料中也沒見過他的一篇生平傳記傳世。但那又怎麼樣呢？歷史無視他，卻不敢無視他的巨著，《明史‧藝文志》裡收錄了他不少書[11]。

四

那麼，全唐詩的編纂偉業算是完成了？還早呢。

第二位牛人登場了，他的名字叫作錢謙益。一聽到這個名字，估計立刻有人開罵：「呸！大漢奸！千刀萬剮他！」

沒錯，你可以叫他大漢奸。他本來是東林黨的領袖，明朝的禮部尚書[12]，卻帶著老婆投降了清朝，做了大官。不過，「大漢奸」就一定都只做大壞事嗎？歷史要真這麼簡單就好了。

錢謙益是研究唐詩的大咖。如果當時要成立一個唐詩學院，他老人家鐵定要當院長、副院長的。直到今天，你要是想研究杜甫，都沒法不讀他的註[13]。

老錢也下決心要編一本全唐詩，轟轟烈烈地搞了很多年，大約已編到了數百卷的規模，怎奈天不假年，掛了，沒能完成。

他的遺稿遭際很慘。要知道，當時是什麼年代？那可是金庸《碧血劍》故事發生的年代，戰火紛飛，生靈塗炭。他的書稿也七零八落，今天丟一卷，明天丟一卷，逐漸亡佚過半，眼看就要丟光了。

幸虧另一個牛人出現了，他的名字叫季振宜——我寫文章從不會隨便提生僻的名字，一旦出現了人名，就說明他確實很重要。

這個人，十七歲中舉人，十八歲中進士，不要問我為什麼，天才的世界我也不懂。季振宜發現了老錢的殘稿，大感興趣，他接過前輩的火炬，開始了全唐詩的編纂工作。

季振宜來編唐詩，條件得天獨厚。之前我們介紹過的胡震亨、錢謙益兩位，他們都是當時著名的藏書家。但季振宜同學的藏書比他兩人還猛。猛到什麼程度呢？當時江南幾個最大藏書樓，包括毛晉的「汲古閣」、錢謙益的「絳雲樓」[14]、錢曾的「述古堂」、趙氏的「脈望館」等，其中許多珍貴的藏品都歸他繼承了，可謂天下精華集於一身，江湖人送外號「藏書天下第一」、「善本目錄之王」。

這位季同學還超級有錢，所謂「國朝巨富」[15]，家裡豪宅無數、童僕如雲都不必說了，光是崑劇戲班就養了三個。正是因為季家人如此豪富，才可以不惜代價地藏書。據說他家裡有的書一本就價值六百金。

他家的藏品又牛到什麼程度呢？別的不細說，僅舉兩件他老爹的藏品，你隨便感受一下：

一件叫作神龍本〈蘭亭序〉，是王羲之〈蘭亭序〉傳世最精美的摹本，沒有之一。眾所周知，〈蘭亭序〉的原本沒有了，神龍本〈蘭亭序〉是最珍貴的。

另一件叫作〈富春山居圖〉，沒錯，就是現在大陸收了一半、台灣收了另一半，林志玲女士在電影裡玩命搶的那個絕世大寶貝。

有錢、有書、有鬥志，季振宜開始挑燈夜戰，全力以赴編全唐詩集。又十年過去了（這些牛人編書，動不動就是以十年計算），他終於編出了一部宏偉的唐詩集，共七百一十七卷，每年他僅是詩人的小傳就要寫兩百篇。

彷彿上天的安排般，在書稿編成的第二年，季振宜就病倒了，很快撒手人寰。

現在，胡震亨、錢謙益、季振宜，三位牛人已經給我們留下了兩部龐大的書稿，只差最後一項工作——把它們合併起來，修補完善，成為理想中的《全唐詩》。

五

第四個牛人於是出場了。

他是大家的老熟人，金庸《鹿鼎記》的主角之一——小玄子，又稱康熙皇帝。他酷愛唐詩，對過去那些唐詩集總覺得不夠滿意：

「唐人搞的唐詩集子，不夠好，too simple。

「宋人搞的唐詩集子，錯漏很多，naive。」

發完牢騷，他撂出狠話：朕，愛新覺羅．玄燁，要把我收藏的所有唐詩集拿出來，搞出一本

《全唐詩》，讓子孫萬世都可以讀到！這本書，一定要牛，要猛，要全！

究竟選誰去修書印書呢？他選定了一個人——江寧織造「曹寅」，也就是曹雪芹的爺爺。康熙無比鄭重地給了曹寅兩部書稿：

「這是季振宜的《唐詩》，這是胡震亨的《唐音統籤》，朕都已經集齊了。你拿著它們，去召喚神龍吧！」

公元一七〇五年，在胡震亨編全唐詩整整八十年後，曹寅督率十位飽學的翰林官，在揚州開局修書，大張旗鼓，編纂《全唐詩》。

這是集全功於一役的最後一戰，可謂勢如破竹、水到渠成。僅僅一年後，曹寅等人就完成了工作，把《全唐詩》放在了康熙的面前。

康熙很激動，很興奮。這可是中國所有大一統王朝裡唯一的一部斷代詩歌總集啊！他潤筆磨墨，親自給這部書寫下了驕傲的序言：

「得詩四萬八千九百餘首，凡二千二百餘人，釐為九百卷。」、「唐三百年詩人之精華，咸採擷薈萃於一編之內，亦可云大備矣！」

他可能想起了李白的話：「我志在刪述，垂輝映千春。」——現在，朕可以輝映千春了。

六

今天，每讀到一首唐詩，我都覺得很慶幸。

我的主業是讀金庸。對比一下那些同樣偉大的武功秘笈吧，從凌波微步到六脈神劍，從九陰真經到北冥神功，都無一例外湮滅了。降龍十八掌到元末就只剩十五掌，最後統統失傳。它們的擁有者都是強橫的武士，卻沒能保住這些經典。

相比之下，守護著我們的唐詩的，是一群手無縛雞之力的柔弱書生。他們呵護著脆弱的紙張和卷冊，他們的藏書樓建了燒、燒了建，編的書印了毀、毀了印，仍然讓五萬首唐詩穿越兵燹水火，度過重重浩劫，一直傳到了今天。

因為他們，我們今天才能看到唐朝的偉大詩人們朝辭白帝、夜泊牛渚、暮投石壕、曉汲清湘；看詩人們記錄下千里鶯啼、萬里雲羅、百尺危樓、一春夢雨；看他們漫卷詩書、永憶江湖、哭呼昭王、笑問客來。

這是何等的享受，又是何等的幸運。

註釋

1 胡震亨果真沒有去做德州知州。《海鹽縣誌》裡說他：「升德州知州，州吏持牘來迎，震亨批牘尾以詩，有云：『自愛小窗吟好句，不隨五馬渡江來。』謝病不赴。」這人居然在公文上寫詩，亂塗亂畫。

2 今天我們能見到〈春江花月夜〉，要歸功於北宋郭茂倩《樂府詩集》卷四十七裡收錄了它。被收錄的原因十分僥倖，因為〈春江花月夜〉乃是一首樂府詩。

3 李白的詩歌在唐代就亡佚嚴重。李陽冰〈草堂集序〉：「公避地八年，當時著述，十喪其九。」詹鍈《李白集版本源流考》：「李白原稿，在亂離中已十喪其九。」王琦《李太白集輯註》：「太白詩文，當天寶之末，嘗命魏萬集錄，遭亂盡失去。及將終，取草稿手授其族叔陽冰，俾令為序者，乃得之時人所傳錄，於生平著述，僅存十之一二而已。」

4 李白一生多次找人給他編集子。魏顥、李陽冰應該都幫他編過集子，可惜不傳。

5 這個損失很大。陳弱水《唐代文士與中國思想的轉型》：「杜甫曾自言，他四十歲以前的詩文，『約千有餘篇』，可惜這段時期的作品絕大多數都已經喪佚。今天所謂的杜甫早期詩篇，其實都是中年以後所寫。」

6 《舊唐書．王維傳》：「開元中詩百千餘篇，天寶事後，十不存一。」

7 任華〈雜言寄李白〉：「〈大鵬賦〉、〈鴻猷文〉，嗤長卿，笑子雲。」

8 胡震亨老師批評《唐詩紀》沒有收錄高祖李淵的詩，一通蔑視。但後世以他的《唐音統籤》為藍本的《全唐詩》還是不收李淵的詩。看來問題還是出在李淵爺爺自身的水平上吧。

9 老胡不但自己家裡的書多，而且還有許多藏書家朋友，尤其和「汲古閣」主人毛晉關係很好，不時能讀到一些珍異的書。

10 周本淳《胡震亨的家世生平及其著述考略》：「萬曆十四年丙戌（一五八六年），年十八，中秀才。」、「萬曆二十五年丁酉（一五九七年），年二十九。中浙榜舉人。」

11 《明史．藝文志》裡收錄了老胡的《靖康盜鑑錄》一卷，《讀書雜錄》三卷，《秘冊滙函》二十卷，《續文選》十四卷，《唐音統籤》一千二十四卷等，不見詩集，很好奇他自己作詩水平究竟如何。讀到過兩首據說是他的詩，有句「自是龍蛇終有辨，從他牛馬暫相呼」，很有個性。

12 錢老師做的是南明的禮部尚書，姑且也算是明朝。

13 乾隆皇帝因為討厭錢謙益，禁了《錢註杜詩》，這一珍貴的著作差點失傳。幸虧當時許多學者冒死藏書將其保存了下來。

14 錢謙益的藏書點很多，有絳雲樓、榮木樓、拂水山莊、半野堂、紅豆莊等等。

15 俞樾《茶香室續鈔》：「國朝巨富，有南季北亢之稱。」

謝朓死後，王勃生前

一

現在，我們的唐詩故事，就從唐朝之前很早的一個時間——公元四九九年說起。

這一年，中國南方有一個政權叫作南齊。在它的首都建康的一所監獄裡，有一個詩人死去了。

他是捲進了一場政治鬥爭，落到這個下場的。他的名字叫謝朓。

今天，許多讀者可能沒聽說過這個名字，也沒有讀過他的名句「大江流日夜，客心悲未央」，或者是「天際識歸舟，雲中辨江樹」。但只說一點，你就知道他有多牛了，謝在後世有一個死忠粉絲，叫作李白。

李白是個傲嬌的人，他看得上的詩人可不多，但他一生都很崇拜謝朓，無時無刻不在碎碎唸：我真的十分想念謝朓。他登上了高樓，會想起謝朓，比如「誰念北樓上，臨風懷謝公」；當風吹來，他會想起謝朓，比如「長風萬里送秋雁」，然後「中間小謝又清發」；看見美麗的月色，他會想起謝朓，比如「月下沉吟久不歸」，然後「令人長憶謝玄暉」……所以後人說李白「一生低首謝宣城」，這個謝宣城就是指謝朓，他曾經做過宣城太守。

謝朓是因為捲進了一場政治鬥爭，被下獄整死的，去世的時候才三十六歲。害死他的庸人們並不知道，他們做了一件多麼糟糕的事——此後整整一百年，中國再沒有出過一個第一流的詩人[1]。

我簡單講一下謝朓死後，當時中國詩歌江湖的形勢。

當時，中國南方的詩壇大致可分為兩大門派——山水派和宮廷派。謝是山水派的掌門人，最後一位撐場面的高手。他這一死，山水派倒了台柱子，一門絕學再無傑出傳人。宮廷詩派漸漸地一統江湖，肆意妄為。

這一派的特色，用後來隋文帝的話說，就是「多淫麗」。

為什麼說他們「麗」呢？因為這一派詩人寫詩的風格浮華，特別追求辭藻精緻，聲律考究。而之所以說他們「淫」，是因為他們雖然也寫一些樂府詩、山水詩、懷古詩，卻都沒寫出太大的成就來，偏偏在一種詩歌——小黃詩的創作上獨領風騷。

例如宮廷派的開派宗師之一——梁簡文帝蕭綱，就開創了本門裡的一大支派「放蕩門」。蕭綱自己說的：「立身先須謹重，文章且須放蕩。」「立身謹重」那是幌子，你看看他一輩子的經歷，是從來沒有謹重過的。至於「文章放蕩」，按他的原意，本來應該是指文章風格率性，大氣開合，可慢慢地卻變了味道，成了真的「放蕩」了。

這位大宗師的主要詩歌題材是兩個——一是大姑娘，二是大姑娘的床上用品。他的幾首代表作的題目，翻譯成現代漢語，就是〈我那正在睡覺的老婆〉、〈我那正在製作床上用品的老婆〉，以及〈我那長得像大姑娘一樣的小白臉〉[2]。

舉一首〈夜聽妓〉為例，很多詩人都寫過同題作品，但簡文帝寫得最為色瞇瞇。大家可以看一下這首詩，不用怕難，會有一兩個生僻字，但不算很拗口：

合歡蠲忿葉，萱草忘憂條。
何如明月夜，流風拂舞腰。
朱唇隨吹盡，玉釧逐弦搖。
留賓惜殘弄，負態動餘嬌。

簡單講一下這首詩。第一句「合歡蠲忿葉，萱草忘憂條」，用的是詩人嵇康說的一句話：「合歡蠲忿，萱草忘憂。」意思是說：合歡的葉子能讓人消忿，萱草的嫩條能讓人忘憂，但都不如今晚姑娘們的腰肢那麼使我開心。

整首詩都是在肉慾上下功夫，對舞腰、朱唇等不遺餘力地細緻刻畫。在詩的結尾處，還照例出現了一個色鬼形象，就是那個「賓」。大家有興趣的可以去翻檢一下，當時的宮體豔詩裡往往都會出現這樣一個「賓」。

一個詩歌門派，有了這樣的掌門人帶頭，其他高手們也就紛紛效仿，把放蕩神功發揚光大。詩人們開口閉口自稱「上客」，「上客嬌難逼」、「上客莫慮擲黃金」，大約隨時準備胡天胡帝；姑娘則動不動就「橫陳」，「立望復橫陳」、「不見正橫陳」，一不小心就被放倒了。他們約在一起做什麼呢？「託意風流子」、「密處也尋香」……再引下去，我都要捂住眼睛了。

在那些年裡，南中國發生了無數大事，國家戰亂頻繁，權貴互相屠戮，人民流離失所，但是這些內容你在他們的詩裡幾乎看不到。如果只看這些詩，你會以為那時候中國人的生活天天歌舞昇平、花好月圓。

二

大家可能會問：南朝的詩壇那麼慘，那北朝呢？

在我們的猜想中，北朝的詩，一定是蒼涼、古直、雄渾的。真的是這樣嗎？他們能不能撐起中國詩歌的門面？答案是：你想多了，北朝比南朝還慘[3]。

慘到什麼程度呢？後來直到唐朝還流傳著一個段子，說南朝第一才子庾信去北朝出使。人們問他北方文士水平如何，庾信傲然一笑，說：「能夠和我的水平相抗衡的，大概只有韓陵山上的一塊碑文吧。此外也就只有薛道衡、盧思道這兩人勉強能寫上兩筆。其餘的貨色，都不過是驢鳴狗叫、嗥嗥汪汪罷了！」

北朝詩壇這麼凋零，實在也太難看，那可怎麼辦？北朝的人開動腦筋，終於想出了一個絕妙的辦法，讓後世的我每次讀到，都佩服得五體投地：既然我們不出產詩人，那麼把南朝的詩人抓過來不就是了？

北朝人說幹就幹。於是乎，南朝三個最牛的詩人——庾信、王褒、徐陵，統統被抓了，一出使北朝就被扣住不放。其中徐陵還好，沒過幾年放了回來。另外兩個就更慘了，北朝下決心要留他們終老，軟硬兼施，封官授爵，充分進行情感留人、待遇留人，就是不讓回家。

北朝給這兩人的待遇好到什麼地步呢？先看庾信，西魏給他的待遇，是開府儀同三司，做車騎大將軍，理論上這是當年劉備封給張飛做的官，後來又做驃騎大將軍，理論上這是劉備給馬超做的官。「五虎上將」的官他一人就幹了倆。再看王褒，直封到太子少保，這是岳飛、于謙後來受封的那個頭銜，名義上和後世兩個大英雄一般待遇。

兩人就此滯留在北朝多年。好不容易等到時局變化，南北兩邊關係和緩，政策鬆動了，開始允許雙方人員互相交流探親。南朝打來了申請：您以前扣留我們的人，現在可以放回來了吧？北朝爽快地答應了：放！都放！不過只有兩個人例外——庾信和王褒不准回去。

現在你大概能夠明白，在唐朝之前，中國的詩壇是個什麼狀況了。

漸漸地，時間來到了公元五八四年前後。謝朓已經死了快一個世紀了，文壇的氣象仍然沒什麼好轉，下一個謝朓還不知道在哪裡。

有一個人，對當時文壇的風氣看不慣了，大發脾氣：這都寫的什麼玩意！

這個人叫作楊堅。他有一個很酷的鮮卑名字，叫作「普六茹那羅延」，意思是「金剛不壞」。此外，他還有一個更眾所周知的頭銜——隋文帝。

三

當時的隋文帝其實是很忙的。他馬上要完成中國的大一統了，這一年他有許多大事要辦。

在西北，他的軍隊正要進攻兇悍的吐谷渾；在北方，他的使者出使突厥，給對方的貴女賜予姓氏和封號，希望搞好關係；在南方，陳朝的後主雖然懦弱，但還在憑藉著長江天險苟延殘喘；在內部，楊堅剛剛搬進新的首都大興，當地的河流水量少，不敷漕運之重，需要抓緊修渠。

可即便在這麼忙的當口上，楊堅仍然打算抽出時間來，好好抓一抓文學。

一場「轉作風、改文風」的運動轟轟烈烈開始了。一時之間，關於改文風的文件像雪片一樣發出。楊堅專門下達指示，要扭轉寫作的風氣：

如今的文風，風格太浮豔，太做作，都是些靡靡之音。從現在起，朕要提倡一種新的文風，讓那些浮華虛文都成為過去[4]！

一般來說，皇帝想推動重大改革，不但要開大會、發文件，還要樹典型，包括正面典型和反面典型。隋文帝要改革文風，就要殺雞儆猴，他很快找到了那隻雞——泗州刺史司馬幼之。

這位老兄其實頗有來歷，是大名鼎鼎的司馬懿的後代，少年時曾經在北齊當過高級幹部，後來又在隋朝做地方大員，也算是亂世中的一號人物。

《北齊書》裡還專門提到了他，說他為人清廉、高尚。他早年有一次出使南朝，朋友寫詩送行，詩寫得還不壞[5]，頗為慷慨激昂。有朋友如此，料想他本人也不是個庸蠹之人。

然而這傢伙卻成了文風改革的倒楣蛋。開皇四年九月，正是文風改革發動後的敏感時期。司馬幼之學習領會改革精神不到位，頂風作案，據說「文表華豔」，估計是寫文件、作報告有點虛假浮誇，套話略多了些，被皇帝抓了反面典型，居然「付所司治罪」[6]。

抓了反面典型，皇帝又大力樹立了一個正面典型——治書侍御史李諤。

對於皇帝的文風改革，這位李諤先生回應最積極，放炮最猛烈，很快就寫出了多達一千字的長篇心得體會，叫作〈上高祖革文華書〉。

在文中，他猛烈抨擊浮華的文風，說它是「競一韻之奇，爭一字之巧」，「連篇累牘，不出月露之形；積案盈箱，唯是風雲之狀」，而且指出壞風氣的源頭在於南方，是「江左齊梁，其弊彌甚；貴賤賢愚，唯務吟詠」。

李諤還表態說，堅決支持朝廷依法嚴懲司馬幼之的決定，抓得好，抓得對，起到了教育警示作用，並積極聲明：對類似的傢伙，要搞大走訪、大排查，「請勒諸司，普加搜訪」，一旦發現，絕不姑息。

隋文帝看了之後非常高興，當即批示：這封信很好，印發全體幹部學習討論。

除了李諤之外，文帝的改文風運動也得到了一些帝國高層的回應。比如他的兒子、後來做了太子的晉王楊廣。

在剛剛當上太子的第一年，他就抓住一個機會，重申了老爹的文藝改革精神。當時，楊廣到太廟參加祭祀活動，藉機說儀式上的禮樂歌詞不好，「文多浮麗」，要求重新制定一套。

和老爸這位一介武夫相比，楊廣更勝一籌，不但能搞文藝批評，自己還能親手寫作。他努力地寫著一種新的詩歌，比如：

遼東海北翦長鯨，風雲萬里清。
方當銷鋒散馬牛，旋師宴鎬京。

又比如：

千乘萬騎動，飲馬長城窟。
秋昏塞外雲，霧暗關山月。

楊廣支持老爸的改革，動機很複雜，不排除有投機的因素。但在他的詩裡，確實湧動著一種新的東西。

四

那麼，這一次改革的成果怎麼樣呢？文壇、詩壇是不是真的振興了？

答案卻讓人失望：成果不怎麼樣。

幾年之後，改革的發起人——隋文帝楊堅就掛了，並沒有親眼看到所謂「斲雕為樸」的效果。

詩壇的新領袖楊廣接了班，搖身一變，成為了中國歷史上著名的昏主——隋煬帝。很快地，朝政日亂，反賊蜂起，天下如沸，煬帝被混亂的時局搞得焦頭爛額，終於在揚州，一群造反的士兵用一條繩子，要了他的命。

他再也沒有機會搞文學了。當時天下流傳最廣的文字是什麼呢？很有趣，居然是討伐隋煬帝的檄文。

一場改革，終於草草地偃旗息鼓。儘管皇帝短時間內三令五申，要改文風、樹典型，結果卻不盡如人意。沒有群眾奔相走告，沒有佳作如雨後春筍般出現，更沒有立刻喚醒一個偉大的文學盛世。謝朓之後，仍無謝朓。

不過，當我們今天回頭來看五八四年，看這一場虎頭蛇尾的改革，卻發現它有其特殊之處——在中國歷史上，還很少有這樣的情況，皇帝和他的接班人，都是文學新風的提倡者。

這不禁讓人想起，在隋朝之前三百五十多年前，就曾經有過一個帝王父子組合，撐起了中國詩歌的天穹。他們就是傑出的文學天團：「三曹」。而那個了不起的時代，叫作建安。

相比之下，楊堅和楊廣這一對父子組合，沒有曹操父子的天分和才華，甚至楊堅搞改革的初衷，也不過是為了道德教化，不是真的為了文學。

但和「三曹」一樣，他們同樣站在了一個偉大文學時代的開端，打算做出一些改變。他們努力推動了那扇門，發出了吶喊。

這一年，距離後來的王勃出生只有六十六年[7]，距離陳子昂出生只有七十五年[8]。新的詩歌的種子正在血色、動蕩中悄無聲息地孕育，伺機綻放，直到唐詩的盛世。

偉大的時代往往都是這樣開啟的：當門被推開時，並沒有什麼大動靜，大家尚在沉睡。只有光照進來之後，人們才被驚醒，發出讚嘆的聲音。

註釋

1 聞一多〈宮體詩的自贖〉：「我們該記得從梁簡文帝當太子到唐太宗晏駕中間一段時期，正是謝朓已死，陳子昂未生之間一段時期。這期間沒有出過一個第一流的詩人。」

2 原題分別是〈詠內人晝眠〉、〈和徐錄事見內人作臥具〉、〈孌童〉。

3 宇文所安《初唐詩》：「戰事連綿、政治動蕩的北中國對於詩歌是更糟糕的環境……北方詩人不是蹩腳地模仿南方風格，就是寫作笨拙的詩。」

4 《隋書．文學傳》：「高祖初統萬機，每念斲雕為樸，發號施令，咸去浮華。然時俗詞藻，猶多淫麗，故憲台執法，屢飛霜簡。」、「鄭衛淫聲，盡以除之。」

5 寫詩的人是同事盧思道，題為〈贈別司馬幼之南聘詩〉，有句「楚山百重映，吳江萬仞清。夏雲樓閣起，秋濤帷蓋生。陸侯持寶劍，終子繫長纓。前修亦何遠，君其勖令名。」倒也頗為硬挺雄健。

6 不知道司馬先生最後受了什麼處分，但他出事的時候是泗州刺史，最後官終眉州刺史，固然沒有升遷，但好像也沒有受太重大的影響。

7 我們很難準確知道王勃同學是哪一年生人。譚丕模《中國文學史綱》說是六七四年，似乎顯得略晚。鄭振鐸《中國文學年表》則說是六四八年。王勃自己在〈春思賦序〉中說：「咸亨二年，餘春秋二十又二。」那麼倒推下來應該是六五〇年出生。這裡暫取這一說法。

8 陳子昂同學的出生年也是個問題，有好幾個說法，鄭振鐸《文學大綱》認為陳子昂生於六五六年；聞一多《唐詩雜論》中認為，陳子昂生於六六一年；彭慶生〈陳子昂生卒年考〉認為他生於六五九年。這裡採用六五九年說。

唐詩的崛起，還是沒半點徵兆

一

時光飛逝，中國王朝的年號，轉眼間從「開皇」變成了「武德」。

前文說了，隋煬帝楊廣是個喜歡寫詩的人，曾經打造過一個詩歌俱樂部。他讓人搬來了沙發，放上了椅子，請來了客人，自己親自主持，熱鬧了那麼一陣子。

可是後來，天下大亂，國家一度又陷入動蕩之中。俱樂部主席楊廣去了揚州，然後再也沒有活著回來。

從此，俱樂部很久都沒人來了，大門緊閉，冷冷清清，桌椅上都是灰塵。

然而這一年，在已經不知道被遺忘了多久之後，俱樂部門外的樓道裡，忽然響起了雜亂的腳步聲。

一群工作人員跑了過來，摘下舊招牌，打開鎖閉了很久的大門，開始手忙腳亂地打掃衛生。

「快！都快點！秦王說了，這裡要以最快的速度開張！」

瞬間，這裡重新粉刷了牆面，換上了新沙發，添置了鮮花、茶具，還噴了香氛。

驗收的主管來了，一臉嚴肅地指示：

「秦王說了，隋朝已經過去，現在乃是大唐。一個新的時代，必須要有新的文藝！他要來親自主持俱樂部，指導我們的創作，開創文藝的新局面！」

鮮紅的橫幅也高高掛了起來：「秦王詩歌作品〈飲馬長城窟行〉學習討論會。」

一塊碩大的燙金桌牌，被工作人員鄭重放在了會議桌的上首：「大唐詩歌俱樂部主席——李世民。」

二

一年前的十一月，隆冬。

在山西龍門關外，北風凜冽，交河的河水已經結冰。一位二十一歲的青年，英氣勃發，正帶著一支軍隊在寒風中行進。他要開赴前線，討伐來犯的梟雄宋金剛和劉武周[1]。他就是李世民。

望著眼前的雄壯景色，李世民心潮澎湃，詩意大發。他選擇的題目，就叫作〈飲馬長城窟行〉。

這是當時非常流行，也非常符合他身分的樂府詩題。在他之前的幾十年間，中國就曾有兩位著名的帝王，都寫過同樣題目的詩。

第一位是陳後主陳叔寶。這是一位有名的亡國之君，生活很奢靡，詩歌也寫得軟綿綿。陳叔寶所交出的〈飲馬長城窟行〉很合乎他一貫的風格：

征馬入他鄉，山花此夜光。
離群嘶向影，因風屢動香。

為了減輕大家的閱讀負擔，我只引了前四句。你瞧，哪怕是行軍的時候，他注意到的也是花草和香氣。對於這類柔美的東西，陳後主有一種天生的敏感。

陳後主的美好生活沒有持續多久。幾年之後，一位強悍的北方皇子率領大軍，勢如破竹地攻破了他的首都，俘虜了躲在井裡的亡國之君。

這位來自北方的皇子就是楊廣。他驕傲地俯視著陳後主這手下敗將，躊躇滿志。打仗，你不是我的對手；寫詩，我也不輸給你。楊廣也驕傲地交出了自己的一首〈飲馬長城窟行〉：

肅肅秋風起，悠悠行萬里。
萬里何所行，橫漠築長城。

同樣只引前四句。和陳後主一比，楊廣的作品硬朗多了。即便只對比這兩首詩，也能一眼看出誰是綿羊、誰是虎狼。

然而故事到這裡還沒有結束。楊廣仍然不是最終的勝利者，他很快也成了亡國之君。取代他的人，正是文章開頭的那位青年——秦王李世民。

陳後主，還有楊廣，我李世民不但要在武功上碾壓你們，還要在文學上把你們拋在身後。李世民也交出了他的〈飲馬長城窟行〉：

塞外悲風切，交河冰已結。
瀚海百重波，陰山千里雪。

他還寫道，自己要打敗敵人，刻碑勒石，以記錄這個偉大時代的功勳。他要高唱凱歌，浩浩蕩蕩地進入周天子的靈台：

揚麾氛霧靜，紀石功名立。
荒裔一戎衣，靈台凱歌入。

數十年間，三首〈飲馬長城窟行〉，記錄了豪傑的起落，時局的變遷。

李世民要在武功上勝過楊廣，我們信了。但要在文學上超越楊廣，是否只是說說而已？作為一個在亂世中成長起來的馬上皇子，他對文學真的會有很大興趣嗎？

李世民用實際行動證明了他的宣言。和宋金剛的這一仗，李世民大勝，把敵人打得倉皇逃竄。就在此戰獲勝之後不久，也就是公元六二一年，他就搞起了文學俱樂部，取名「文學館」，搜羅當代一流文學高手，要掀起一場創作的高潮。

那麼，誰來充當領軍人物呢？李世民微笑了：就是我。

三

在一片熱烈的掌聲之中，「文學館」熱鬧開張了。

十八位當代文壇高手被羅致入館，團結在李世民周圍，成為了他的導師。他們個個大名鼎鼎，乃是房玄齡、杜如晦、虞世南、許敬宗、褚亮、蘇世長、陸德明、孔穎達、顏相時、李守素……一時間群賢畢至，要開創大場面。

李世民試了試話筒，發表了熱情洋溢的開館講話：

「這個俱樂部，以前是楊廣當主席。他是怎麼管理的呢？一個字『殺』。只要寫詩比他好的，他就殺掉了。

「比如薛道衡，是當年大作家庾信少有的能看得上眼的幾個北朝詩人之一，寫過一句很有名的『空梁落燕泥』的，結果被楊廣給殺了，據說一邊殺還一邊變態地問：更能作『空梁落燕泥』否？另一位大詩人王胄寫了句『庭草無人隨意綠』，也被楊廣殺了，殺了還念叨：『庭草無人隨意綠』是誰語耶？

「現在楊廣已經死了，孤王來做這個主席。孤王的作風和他是不一樣的，一句話：海納百川、唯才是舉。請大家安心創作，都拿出好作品來，輝映我們大唐的盛世吧！」

「啪啪啪……」房玄齡、杜如晦們再次帶頭拍手，現場一派歡快的氛圍。

聲明一下，李世民以上講話內容，只是我的揣測和杜撰。

有人說，他建立的這個「文學館」，是掛羊頭賣狗肉，主要不是為了文學，而是搞政治，是專門研究怎麼搞掉太子李建成的。誠然有這種因素。

但我們可不要太小看李世民在文學上的志向。讀讀他的詩——「移步出詞林，停輿欣武宴」，他從來都是自詡要文武雙全的。

眼看萬事俱備，導師齊集，雄心勃勃的李世民要在詩壇大顯身手了。他親筆寫下了自己的文藝創作總路線：

予追蹤百王之末，馳心千載之下，慷慨懷古，想彼哲人，庶以堯舜之風，蕩秦漢之弊；用咸英之曲，變爛熳之音。[2]

什麼意思呢？簡而言之就是：詩文不行已經很久了，靡靡之音已經受夠了，現在輪到朕出手了！某種意義上說，這等於是重啟了數十年前隋文帝的改革。

李世民還提出了他的文風改革總目標：「去茲鄭衛聲，雅音方可悅[3]。」——我要告別那些浮豔的東西，讓真正典雅莊嚴的文藝發揚光大。

文學館——那個被認為「掛羊頭賣狗肉」的文學機構，在李世民順利當上皇帝以後，不但沒有被裁撤，反而擴充壯大了。貞觀二年，剛登上龍椅不久的李世民把「文學館」改為「崇文館」，繼續吸納頂尖文士。

這些詩人是招來做擺設、唱讚歌的嗎？不是。他們都要值班輪崗，以備皇帝召喚。李世民上班再忙，一旦有空，都要拉著他們討論典籍，吟詩作賦，「日昃夜艾，未嘗少怠」。

巍峨的太極宮裡，許多個夜晚，都留下了李世民在燈下寫作、吟哦的身影。

李同學不但努力，而且謙虛。每寫了新詩，常要拿給文學導師們看。這些導師們並不好伺候，不少都是些自負的道德家，蹬鼻子上臉，動不動上綱上線地對李同學一通批評。但李世民一般都心平氣和地接受，抱著詩稿回去就改。

有一次，李世民寫了一首宮體詩風格的作品，大概自我感覺不錯，開心地拿給大臣虞世南，讓他唱和。

沒想到虞世南抓住機會，板起臉，對李同學一頓教訓：

「陛下寫的詩嘛，倒是挺工整的。但俗話說：上有所好、下必甚焉。我怕陛下這種詩歌一流傳出去，天下效仿，把風氣都搞壞了。這首詩誰愛和誰和，反正老臣我是不和的。」

李世民討了個沒趣，忙給自己打圓場：老虞啊，你不要緊張，朕就是和你開個玩笑。

另一名大臣魏徵也一樣。有一次，李世民在洛陽宮開派對，多喝了幾杯，興致高漲，作了一篇賦《尚書》的詩。

按理說，這首詩主題不錯，只是有幾句稍微流露出了一點善惡報應的佛家腔調，和儒家正統思想不很符合。魏徵就抓住機會，馬上賦了一篇《西漢》來說教：「皇上啊，你要像漢朝推崇儒家一樣去作為，才能受到真正的尊敬啊！」

李世民同學又大度地表示：「朕明白，你這是為我好。」

不但導師的意見他要聽，就連前朝亡國之君楊廣的詩，他都要學習。在我們的印象裡，李世民是大明君，楊廣是大昏君。前者總是把後者當反面典型，做事幾乎處處和要楊廣相反。

比如楊廣奢靡，李世民就節儉；楊廣驕矜，李世民就納諫；楊廣殘暴，李世民就「寬律令」、「囹圄常空」；楊廣用人很猜忌，李世民就標榜自己用人不疑，還有意重用一些敵對陣營的人，包括他哥哥李建成的舊部，處處表現自己寬宏大量。

甚至在玄武門事變裡，那些曾帶兵幫著哥哥火拚自己的人，李世民居然都能任用。比如將領薛萬徹，玄武門事敗後藏到深山裡，李世民把他找出來，加以安撫，提拔他做右領軍將軍。這些做法，都幾乎和楊廣相反。

然而，唯獨在一件事上，李世民卻是楊廣的粉絲，那就是詩歌。

剛當上皇帝不久，他就在朝堂上大談楊廣的詩歌，還給了《隋煬帝集》四字評語：「文辭奧博。」他甚至還把楊廣的詩譜成曲，請來樂官一起唱和。

一個新王朝的宮殿裡，居然大唱著舊王朝末代皇帝的作品，也算是少見的一景。

李世民同學活了五十二歲，在位二十三年，除了做皇帝之外，一直是個勤勤懇懇的詩人。整個貞觀朝的宮廷詩壇裡就數他最高產，留下的詩歌有近百首，比全部「十八學士」現存的詩加起來還多。

朕，應該無愧於一代詩壇領袖了吧？

可是不少後人回答說：呸。

四

李世民大概怎麼也不會想到，他會被後世罵得那麼慘。

有人給了他八個字的評價：「遠遜漢武，近輸曹公[4]。」還有人把他的一些詩句挑出來批判，表示慘不忍睹：「『圓花釘菊叢』，這麼醜的字眼他是怎麼寫出來的啊[5]！」

還有更刻薄的，比如北宋有學者說：「唐太宗這個人啊，功業是很卓著的，但是寫的詩文太爛了，都是些靡靡之音，好像是婦人和小孩子鬧著玩的東西，太配不上他的功業了。」最後此人給出定論：「甚矣淫辭之溺人也[6]！」

唐太宗要是聽到了，估計要氣得從昭陵跳起來。

他的詩真有這麼不堪入耳嗎？他到底是一代文壇領袖，還是「淫辭溺人」？他引領詩壇、改革文風的志向實現了沒有呢？在這裡，我想講一講我自己的看法。

如果仔細看一下他留下來的近百首詩，會發現大概可以分成三類。其中第一類，我把它們叫雄主詩。

李世民要寫這類詩，不難理解。作為開國的皇子帝王，總是要說幾句漢高祖般的「大風起兮雲飛揚」之類的豪言壯語的。更何況，李世民半輩子南征北戰，戎馬倥傯，這些句子也不能說是裝腔作勢，大多還是有真情實感的。

比如〈還陝述懷〉，這首詩不長，我全文引在這給大家看一下：

慨然撫長劍，濟世豈邀名？

星旂紛電舉，日羽肅天行。
遍野屯萬騎，臨原駐五營。
登山麾武節，背水縱神兵。
在昔戎戈動，今來宇宙平。

這就是一首標準的雄主詩。雖然它稍嫌木直呆板，缺了點靈氣，但氣勢很足，有種一往無前的勁頭。我認為這算是李世民同學的詩歌中最好的一種。

第二類詩，我把它叫作萎靡詩，是描寫宮廷裡的風花雪月的。李世民同學的後半生不打仗了，主要在宮裡陪陪武媚娘、見見唐御弟什麼的。他因此就寫了不少講宮裡安逸生活的詩，佔到了他集子的一半以上。他被後人吐槽得最多的也就是這一類詩。

試舉一例。比如〈採芙蓉〉，是寫小宮女的。大家也不用細讀，感受一下就可以了：

結伴戲芳塘，攜手上雕航。
船移分細浪，風散動浮香。
遊鶯無定曲，驚鳧有亂行。
蓮稀釧聲斷，水廣棹歌長……

除了憨笨得讓人哭笑不得的「結伴戲芳塘」之外，描寫也算挺細緻，但卻是一堆陳言的拼湊，諸如什麼「細浪」、「浮香」、「遊鶯」、「驚鳧」之類，許多都是前人用濫了的，句式也缺少變化，沒有什麼詩味。

在寫這一類詩的時候，李世民很像是一個缺乏天分的攝影愛好者，拿了一部好相機去逛公園，興奮地拍了一大堆花花草草，回家一看，卻挑不出一張打動人的片子。

李世民的第三類詩，叫作分裂詩。

什麼意思呢？就是李同學寫這類詩的時候是分裂的，他既擋不住宮體詩的誘惑，本能地想寫一些鶯鶯燕燕、穠麗纖巧的詞句，但卻又被儒家的道德規範束縛著，擔心這不是「雅音」，不符合君王身分，於是往裡面塞一些政治正確的表態性的口號，搞得整首詩很精神分裂。

舉一首〈詠風〉為例。一開頭是「蕭條起關塞，搖颺下蓬瀛」，挺有氣勢，如果只看這兩句，你還以為會讀到一首霸氣的雄主詩呢。

可是前兩句豪言擲過，後文不知怎麼地就忽然萎了，急轉直下，變成了標準宮廷詩的調調：

拂林花亂彩，響谷鳥分聲。

披雲羅影散，泛水織文生。

最後，李世民同學似乎擔心路子不正，有偏離「雅音」軌道的嫌疑，於是結尾處重新拔高詩意，硬塞上一句雄主的口號：

勞歌大風曲，威加四海清。

整首詩都給人一種分裂的感覺。

又比如一首〈春日登陜州城樓〉，一開始都是照例堆砌美麗景致：

碧原開霧隰，綺嶺峻霞城。
煙峰高下翠，日浪淺深明。
斑紅妝蕊樹，圓青壓溜荊……

但當詩歌快要結束時，在完全沒有鋪墊的情況下，李世民同學又突兀地來了一個大轉折，喊起口號來：

巨川何以濟，舟楫佇時英。

又是兩句硬塞進去的帝王語言，表示自己是多麼渴望海納百川，五湖四海選人用人。打個不恰當的比喻，就像是中學生作文，前面堆砌一些描寫風景的成語，什麼「今天風和日麗、萬里無雲，公園裡繁花似錦」等等，最後看看要結尾了，突兀地來一句：「啊！我要為了這一切奮鬥終生。」

李世民的內心真的很糾結，也真是不自信。在詩才上，他似乎確實不如漢武帝，更不如曹操。

可是，李同學真是一個「沉溺淫辭」的「溺人」嗎？倒也不是。一個溺人怎麼會「慨然撫長劍」呢？怎麼會「志與秋霜潔」呢？

五

到此，我們已經專門花費了一篇講唐太宗，還有他領導的那個詩壇。快到了要和李世民、魏徵、虞世南等人告別的時候了。平心而論，他們還是挺努力的。在貞觀一朝，詩人很少，又不太給力，只能靠這些政治家們偶爾的一點作品撐場面。

但即便這樣，魏徵、虞世南們在很低的產量之中，也交出了一些好詩，即便放在整個唐代來比，也是有希望拿優秀詩歌獎的。比如虞世南的〈蟬〉，很多人評價不高，但我覺得可以進入唐代一流詩歌之列：

垂緌飲清露，流響出疏桐。
居高聲自遠，非是藉秋風。

後兩句「居高聲自遠，非是藉秋風」，不正像後來王之渙的「欲窮千里目，更上一層樓」嗎？

魏徵也用詩歌傾訴過他的才華和抱負：

季布無二諾，侯嬴重一言。
人生感意氣，功名誰復論。

他的「人生感意氣，功名誰復論」，不也就是杜甫的「由來意氣合，直取性情真」嗎？李世民、魏徵、虞世南們的問題，都是看得見舊文學的毛病，卻找不到新文學的出路。數十年後，當陳子昂橫空出世，徹底掃蕩浮豔文風的時候，是從古代尋找到的力量源泉——建安風骨。

可是眼下的李世民同學卻還找不到自己力量的源泉。他空有改革文風的抱負，卻不知道到底什麼樣的詩歌才是真正第一流的。

他的確是注意了不要寫淫詩的，哪怕描寫宮女，風格也總體比較清麗，不像齊梁的帝王那麼污，抓住「朱唇」、「舞腰」之類的身體部位猛寫。但他自己畢竟又被包圍在一群陳隋遺老、宮廷文人之中，大家陳陳相因地寫宮廷詩已經近百年了，你要李世民完全拋開這個傳統，像後來的陳子昂一樣去復古，他也做不到。

於是，他就在豪邁的雄主詩和萎靡的宮廷詩之間搖擺著，一會兒「慨然撫長劍」、「志與秋霜潔」，一會兒又「只待纖纖手，曲裡作宵啼」，深一腳、淺一腳地走下去。

到了晚年，他的文學導師從虞世南變成了上官儀，宮廷詩的大家。李世民把自己的詩都交給他改，大家又都沉迷在你儂我儂、花花草草中。

李世民去世的時候，是七世紀中期。當時的詩壇是什麼情況呢？是宮廷詩大行其道，「詩人承陳、隋風流，浮靡相矜[7]」，柔美而空洞的作品仍然充斥。他曾經豪邁的改革願景，幾乎一句都沒有變成現實，「慷慨復古」的衝動似乎已被遺忘了。

最後，作一個簡單的總結吧：

從隋文帝到唐太宗，兩次以帝王主導、以高官重臣為主力的文風改革都宣告失利。不管帝王怎麼開大會、作講話、發文件、設機構、樹典型，甚至親自寫詩歌示範教材，可最終都偃旗息鼓。

唐朝建立了快四十年了，還沒有任何跡象可以表明，一個偉大的詩的時代要到來。

然而，就像唐太宗的兩句詩一樣：「焰聽風來動，花開不待春。」帝王將相們的努力失敗了，但這一切卻並沒有結束，掀起詩歌大爆發的重任，悄悄落在了幾個小人物的身上。

註釋

1 司馬光《資治通鑑．卷一百八十八》：「秦王世民引兵自龍門乘冰堅渡河，屯柏壁，與宋金剛相持。」

2 李世民〈帝京篇序〉。

3 李世民〈帝京篇十首〉之四。

4〔明〕王世貞在《藝苑卮言》裡說：「唐文皇手定中原，籠蓋一世，而詩語殊無丈夫氣……可謂遠遜漢武，近輸曹公。」

5〔清〕賀裳《載酒園詩話》：「『螢火不溫風』，真為宮體之靡。『圓花釘菊叢』，何來此醜字！」

6 陳鴻墀《全唐文紀事》載北宋的鄭毅夫云：「唐太宗功業卓著，然所為文章，纖靡浮豔，嫣然婦人小兒嬉笑之聲，不與其功業稱，甚矣淫辭之溺人也。」

7《新唐書．杜甫傳》。

引爆！唐詩的寒武紀

一

在前文裡，已經有幾位詩人登場了。他們的身分職位如下：

楊廣：皇帝
李世民：皇帝
魏徵：宰相
許敬宗：宰相
上官儀：宰相
虞世南：禮部尚書

他們不是皇帝王子，就是宰相大臣。他們的詩寫得怎麼樣呢？當然也各有特色，但和過去的一百多年相比，沒有大的突破。如果有一個「唐詩盛世開創獎」，那麼很遺憾，是不能頒給他們的。

直到公元六五〇年前後，有一撥新的詩人陸續出現了。下面把他們的身分、職位也列一下，和前面一組詩人做個對比：

王勃：高級伴讀書童
楊炯：文員，縣長
盧照鄰：辦事員，小兒麻痺重症患者
駱賓王：反賊

這一對比，你大概會發現：這不是一個天上，一個地下麼？怎麼後面這一幫詩人層次那麼低、混得這麼慘？

是的，他們的仕途都不怎麼成功，大多是些書童、文員之類的基層官員和群眾。和早先登場的魏徵、上官儀等詩人相比，他們都是些小人物。

但在唐詩的歷史裡，他們一點也不「小」。事實上，正是這幾個身分低微的人，組建了一個現象級的偶像組合，那就是大唐詩壇上的第一個男子天團——「初唐四傑」。

在生物學上，有這樣一個時期，叫作「寒武紀大爆發」。在大約五億多年前，有一個被稱為「寒武紀」的地質歷史時期，在短短的時間裡，地球上突然爆炸般湧現出各種各樣的生物，遍佈大地和海洋，呈現一片生機勃勃的景象。

唐詩的歷史上也經歷了這樣一場「大爆發」。詩壇突然從沉悶、封閉變成開放、活躍，然後繁花似錦、萬紫千紅。它正是從這幾個小人物開始的。

二

如果在公元七世紀的六十年代，問一個唐朝士人：如今誰的詩天下第一？

答案可能會是：上官儀。

上官儀是宰相，大詩人。他擅長的作品叫作「宮體詩」。顧名思義，題目大都是〈記一次盛大的早朝〉、〈記一次精美的宴會〉、〈記一次愉快的出遊〉之類。這些詩精緻典雅，江湖人稱他是「玉階良史筆，金馬掞天才」。他的詩也被稱為「上官體」。

能用自己的名字來命名一種詩體，這是一個很高的榮譽。隋唐以來，還從來沒有哪個詩人有過屬於自己的「體」，上官儀是第一個。

他一生精華的代表作，是一首〈入朝洛堤步月〉：

脈脈廣川流，驅馬歷長洲。
鵲飛山月曙，蟬噪野風秋。

詩的題目〈入朝洛堤步月〉是什麼意思呢？就是在凌晨上早朝之前，詩人騎著高頭駿馬，踏著月色，緩緩經過洛堤所看到的風景。這首詩寫得大氣雍容，寫出了帝國宰相的超凡風儀。

宰相這首詩吟出來，旁邊文武百官都拚命鼓掌：太讚了，大人的詩真了不得，音韻清亮，真是美啊！這樣棒的詩，再配上您這麼個人，簡直是活神仙一樣啊[1]！

上官儀的詩，影響了詩壇很多年。但漸漸地，有一些人不服氣了。

話說，公元六六九年，在京城一處私家花園裡，有一個二十歲的年輕人[2]，正在讀上官儀的詩。

花園很大，草木蔥蘢，樹蔭遍地。年輕人的相貌也挺清秀，眉目間還帶著三分桀驁。他讀了幾首詩，臉上露出不以為然的表情，不停搖頭唏噓：

可惜啊，可惜！就憑上官老兒這幾下子，居然也成了當年天下第一高手？

哼哼，只可惜我的叔祖父——「東皋劍客」王績王無功先生故去太早，不然，以他那一套獨步天下的「田園狂歌詩」，上官儀老兒未必是他的對手。

年輕人想及此處，雙眉一軒，兩眼中射出異樣的神采，一聲清嘯衝破雲天：「有朝一日，我必定……」

話還沒說完，只聽腳步聲響，一個秘書帶著幾個警衛衝進來：「王勃呢？王勃在哪裡？叫他快滾出來！」

年輕人一愣：「我在這裡……」

秘書二話不說，一把揪住他：「你老實交代，昨天到底在網上發了什麼鬼文章！」

「沒……沒發什麼啊！」年輕人王勃搔著頭，「喔對了，咱們王爺不是喜歡和隔壁的英王[3]鬥雞嘛，我就幫王爺寫了一篇〈英王，小心你的雞〉……」

秘書大怒：「說的就是這個！這篇鬼東西，誰讓你寫的？誰批准你發的？這文章有明顯的政治錯誤，性質十分嚴重，影響十分惡劣，造成了難以挽回的後果，殺了你都不算多！當年你一進王府，我就看出來你不靠譜了……」

警衛一掌把王勃推出大門。隨即，「砰」地一聲，一床鋪蓋砸到他身上。

「拿上你的鋪蓋，走人！」

三

這個寫文章闖了禍的年輕人，就是我們要介紹的「初唐四傑」的第一位——王勃。

王勃的人生起點，應該說是不低的。他從小就才氣過人，名聲在外，十六歲時就被授了「朝散郎[4]」。這是文散官，並不負責什麼實際事務，但品級不低，是從七品銜。

當同齡人還在翻牆蹺課泡網吧的年紀，王勃就成了副處長了。

接著，小王勃來到了他參與政治活動的第一站——沛王府，擔任高級伴讀書童。如果放到今天，他的經歷足夠攢出幾套《哈佛男孩王子安》之類的暢銷書。

王勃的老闆——沛王李賢大有來頭。他是武則天的第二個兒子、太平公主的親哥哥。這個人頗有見識和能力，後來一度還做了太子，幾次監國，離當皇帝就差一步了。

少年王勃能夠跟著他做事，應該說是很有前途的，一幅美好的人生畫卷正在他面前展開。

但是王勃偏偏有一個毛病：不講政治。

沛王有一項個人愛好——鬥雞，經常和弟兄諸王們比賽。唐代的王公貴族常有這些飛雞走狗的小愛好，本來也不足為奇。當時不要說皇子們了，許多外戚、豪門都不惜血本地買雞、鬥雞。十九歲的王勃跟著主子玩樂，一時手癢，便寫了一篇文章發到網上，叫作〈檄英王雞〉。這是一篇開玩笑的惡搞文，沒有什麼惡意，不外乎是為了逗主子開心，順便也炫耀一下才能而已。

不幸的是，有一個最不該看的人偏偏看到了這篇帖子，他就是當朝皇帝唐高宗李治。

李治勃然大怒：這寫的什麼玩意？這個王勃怎麼這麼混蛋，敢挑撥我兒子們的關係？

你可能有些不理解：一篇少年人的惡搞戲謔文章，何至於惹皇帝發這麼大的火？

因為在那個時代，皇子之間的競爭是高度敏感的政治話題。當年唐太宗就是殺了一個哥哥、一個弟弟後登上皇位的。唐高宗自己上台之前，也曾經和兄弟魏王李泰有過一番激烈鬥爭。這種事，是絕不能拿來公開調侃的。

何況王勃調侃的兩個人沛王和英王之間的關係尤其敏感。這兩人之中，唐高宗喜歡沛王，而武則天卻偏偏和沛王關係緊張。宮廷裡一度有傳言說，沛王不是武則天親生的，是唐高宗和武則天姊姊的愛情結晶。你說這事兒敏感不敏感。

王勃對此不知道避諱，反而拿來開玩笑，幫一個皇子討伐另一個皇子，自然犯了大忌。他文章裡講的那些話，在唐高宗看來尤其刺眼，什麼「兩雄不堪並立，一啄何敢自妄？」、「羽書捷至，驚聞鵝鴨之聲；血戰功成，快睹鷹鸇之逐」，這不是胡說八道嗎？我大唐諸皇子之間，都是親密友愛和睦融洽的，你怎麼能寫成這樣子？

唐高宗批示：「叫王勃這個傢伙滾蛋！不許他帶壞我兒子！」

就這樣，少年王勃被迫從王府捲鋪蓋走人了。

可以想像，一個不到二十歲的年輕人，揹著包袱，站在長安的大街旁，繁華的城市突然變得無比陌生，本來光明的前途瞬間幻影般破滅，他該有多麼茫然。

難道就這麼結束了嗎？一個帖子，就讓我施展才華的抱負、振興家門的希望、出將入相的夢想，都統統結束了？

還有那個高宗皇帝，我曾經精心撰寫了那麼多大塊文章來歌頌你、巴結你啊，我寫了〈乾元殿頌〉、〈宸遊東嶽頌〉、〈拜南郊頌〉、〈九成宮頌〉……都是滿滿的正能量啊，可就因為一篇鬥雞的帖子，就變成壞份子了？

也許，這是詩神的故意安排，要讓王勃經歷眼下的處境。祂彷彿在告訴王勃：騷年（編註：「少年」的諧音），不要留戀這裡，做一個宮廷筆桿子不是你的歸宿，你還有更重要的使命。

四

幾個月之後，在長安通往蜀地的褒斜道上，出現了王勃的身影。

已經無處可去的他開始了四處遊歷。翻越秦嶺，穿過漢中，踏著崎嶇的蜀道，他來到了一片新的土地——四川。

王勃為什麼會想到入蜀，我一直搞不明白具體原因。他既不是蜀人，在這裡似乎也沒有親眷，父親又不在此任職。唯一的可能，大概是四川有一幫可以接濟他的朋友，再加上風景壯麗，讓王勃打算「採江山之俊勢，觀天下之奇作」，於是揹起行囊、邁開腳步就來了。

在當時，詩歌江湖的中心是京城，那裡聚集著數量最多的詩人，每天產生著最多的作品。王勃這一去，等於是主動脫離主戰場了。他要去尋找新的綠洲。

在蜀地，王勃走遍了梓州、劍州、益州、綿州。他看到了大自然的美景，所謂「江山峻勢」、「宇宙絕觀」，也體會到了羈旅遊子的心情。

他的氣質也慢慢變了。過去王府裡高級伴讀書童的洋洋自得、意氣風發，現在已經漸漸磨平，他身上多了一絲幽憂孤憤、耿介不平之氣。

王勃發現了一件事：過去大家在宮廷裡所寫的那一類詩，到了這裡都是渣，都不好使了。那些空洞的辭藻，無病呻吟的句子，根本無法表現自己眼前雄奇的山川，也無力抒發胸中的浩嘆。

我要寫一種新的詩，一種用心靈寫出來的詩。

他開始直抒胸臆，感慨「悲涼千里道，淒斷百年身」；他還開始描寫更廣闊的社會現實：「塞外征夫猶未還，江南採蓮今已暮。」這些都是在宮廷裡寫不出來的。

他得到了新生。如果王勃還留在王府和宮廷，繼續當他的高級伴讀書童，大概只能留下一堆〈記一次盛大的早朝〉、〈記一次精美的宴會〉、〈記一次愉快的出遊〉之類的詩。他的成就不一定能超過上官儀，而唐詩中卻將永遠沒有了「海內存知己，天涯若比鄰」、「寂寞離亭掩，江山此夜寒」。

今天回頭來看，王勃的入蜀，是唐詩江湖的一次偉大的開闢之旅。在初唐的詩壇上，有著特殊的在蜀地的「一入」和「一出」，所謂「一出」，是我們後來會講到的陳子昂出蜀；而這「一入」，就是六六九年的王勃。

這一年的秋天，九月九日重陽節，王勃來到梓州的玄武山上旅遊，想看看這一帶的景色。在這裡，他遇到了一個人。

此人比王勃年長，大約三十多歲年紀[5]，雖然不是高官，但是談吐不俗，能看出一股世家大族的風範，以及掩飾不住的才氣。

他和王勃同遊玄武山，一起寫了許多詩。這個人就是「初唐四傑」的第二位：盧照鄰。

五

盧照鄰的少年經歷和王勃很像。

他也是出身望族——范陽盧氏；也是很早成名——才十幾歲的時候，就被人比喻成是漢代的大才子司馬相如；他也早早地遇到了自己的伯樂，王勃的老闆是沛王李賢，盧照鄰遇到的則是鄧王李元裕。老闆對他很賞識，兩人很談得來。

盧照鄰跟著老闆輾轉了幾個地方，最後在長安定居。他在王府裡得到了一份工作，叫作「典籤」，工作主要是掌管文書，有一點點類似於圖書館管理員。眾所周知，圖書館管理員這個崗位深不可測，前程可大可小，做大了有無限可能。

可我們的盧照鄰同學卻偏偏做小了。他大概是所有做過圖書館管理員的中國文化名人裡結局最不幸的一個。前文說了，王勃的毛病是不講政治，而盧照鄰的毛病，是不識時務。

用他自己的話說就是：組織上重視什麼，他就偏偏不搞什麼；等他開始搞了，組織上已經不重視了。就好像領導喜歡民歌的時候，他偏要搞搖滾；領導喜歡爵士了，他偏去搞嘻哈；等領導決定不拘一格選秀了，他偏偏身體垮了，沒有機會上舞台，只剩下和病魔作鬥爭了。

就像他後來總結的：「自以當高宗時尚吏，己獨儒；武后尚法，己獨黃老；後封嵩山，屢聘賢士，己已廢。」

盧同學人生的第一階段，是在長安快樂地做著詩人，「下筆則煙飛雲動，落紙則鸞回鳳驚」，盼顧自雄，談笑風生。但好景不長，人生中的第一個沉重的打擊來了，他在長安最大的粉絲——鄧王去世了，盧照鄰失去了照拂。

老闆在的時候，一切都好說；可當賞識你的老闆走了，生態環境就立刻惡劣起來。後世的李商隱等也都遇到這樣的問題。

盧照鄰不好再待在王府了。通過一番運作，他在四川謀得了一個新崗位，便立即揹上書囊，向蜀地進發。

攀登著險峻的山道，盧照鄰氣喘吁吁。他發出了〈蜀道難〉的感慨：「傳語後來者，斯路誠獨難！」比李白早了數十年。

他在四川做的官不大，是一個縣尉，相當於副處級的辦事官。就是這份工作，盧照鄰也沒幹多久就秩滿去職，改非退二線了。在這裡，他的老脾氣仍然不改，依舊傲驕不群。

他寫了一首詩，說自己是：

一鳥自北燕，飛來向西蜀。

……………

不息惡木枝，不飲盜泉水。

你看他多麼清高啊。最後，他還表示總有一天要實現人生理想的：

誰能借風便，一舉凌蒼蒼。

這首驕傲的詩的題目很有趣，叫作〈贈益府群官〉。它很容易引起誤會，讓人聯想到一句流行語：抱歉，我不是針對誰，我是說在座的各位，都是人渣。

在四川，似乎只有兩個人給了他一點慰藉：

一個是一位姓郭的姑娘。我不知道他們有沒有結婚，但想必感情不錯，共度了一段快樂纏綿的時光。

另一個就是王勃。這兩個當世才子很談得來。他們之間實在是太互補了，一個善於寫七言詩，一個善於寫五言詩；一個辭藻華麗，一個典雅雄渾。四川大地上，從玄武山到成都曲水，到處都留下了他們基情滿滿的同遊詩文。

這一年，忽然有一個好消息傳來：朝廷要搞「選秀」了，讓各地搜羅選拔有才能的人士，為朝廷效力[6]。

王勃和盧照鄰對視了一眼，彼此都看出了對方眼中的期盼：以我倆的才能，一定有機會的。說不定仕途從此會有起色呢。

他們分別做準備去了[7]。王勃回家去借錢，寫了一篇有趣的文章，叫作〈為人與蜀城父老書〉，感謝大家資助他。盧照鄰則去和姓郭的女朋友告別。

「不要忘了有我在這裡等你。」郭姑娘看著他瘦削的身影說道，眼中滿是不捨。盧照鄰是怎麼回答的呢？不知道。我猜想他大概也點頭答應了：「等我搬到長安去，開著大奔來接你。」自古以來，男的哄姑娘都是這一套。

而此時此刻，在長安，有一個人正等著和他們相會，讓初唐四傑組合的力量更加壯大。這個人，就是「四傑」裡的又一位成員：楊炯。

六

在唐詩的歷史上，有一個人曾留下過一聲著名的大吼：「我想當連長！」

因為這一聲大吼，此人躋身「四傑」，名垂史冊。他就是楊炯。他的原話是這樣的：

寧為百夫長，勝作一書生。

他想當百夫長，可不就是當連長麼。這一句詩，就來自他的五言律詩傑作〈從軍行〉。

可能你有些好奇：這個想當連長的楊同學，到底是唐朝哪一支部隊的？羽林軍？還是野戰部隊的？然而楊炯同學並不是當兵的，他的真正職務是個文員。

楊炯是個天才，當然這是一句多餘的話，「四傑」裡沒有一個不是天才的。他十歲就被當成神童，待制弘文館，等於是到高級藏書室兼教研室進修。

可是，「四傑」似乎注定了官運都不會太順。楊炯這一進修就是整整十六年，人生的三分之一就此過去了。直到三十二歲那一年，他的仕途才漸有轉機，被推薦為弘文館學士、太子詹事司直。

有人說這個官很大，東宮事務都歸他管，這不對。為了搞清楚楊炯到底是多大的官，我們再詳細講一下：在詹事府這個機構裡，有詹事一名，是主要領導，正三品；少詹事一名，正四品上，也算是領導；還有丞二名，正六品上，算是中層；此外還有主簿一人，從七品上，太子司直二名，正七品上。

所以楊炯應該是正七品上，大致是個處長，具體職責有可能是負責紀檢、監督一類的事務。三十歲出頭的正處，升遷已不能說慢了，但權力很大是談不上的，每天仍然不過埋首文牘、弄材料而已。

儘管楊同學一生與案牘為伍，卻有著一顆不安分的心。讀他的詩，你看不出他是一個資深文案狗，而會以為他是一個江湖俠客。比如這首〈夜送趙縱〉：

趙氏連城璧，由來天下傳。
送君還舊府，明月滿前川。

在一個夜晚，作者送別了一個叫趙縱的朋友。這首詩像流水一樣乾淨、自然，不沾染半點綺麗，每一個字都浸潤著月色的光輝。

不妨多聊幾句這首詩。事實上，這是自從有唐詩以來，色彩最通透、明亮的詩篇之一。它用瑩潤的和氏璧開頭，用光輝的明月結尾，可謂從光明始、從光明終，說是「夜送」，但詩人的心境卻比最好的晴天還明朗。

你看王勃著名的那一首〈送杜少府之任蜀州〉，已經夠豁達了，都還要說上一句「無為在歧路，兒女共沾巾」。楊炯這首詩裡卻根本不必說類似的話。所謂「明月滿前川」，朋友的前程人生一片光明，哪裡用得到哭濕手絹呢。

書歸正傳。六七一年，王勃、盧照鄰來到長安參加銓選，和楊炯相會了。初唐四傑，這時已經集齊了三個。

有人說：楊炯看不起王勃，理由是他說過一句話，叫「恥居王後」。這大概也是個誤會。楊炯這人有個特點：對於自己真看不上的人，哪怕是同事、同僚，也是不大給面子的。他曾經對自己鄙視的同僚直接打臉，管人家叫「麒麟楦」，什麼意思呢？就是徒有其表的草包、木頭疙瘩。

但對於王勃、盧照鄰，他特別推崇。他怎麼評價王勃的呢？是「海內驚瞻」。他又怎麼說盧照鄰呢？是「人間才傑」。

三大才子聚首長安城，洵為盛事。按說這已經值得大書特書了，但歷史注定要讓六七一年的冬天顯得更加不平凡——就在王勃、楊炯、盧照鄰齊會時候，在西域來京的古道上，漫漫風雪之中，有一位壯士，也向長安進發[8]。

他比王勃等三人的年紀都要大[9]，臉上帶著風霜之色，看得出來經歷了勞苦的軍旅生活，但精神很好，顧盼生輝。

在馬上，他長吟著詩句：「風塵催白首，歲月損紅顏」、「別後邊庭樹，相思幾度攀」，充滿豪邁之氣。這條大漢，就是駱賓王，「初唐四傑」中的最後一位。

在此，我不得不又重複一句：初唐四傑都是天才。駱賓王據說在七歲的時候，就寫出了唐詩之中流傳最廣的超級刷屏之作：

> 鵝鵝鵝，曲項向天歌。
> 白毛浮綠水，紅掌撥清波。

後來杜甫據說也是七歲作詩，詠的是鳳凰，但他的鳳凰詩沒有流傳下來。駱賓王的〈鵝〉詩則流傳千古。

這一年，王、楊、盧、駱在京師會齊。有一位武俠小說家叫溫瑞安的，曾經寫過《四大名捕會京師》。而唐詩的歷史上，令人激動的「四傑會京師」的一幕出現了。有學者說，「初唐四傑」的名號，就是由這一次齊聚京師而來。

也不知道他們有沒有一起組個局，短暫聚會，把酒言歡呢？如果有的話，那真是讓人神往的場面。

接下來，我們回到主題：「四傑」都熱情滿滿地來參加這一次朝廷的選秀，可結果怎麼樣呢？答案是：很悲催。

七

關於這一次選秀，流傳著這樣一個段子：

據說這一天，在選秀的後台，兩位評委——大唐王朝組織部的兩位副部長碰頭了。兩人拿著「四傑」的檔案，商量了起來。

一位副部長提議說：「你看看這四個人——王勃、楊炯、盧照鄰、駱賓王，最近在文壇可火得很啊，寫東西相當不錯，你覺得怎麼樣？有培養價值沒有？」

另一位副部長聽了，卻只是淡淡一笑，是那種組織部門幹部固有的矜持笑容：

「年輕幹部嘛，第一要看政治水平，第二要看意志品質，第三才看業務能力。這四個人，業務能力當然是不錯的，但是這個……呵呵……」

「但是？但是什麼？裴部長[10]你有話就說。」

裴部長嘆了口氣，給出了結論：

「我看王勃這四個人啊，做事浮躁淺露，太愛出風頭。除了其中那個楊什麼來著……喔，楊炯，以後培養培養，說不定能當個縣長。其餘三個人，哼哼，我看多半不得好死啊[11]。」

說完，他把「四傑」的檔案隨手放在一邊：「這次就先不考慮他們啦，以後再說吧。」

於是，四傑的命運就這麼注定了——落選。

這個段子流傳很廣，可真的是事實嗎？這位裴部長對四傑的成見真的這麼大嗎？不一定。今天我們還能看到不少詩文，都表明這位裴部長和王勃、駱賓王等關係不壞，很願意關照、提攜他們。

廣為流傳的裴部長批評「四傑」的這一個段子，聽起來很像是後人的附會。因為「四傑」命運多舛，人們就根據他們的遭際，事後諸葛亮地附會了這麼一段故事出來。

那麼，「四傑」為什麼又這麼難出頭呢？大概是他們個性太突出，做事又乖張，「浮躁淺露」雖然未必，但恃才傲物多半是有的；「華而不實」雖然未必，但好出風頭、遭人嫉妒大概也是有的。

在六七一年這一次短暫的相聚之後，「四傑」的人生命運開始呈現出一種雪崩般的倒栽蔥式跌落。

王勃差點被殺了頭。這個案子很有點離奇：據說他先私自藏匿了一個有罪的官奴，不久又後悔，擔心走漏風聲，便把這個官奴殺了。很快事情敗露，王勃獲罪，還使他父親也受到牽連而被降職。

盧照鄰則殘廢了。他患了嚴重的「風疾」，後來不少詩人比如白居易晚年也得過這種病，只是程度較輕而已。我曾經一直以為「風疾」是中風，因為盧照鄰的症狀——不能行走，半邊癱瘓，手足蜷曲，都像是中風的後遺症。但仔細看他的病情紀錄，他的病更像是小兒麻痺症或麻風病一類。這使他窮困潦倒，直到要向朋友乞討買藥。

楊炯看上去還算好，一直在官場中等待機會，但他也有自己的弱點。前文中說了，王勃的毛病是不講政治，盧照鄰的毛病是不合時宜，而楊炯的弱點，是成分不好。

他在詹事府當上了處長沒兩年，忽然接到一個晴天霹靂般的通知：

「楊炯！你弟弟牽扯到了一場叛逆活動，你已經是逆賊的家屬了！」

當時，遠在千里之外的揚州爆發了一場叛亂，楊炯的弟弟參與了。楊炯就此躺槍。他被清理出了詹事府，貶到四川，擔任了一個叫梓州司法參軍的職務。

楊炯是成分不好，那麼駱賓王的毛病又是什麼呢？更嚴重，是徹底反動——連累了楊炯的那一場揚州叛亂，就是駱賓王和人合夥幹起來的。

駱賓王造反，直接原因不是很明確，但大致是對現實不滿，「失官怨望」。他早年受了不少磨難，居無定所，仕途不太順利。後來年紀漸長，到長安做了侍御史，卻又因為寫文章、提建議，觸怒了武則天，被人誣陷，以貪贓的罪名關了號子。

放出來之後，駱老師變成了一個徹底的老憤青。在他看來，世道黑暗，報國無門，正滿肚子怨氣呢，恰好趕上揚州有一夥人反對武則天，領頭人叫徐敬業，是唐朝開國功臣徐懋功的孫子。他向駱賓王發出了號召：來吧，老駱，我的創業團隊需要你。

駱賓王就這麼報名入股了。

眾所周知，凡是起兵造反，都需要一篇響亮的檄文。大家的目光都不約而同落在駱賓王的身上：咱們這個創業團隊就數你最能寫，你來吧。

駱賓王慷慨陳詞：感謝大家把這麼光榮的任務交給我。他毫不推辭，揮筆落紙，寫了一篇檄文，叫作〈討武曌檄〉。

文章寫好後，大家一看，都集體陷入了沉默之中。過了半晌，才有人抬起頭來說：老駱，你這是要紅啊。

話說，我國的造反史源遠流長，檄文歷史也就隨之十分精彩，有所謂的「三大檄文」（沒有根據，我給封的）。一篇是東漢末年陳琳寫的〈討曹操檄〉，一篇是隋朝末年祖君彥所寫討伐隋煬帝的〈為李密檄洛州文〉，第三篇就是駱賓王同學的這篇〈討武曌檄〉了。

這一篇檄文問世最晚，但要說音調的鏗鏘、氣勢的雄渾、用詞的精妙，這篇是三文中的第一名。所以後來才有了那個傳說：武則天拿著這篇檄文去找宰相，問他為什麼遺漏了駱賓王這個人才。

也是由於這篇檄文的水平實在太高，刷屏實在太猛，給人留下的印象太深刻，駱賓王居然成了揚州起義的標誌性人物，甚至比造反的幾個主謀還出名。

後來明朝大思想家王夫之說起這次起義，一開口就是「起兵討武氏，所與共事者，駱賓王、杜求仁、魏思溫……」你看，他不自覺地就把駱賓王排在了第一。一個寫檄文的公關，居然排在了造反團隊的軍師、大將前面。

所以說，寫文案這種事情，差不多糊弄兩句能交差就得了，不要寫得太好，否則就像駱賓王那樣，一不小心把自己寫成了造反的旗幟，那就划不來了。

最後，這場造反行動堅持了多久呢？只有兩個月。很快地，反叛的軍隊被打敗，骨幹統統被殺，駱賓王從此失蹤。

有人說他是被抓獲處斬了，也有人說他隱姓埋名逃亡了。唐代有個小說家叫張鷟，和駱賓王是同時代的人，他說駱賓王兵敗後投水死了。《資治通鑑》裡也說叛軍「餘黨赴水死」，這兩個說法比較相近。駱賓王有可能是在亂軍中落水而死。

「四傑」離世的方式，都很讓人唏噓。

王勃是溺水受驚而亡，駱賓王可能是落水而死。盧照鄰則長期受到病痛折磨，乾脆給自己挖好了墓室，每天僵臥其中，等候死神的召喚。最後因為死得太慢，他無法忍受了，便和家人作了最後的訣別，投向了滔滔的潁水。

也許，那一刻他腦海中還浮現了遠在巴蜀的郭姑娘。對不起，我終於是辜負妳了。

人們常常說「三賢同歸一水」，指屈原、李白、杜甫的死都和水有關，一個懷沙投江、一個入水捉月、一個自沉而死。這個說法沒什麼憑據。但初唐四傑卻很可能是真的「三賢同歸一水」了。

八

回顧這四傑的一生，你會發現一個特點：他們最渴望幹的事、主動折騰的事，都沒有幹成。而他們無意間隨手幹的事情，卻幹出了了不起的成就。

王勃經常標榜自己想幹的事，是弘揚儒學、傳播正能量。他經常諄諄告誡別人要文以載道，不能一味追求文藝辭藻之美。結果呢？自己反而搞文藝搞得最出色。楊炯恥於做書生，想當連長，可一輩子也沒機會去前線，反而因為做書生，在文壇留下了顯赫聲名。

駱賓王平時寫作，特別愛做大文章，寫長篇辭賦，堆砌繁多的典故。可他最為後人所傳誦的，卻是短篇的討武則天的檄文；最為人們所熟悉和喜愛的詩，也偏偏多是一些小詩。比如：

城上風威冷，江中水氣寒，

戎衣何日定，歌舞入長安。

——〈在軍登城樓〉

又比如：

此地別燕丹，壯士髮衝冠。
昔時人已沒，今日水猶寒。

——〈於易水送人〉

最讓我感動的，是盧照鄰。

他的外號叫「幽憂子」，一輩子的標籤，是「窮」、「苦」兩個字。他晚年得病等死，過程之淒涼，後人簡直都看不下去了。明代有一位學問家叫張燮的，就對盧照鄰有過這樣一番感嘆，我錄在這裡：

古今文士奇窮，未有如盧升之之甚者。夫其仕宦不達，則亦已耳，沉屙永痼，無復聊賴，至自投魚腹中，古來膏肓無此死法也。[12]

什麼意思呢，就是說：古往今來的窮苦文人那麼多，可是苦到盧照鄰這個份兒上的，真是前所未有。你說他做官不順吧，那倒也罷了，可是後來病成那個樣子，長年累月起不來床，面容毀了，身體殘了，甚至投水自殺，葬身魚腹，這也太慘了一點吧！

在病中，盧照鄰曾經像寫博客一般，對自己的症狀做了很細緻的描述。當我們翻開它時，總有不忍卒讀之感：

骸骨半死，血氣中絕，四肢萎墮，五官欹缺。皮襞積而千皺，衣聯褰而百結……神若存而若亡，心不生而不滅……形半生而半死，氣一絕而一連。[13]

餘贏臥不起，行已十年，宛轉匡床，婆娑小室。未攀偃蹇桂，一臂連蹏；不學邯鄲步，兩足匍匐；寸步千里，咫尺山河。[14]

他說，由於兩腿殘疾，連移動很短的距離，都好像隔了百里千里那麼難。

他曾寫〈五悲文〉以自明，分別是〈悲窮通〉、〈悲才難〉、〈悲昔遊〉、〈悲今日〉、〈悲人生〉，都是一個「悲」字。後世以悲苦聞名的詩人不少，比如孟郊，也算是人生困厄了吧。但他的困苦的程度和盧照鄰一比，真是小巫見大巫了。

但讓人感到驚訝的是，這樣一個極度悲苦、極度困厄的詩人，留給世人的最成功的作品，卻是一部自打有唐朝以來所出現的最華美、最豐贍、最冶豔的詩篇。那就是〈長安古意〉。

這首詩略長，但是為了讓大家了解盧照鄰，展現這一篇詩的宏偉冶豔，把它全文列在下面。如果你感興趣，可以把它讀完：

長安大道連狹斜，青牛白馬七香車。

玉輦縱橫過主第，金鞭絡繹向侯家。
龍銜寶蓋承朝日，鳳吐流蘇帶晚霞。
百尺游絲爭繞樹，一群嬌鳥共啼花。
遊蜂戲蝶千門側，碧樹銀台萬種色。
復道交窗作合歡，雙闕連甍垂鳳翼。
梁家畫閣中天起，漢帝金莖雲外直。
樓前相望不相知，陌上相逢詎相識？
借問吹簫向紫煙，曾經學舞度芳年。
得成比目何辭死，願作鴛鴦不羨仙。
比目鴛鴦真可羨，雙去雙來君不見？
生憎帳額繡孤鸞，好取門簾帖雙燕。
雙燕雙飛繞畫梁，羅帷翠被鬱金香。
片片行雲著蟬鬢，纖纖初月上鴉黃。
鴉黃粉白車中出，含嬌含態情非一。
妖童寶馬鐵連錢，娼婦盤龍金屈膝。
御史府中烏夜啼，廷尉門前雀欲棲。
隱隱朱城臨玉道，遙遙翠幰沒金堤。
挾彈飛鷹杜陵北，探丸借客渭橋西。
俱邀俠客芙蓉劍，共宿娼家桃李蹊。

娼家日暮紫羅裙，清歌一囀口氛氳。
北堂夜夜人如月，南陌朝朝騎似雲。
南陌北堂連北里，五劇三條控三市。
弱柳青槐拂地垂，佳氣紅塵暗天起。
漢代金吾千騎來，翡翠屠蘇鸚鵡杯。
羅襦寶帶為君解，燕歌趙舞為君開。
別有豪華稱將相，轉日回天不相讓。
意氣由來排灌夫，專權判不容蕭相。
專權意氣本豪雄，青虯紫燕坐春風。
自言歌舞長千載，自謂驕奢凌五公。
節物風光不相待，桑田碧海須臾改。
昔時金階白玉堂，即今惟見青松在。
寂寂寥寥揚子居，年年歲歲一床書。
獨有南山桂花發，飛來飛去襲人裾。

這是一幅長安的行樂圖，也是一幅盛世來臨前的破曉圖。我經常很困惑，盧照鄰這麼潦倒、苦悶的一個人，怎麼寫出這樣華美冶豔、煙視媚行的長安呢？怎麼寫出那些炫目的寶蓋和流蘇、游絲和嬌鳥、妖童和娼婦，「日暮紫羅裙」和「俠客芙蓉劍」的呢？

有很多學者都評點過這首詩，說得最好的是聞一多。他說，這首詩，是以市井的放縱改造宮廷的墮落，以大膽代替羞怯，以自由代替局縮。

看起來這麼裘馬輕狂的一首詩，但它鋪展在我們面前時，一點也不輕浮，一點也不猥瑣。

我覺得盧照鄰大概是寫這首詩太用力了，他把一生的綺麗風流都攢積起來，在這一首長詩裡一把耗盡了。這一首魔鬼般的詩抽乾了他的生命能量，所以後半生只剩下軀殼，成了一個活死人。

九

到了七世紀的最後幾年，「四傑」裡的盧、王、駱三位都相繼去世，只剩下了楊炯健在。似乎是上天有意把他留下來，作為一個總結者，在「四傑」團隊退場前，做最後的歷史發言。

楊炯深吸了一口氣，站在了話筒面前。那一刻，歷史在靜靜聆聽，因為他所說出的每一個字，都將成為「四傑」文學地位的呈堂證供。

他終於開口了。這一篇重要的發言幸運地流傳了下來，就叫作〈王勃集序〉。

他是一邊流著熱淚，「潸然掔涕」，一邊留下這篇講演的。在王勃生前，他們是有較勁的，楊炯曾說自己「恥居王後」，存心要比拚個高下。但在王勃身後，楊炯卻用了最熱情洋溢的字眼，來讚頌這個早逝的故人。

在文中，他對比了前後兩個時代的文學：

前一個時代，他覺得是柔靡的、浮華的、空洞的——「龍朔初載，文場變體，爭構纖微，競為雕刻。糅之金玉龍鳳，亂之朱紫青黃……骨氣都盡，剛健不聞。」

後一個時代，是「四傑」崛起之後的時代，他認為是振奮的、開闊的、充滿希望的——「長風一振，眾萌自偃。遂使繁綜淺術，無藩籬之固；紛繪小才，失金湯之險。積年綺碎，一朝清廓。」

他表揚的是王勃，但這一份功業，這一股「長風」，不也有他和盧、駱等同時代詩人的努力在內嗎。

葉嘉瑩曾說王勃等是「小詩人[15]」。的確，在後來盛唐、中唐的那些巨擘之前，他們是顯得有點單薄、消瘦。

但他們卻是唐詩大爆發的開端。就像地球生命的進化史上，忽然之間，在寒武紀，你也說不清楚為什麼，物種的數量就猛然爆炸性增加，一片生機蓬勃了。

在他們之前，詩是那麼狹窄，那麼侷促。而在他們之後，詩變得愈發闊大，愈發深沉。在他們之前，是一群高級幹部、宮廷貴族在寫詩，在他們之後，是越來越多的底層官僚和文人，甚至是窮苦困厄之士在寫詩。

在他們之前，沒有人能看得出「唐詩」這個文學嬰兒有什麼特別的前途。但在他們之後，人們開始驚訝地感覺到：有一些偉大的事情，將要在這個嬰孩身上發生。

最後，讓我們再看一眼王、楊、盧、駱這四個「小人物」的模樣吧：

「衫襟緩帶，擬貯鳴琴，衣袖闊裁，用安書卷。」——這是王勃。

「日下無雙，風流第一……輕脫履於西陽……重横琴於南澗。」——這是楊炯。

「提琴一萬里，負書三十年。晨攀偃蹇樹，暮宿清泠泉。」——這是盧照鄰。

「落魄無行，好與博徒遊。」、「讀書頗存涉獵，學劍不待窮工。」——這是駱賓王。

懷著一絲不捨，讓我們向這四尊雕像揮手告別。要探尋唐詩的勝境，在前方的路上，還將有更奇異的風景。

註釋

1 劉肅《大唐新語．文章篇》：「高宗承貞觀之後，天下無事，上官儀獨為宰相，嘗淩晨入朝，循洛水堤，步月徐轡，詠詩曰……音韻淒響，群公望之如神仙焉。」百官覺得他「如神仙」，大概還不完全是因為詩，還因為他「獨為宰相」的緣故。

2 按河北大學楊曉彩〈王勃任職沛王府考論〉：「王勃被高宗逐出沛王府，成為沛王與周王遊戲爭鬥中的犧牲品。此事當發生在總章二年（六六九年）五月。」王勃出生年本書從六五〇年說，所以逐出沛王府是十九歲。

3 當時英王其實應該是周王。按照《舊唐書》，到了後來的儀鳳二年八月，才徙封周王為英王，名字也從李顯改名為李哲。

4 小王勃做的究竟是個什麼官？《隋書．百官志下》：「吏部又別置朝議、通議、朝請、朝散……等八郎，其品則正六品以下，從九品以上。」唐朝沿用了這一職官制度，《舊唐書．職官志一》：「朝議郎、承議郎，正六品。通議郎、通直郎，從六品。朝請郎、宣德郎，正七品。朝散郎、宣義郎，從七品……並為文散官。」

5 盧照鄰生卒年不確，但比王勃大是肯定的。

6《全唐文》卷十三（咸亨）二年十月丙子詔曰：「其四方士庶，及邱園棲隱，有能明習禮樂，詳究音律，於行無遺，在藝可錄者，宜令州縣搜揚博訪具以名聞。」有研究者認為，盧照鄰參加的就是這一次銓選。

7 王明好〈初唐四傑交遊考——以盧照鄰為中心〉，很有趣味。其中云：「咸亨二年十月，朝廷又一次大規模選拔人才……於是等王勃籌集到旅資後，盧、王便一道離蜀返京，參加銓選。」

8 採用〈初唐四傑交遊考——以盧照鄰為中心〉的觀點：「咸亨二年冬，駱賓王自西域歸京。」、「四傑齊聚長安參選。」我真心希望它發生過，四傑聚會京師，一件多麼讓人神往的事。

9 駱賓王出生年分不確，早至六一九年、晚至六三八年等說法都有。但不管是哪一說，一般都認為他是「四傑」裡最年長者。

10 他叫作裴行儉，唐代名臣。《說唐》裡很紅的小將裴元慶的原型就是他的哥哥裴行儼。

11 裴行儉批評「四傑」浮躁淺露故事，見《贈太尉裴公神道碑》、《大唐新語》、《舊唐書》等。

12 張燮〈幽憂子集題詞〉。

13 盧照鄰〈五悲文〉。

14 盧照鄰《釋疾文．序》。

15 葉嘉瑩《葉嘉瑩說初盛唐詩》。

有趣的王家人

一

說完了「四傑」，讓我們的節奏稍微放緩一點，來講一個有意思的插曲。

我們來聊一聊唐初一個挺好玩、也很重要的一家人——山西龍門的王家。唐詩的歷史裡，有必要說一說這一家人。

先來想像這樣一幅畫面：在隋末的亂世之中，隱藏著一個僻靜美麗的地方，叫作白牛溪。每天清晨，在那清澈的水邊、碧綠的草地上，總有一位先生正襟危坐著，門人弟子圍了好幾圈，聽他慢條斯理地講述學問。

這一位嚴肅的先生，就是我們今天要聊的王家的族長，名字叫作王通。他大約比隋煬帝楊廣小十五歲，比唐太宗李世民大十四歲，正好是他們中間的人物。

我這麼隆重地介紹他出場，你大概要以為，這位王通先生一定是一位大詩人了？錯。王通先生如果聽到這一稱謂，一定會大怒的：你才是詩人，你全家都是詩人！

他不但不是詩人，反而特別嫌棄詩人，這個我們下文中會細聊。他的真實身分，是隋末的一位教育家、儒學家。他曾立志要續寫儒家的六經——《詩》、《書》、《禮》、《易》、《樂》、《春秋》。據說還曾經見過隋文帝，投過簡歷，沒有受到重用，這才回家專心做起學問來。

也不知道是因為求職不順，還是確實學問太高，王通和他的學生們都有一點狂人的味道。王通自號「王孔子」，徒弟們也分別取了些誑誕的外號，有的叫「子路」，有的叫「莊周」，個個都很牛。

此外，王通教授還有一個特點，那就是前面講的，他特別不待見一種人：詩人。

據說有一年，有一位叫李百藥的大詩人慕名而來，主動要了王通的網路帳號，想找他聊天，談論詩歌[1]。

李百藥可不是泛泛之輩，他不但會寫詩，學術地位也不低，是一位有著家學淵源的史學家，曾經參與編修過二十四史之一的《北齊書》。何況，他還長期在朝廷裡做官，政治地位比王通高多了。

這樣一位著名的學者型官員主動搭訕、求聊天，王通多少要給點面子，敷衍一番吧，可王通的表現卻讓李百藥驚呆了。

兩人網上開聊了。李百藥：「王先生，你看看這首詩，我覺得真的有點意思。」

王通：「呵呵。」

李百藥：「王先生，您覺得現在的詩歌真的需要改革嗎？」

王通：「嘿嘿。」

眼看這天都被王通給聊死了，李百藥心有不甘，還想再聊五塊錢的，卻發現系統提示：信息發送失敗，您聊天的對象已經把您拉黑了！

李百藥忍無可忍，拉住了一個朋友——「十八學士」之一的薛收來吐槽：

「你倒是給評評這個道理，我也算有點名氣吧，身分也不算低吧，學術成就也不算小吧，好心找王通聊天，他居然是這個態度，他是看不起我還是怎麼的？」

薛收只好勸他：「王夫子的脾氣，你又不是不知道。在他看來，寫詩作對、玩弄辭藻，是最上不得檯面的事（營營馳騁乎末流），他平常最討厭這個，當然要不搭理你了！」

事實上，被王通教授鄙視的詩人還遠不只是李百藥。他堪稱是隋末唐初評詩第一毒舌，曾經拋出過一段驚人語錄，把晉代以來百年間的大詩人、大文士踩了一個遍：

「謝靈運？小人！他寫東西太傲慢！沈約？小人！他寫東西很浮誇！鮑昭、江淹？『古之狷者』也，他們的文章『急以怨』；吳筠、孔珪？是『古之狂者』，他們的文章『怪以怒』；謝莊、王融？是『古之纖人』，他們的文太碎；徐陵、庾信？是『古之誇人』，他們的文太怪誕；劉孝綽兄弟？是鄙人也，他們的文章淫；湘東王兄弟？是貪人也，他們的文章太繁；謝朓？是淺人也！他的文章太膚淺；江總？是詭人也，他的文章太虛……」[2]

總而言之，他老人家一個都看不上眼。

你大概很難想像，在以詩歌著名的唐朝初年，當世的大儒對待詩人竟會是這個態度。

二

這位王通教授如此毒舌，有人敢唱反調嗎？有的。有趣的是，這人不是別人，正是他的弟弟。

下面我們有請王家的第二位人物——王績，號「東皋先生」。他和王通教授是親兄弟，管王通叫三哥。

我常常覺得，王通給自己的定位，有點像是武俠小說裡的中神通王重陽。他不但名字叫作「通」，最有名的著作叫作《中說》。而且他老人家總是一臉正氣，以江湖正統、天下聖王自居。

而他的弟弟王績則有點像東邪黃藥師。這位老兄走的完全是和王通相反的路子，不但名號叫「東皋子」，而且還是一代狂士，放誕不羈，吃起酒來常常豪飲五斗，還寫過〈五斗先生傳〉、《酒經》、《酒譜》等作品。

後人評價他的詩「真率疏放，有曠懷高致，直追魏晉高風」，這不就是一個活脫脫的黃藥師嗎？

做哥哥的王通這麼討厭詩人，可他偏偏沒想到，親弟弟王績卻偏偏哪壺不開提哪壺，成為了有唐以來的第一位名詩人。

今天，到書店隨便找一本唐詩選，翻開第一頁，很有可能就是王績的〈野望〉，它堪稱是唐詩的「沙發之王」。這首詩是這樣的：

東皋薄暮望，徙倚欲何依。

樹樹皆秋色，山山唯落暉。
牧人驅犢返，獵馬帶禽歸。
相顧無相識，長歌懷采薇。

一首相當漂亮的詩。它寫的是很普通的鄉村傍晚景色——秋色浸染了層林，落日的柔光披覆著山尖。這一邊，牧人驅趕著牛犢回來了。那一邊，獵人們騎著馬，帶著山禽也回來了。在八世紀任何一個中國北方的鄉村，也許都有這樣的景色，實在不能再平常了。但在王績的優秀組織調度下，它比同時代絕大多數人寫的那些宮廷詩都清新美麗。

再來看一首〈秋夜喜遇王處士〉：

北場芸藿罷，東皋刈黍歸。
相逢秋月滿，更值夜螢飛。

在一個秋天的晚上，詩人勞作一天回來，見到了朋友。在皎潔的秋月下，他們散著步、聊著天，草叢裡偶爾還有螢火蟲飛來飛去，更添加了情趣。

它讓我想起很多年後，另一位唐代詩人韋應物的一首詩：

懷君屬秋夜，散步詠涼天。
空山松子落，幽人應未眠。

都是在秋夜，都是在散步，兩首詩的味道很像，只不過王績是歡喜地遇到了朋友，而韋應物是單身一人，只能思念。

前文中我們曾經講過了李世民，說他像一個缺乏天分的攝影師，拿著單反，在豪華花園裡轉，卻就是拍不出美麗的畫面來。而王績呢？他買不起單反，也沒有高級花園，於是他成了一個慧眼獨具的畫家，一個畫夾，幾枝鉛筆，隨便找個地方支開了一畫，就是一幅漂亮的風景。

你或許會說，從這幾首詩看，王績的風格很淡雅啊，很溫和啊，為什麼還說他很狂呢？

事實上，王績寫了不少狂詩，我們在後面的文章會提到。即便是他的代表作〈野望〉，貌似很清靜，很柔和，也是暗含著孤標傲世之意的。

想像一下吧：夕陽之下，詩人放眼四望，身邊的人要麼是驅趕著牲口的牧人，要麼是拎著山禽的獵人，詩人「相顧無相識」，慨嘆沒有一個是我的知音，沒有一個我可以交流的人，這豈不正是一種孤傲和誑誕嗎？

此前我們說了，作為王績的大哥，王通教授對詩歌是很不待見的，他苦口婆心，諄諄告誡世人，要以文載道，要禮樂教化，傳播儒家經典才是正道。至於寫詩，吟風弄月之類，都是「末流」。

對於哥哥王通的這一套理論，做兄弟的王績是什麼態度呢？非常有趣。他首先是高度肯定：「我家那三哥啊，可不得了，學問是大大的，我是非常佩服的！他的著作我可是經常讀呀！」

原話是：「昔者，吾家三兄，命世特起，光宅一德，續明六經，吾嘗好其遺書，以為匡世之要略盡矣。」

然而他真的是很看好三哥的學問，要繼承三哥的事業嗎？才不是呢。下面他話鋒一轉：「只不過呢，我哥那一套理論固然是好，但也得遇到合適的人，才能實踐嘛。我的情況你們大家都是了解的，一個在野的閒人，要說承繼我哥的學問，實在不是那塊料啊！」

接著，他開始大肆為自己開脫，歪理一套一套：「一個人如果不過江，要船做什麼呢？如果不想上天，要翅膀做什麼呢？以我現在這個情況，連周公孔子等大聖人的學問都不學了，何況諸子百家啊。」說了這麼一大通，王績同學對他老哥那一套東西的真正態度，就是八個字：不明覺厲，興趣缺缺！

他到底想過什麼樣的生活呢？答案是：「屏居獨處，蕭然自得……性又嗜酒……閉門獨飲，不必須偶……兀然同醉，悠然便歸，都不知聚散之所由也。」簡而言之就是作閒詩，喝大酒！

唐初這一對截然不同的兄弟倆，宛如一對活寶般的存在，哥哥說「聖人在上者，未有若周公」，弟弟卻寫詩說「禮樂囚姬旦，詩書縛孔丘」；哥哥說「必也貫乎道」、「必也濟乎義」，弟弟卻說「百年何足度，乘興且長歌」。

我想不明白，一個老是板著臉、很難打交道的王通，怎麼偏偏有一個這樣放浪形骸的老弟？一個那麼嚴肅的大儒，怎麼弟弟偏是一個大狂士呢？一個那麼討厭詩人的人，怎麼親弟弟偏偏就是一個大詩人呢？

三

更妙的是，王通教授不但出了個大詩人弟弟，還出了一個更大的詩人孫子。這位孫子就是王勃。一聽名字你就恍然了，何止是大詩人，簡直是初唐詩壇的旗幟，在「四傑」裡坐了第一把交椅的。王通先生如果知道了孫子的職業選擇，是會搖頭苦笑呢，還是嘆息痛恨，甚至要拚老命呢？

王勃對這個古板嚴肅的祖父是什麼態度？答案是：很矛盾。在對外的口徑上，他是乖孩子口吻，口口聲聲要繼承祖父的事業，以弘揚儒家思想為己任。

比如他給當時的組織部副部長寫信，洋洋灑灑講了自己的文學理想，很大一套冠冕堂皇的話，諸如「聖人以開物成務，君子以立言見志，遺雅背訓，孟子不為，勸百諷一，揚雄所恥，苟非可以甄明大義，矯正末流，俗化資以興衰，國家由其輕重，古人未嘗留心也[3]」。什麼意思呢？就是說寫詩作文要注重教化，要文以載道，不能只追求文藝之美，而要傳播正能量。這和他祖父的思想是高度一致的。

王勃公開宣稱自己的主要使命又是什麼呢？聽上去一派正氣，乃是「激揚正道，大庇生人，黜非聖之書，除不稽之論」。總而言之，就是要掃除一切不符合儒家規範的論著和觀點。在他看來，屈原、宋玉、枚乘、司馬相如等都該批判，因為他們過於追求文學之美，引發了「淫風」，導致「斯文不振」，違背了儒家的文學正道。

王勃真是口是心非嗎？倒也不盡然。在他短暫的人生中，確實曾花了很長一段時間來埋頭整理祖父王通的著述，梳理儒家經典。他寫了《續古尚書》，給祖父的《元經》、《續詩》、《續書》

都作了傳、寫了序，還撰寫了《周易發揮》、《次論語》、《唐家千歲曆》等著作。

從這一點上看，王勃算得上是王通的好孫子，為其祖著作的流傳做了很大貢獻。可有趣的是，一到了寫詩的時候，王勃就把爺爺的那一套拋之九霄雲外，興高采烈地「營營馳騁乎末流」了，彷彿是上課時滿臉認真，可下課鈴一響就第一個衝出教室的頑童。他「畫棟朝飛南浦雲，珠簾暮捲西山雨」、「鷹風凋晚葉，蟬露泣秋枝」，是激揚了什麼正道呢？他「徘徊蓮浦夜相逢，吳姬越女何豐茸」，承載的又是什麼正道呢？

翻開王勃現存的詩歌，完全看不出他投身儒家道德說教的真誠，反倒證明了他追求文藝美的天賦[4]。他最能打動我們的，是他的文采和真性情。他比有唐以來任何一個前輩詩人都更能發現自然界蕭疏遼闊的美——「亂煙籠碧砌」、「山山黃葉飛」，人人眼中有此景，卻人人筆下無此詩。這些都和他自己標榜的「激揚正道」沒有半點關係。

王勃不但在詩中看不出「激揚正道」，他的為人處世也看不出「激揚正道」，反而給人的印象是輕狂率性、不講政治、荒誕不經。

他和朋友一起聚會，寫文章吹牛，說曹植、陸機這樣的人可以車載斗量，前輩大才子謝靈運、潘岳來了也得「膝行肘步」，就是說要兩膝跪著、用手肘爬行。

他在沛王府做事的時候，給主子起哄，寫鬥雞的檄文，惹出政治事件來。後來他又搞出了一個至今都讓人看不懂的殺人案，先是藏匿了一名犯人，又擔心事情敗露而殺死了他，自己被判死刑。

王勃，是用一種陽奉陰違的方式造了他爺爺的反。

在理智上，他覺得爺爺那一套是對的，他也確實有弘揚爺爺思想的強烈使命感。但在天性上，他和爺爺那一套不合拍，而是愛文藝、愛搞事、離經叛道、樂此不疲。

這就是有趣的王家人，祖孫三個，弟弟不待見兄長那一套，孫子也不待見爺爺那一套，但他們又分別在各自的時代、各自的領域裡登上了高峰。

從這一家子的人生選擇，我們能窺見唐初的氣象：開放的選擇，多樣的可能，羊頭各自掛，狗肉隨便賣，這才有可能不經意間攪出一個文藝的大盛世來。

註釋

1 李百藥來訪故事見王通《中說》，當然有可能是撰著的人為了抬高王通而編造的。

2 王通《中說》：「子謂：『文士之行可見：謝靈運小人哉？其文傲，君子則謹。沈休文小人哉？其文冶，君子則典。鮑昭、江淹，古之狷者也，其文急以怨。吳筠、孔珪，古之狂者也，其文怪以怒。謝莊、王融，古之纖人也，其文碎。徐陵、庾信，古之誇人也，其文誕。』或問孝綽兄弟。子曰：『鄙人也，其文淫。』或問湘東王兄弟。子曰：『貪人也，其文繁。謝朓，淺人也，其文捷。江總，詭人也，其文虛。皆古之不利人也。』」

3 王勃〈上吏部裴侍郎啟〉。

4 陳弱水《唐代文士與中國思想的轉型》：「事實上，王勃自己的文章內容和風格也大多與文學功用主義渺不相涉。」

宋家的長子

一

話說公元六五六年，在王勃出生六年後，在長安城一戶官宦人家的住宅裡，響起了一聲清脆的兒啼。一位叫宋令文的驍衛軍官迎來了自己的長子。

這裡閒敘一筆，宋令文先生雖然是一名武官，卻也有文才，是當時頗具影響力的一位社會名流，他後來還跨界做了「東台詳正學士」。

看見「東台」這個名稱，我們就知道，那代表著一個特殊的時代——武則天崛起的時代。由於她特殊的審美口味，朝廷裡幾套班子的名稱統統被改了，變得文藝浪漫了許多。尚書省、中書省、門下省被分別改名為「中台」、「西台」和「東台」，侍中被改為「左相」，中書令改成「右相」，僕射被叫作「匡政」，左右丞被叫作「肅機」。

比如後來婦孺皆知的大詩人王維，就曾做過尚書右丞。如果他早生一點，活在高宗和武后時代，大概就不會被叫「王右丞」了，而應該被叫作「王肅機」。

而此刻，我們的宋令文正抱著他的長子，看著懷中那稚嫩通紅的臉蛋，十分欣喜。「等他長大了，我要把自己最拿手的本事教給他，讓他有出息。」宋令文心想。

這個孩子，就是我們今天故事的主人公，唐詩歷史上的一代宗匠——宋之問。

你可能會說：宋之問？這是誰啊，是個小人物吧，我怎麼從來都沒聽說過。

這可不是小人物。我列舉他三點特別厲害的地方你就明白了：

第一是他的詩很牛。每一個中國人，都能夠讀懂他的一句詩：「近鄉情更怯，不敢問來人。」直到今天還有學者說，公元八世紀的中國詩壇，是「沈宋的世紀」，其中這個「宋」就是宋之問。他還有一個更尊貴的稱號，叫作「律詩之祖[1]」。

其次，宋先生不但會寫詩，據傳說還擅長很多絕技，比如舉報、告密、宮鬥之類，如果去演宮廷劇一定很無敵。

在唐代的大詩人裡，有些人是很不擅長宮鬥的，比如李白，進宮沒幾天，就被對手給鬥趴下了，皇上對他各種嫌棄，最後乾脆轟走了事。

但宋之問先生卻堪稱宮鬥高手，百撕百勝，比李白不知道高到哪裡去了。

第三，也是最厲害的一點：他的很多場宮鬥，都是為了泡一個妞。

按說唐朝的風流詩人可不少，杜牧、元稹、白居易、李商隱都很風流，而且還各有特長：杜牧愛逛青樓，元稹愛泡才女，李商隱則據說暗戀人家的丫頭。但宋之問老師卻與眾不同。他要泡的，是整個唐朝最難泡的一個妞。

是誰？太平公主？玉真公主？都不是，比這還更難些，他的目標是——武則天。

你大概會以為他瘋了：這女人也能下手？可是我們的宋之問先生據說當真勇敢地出手過。我猜現在你對宋之問同學必定已充滿好奇了。下面，就讓我們一起了解下他那不平凡的一生吧。

二

時光飛逝，在父親的悉心呵護中，宋之問漸漸長大，並已經有了兩個弟弟。

某天，父親把兄弟三人鄭重叫到了面前。他要完成自己當初的心願：把最擅長的本事傳給孩子。

「你們也都慢慢長大了，該學點東西了。爹這一生最拿手的有三門本領：一是武功，二是書法，三是文采。你們一人選一樣學吧！」[2]

孩子們紛紛作出了選擇。老二宋之遜選了書法，後來成為一代草隸名家；老三宋之悌則選了武功，後來成了一名頗有戰功的勇士。

最後，父親把殷切的目光投向了老大——宋之問。他雖然還沒成年，但已出落得高大英俊，一表人才，口齒便給[3]，像個明星。

「你選什麼呢？孩子？」

「我要學文學。」宋之問堅定地說。什麼武功、書法，我都不感興趣。我一定要學好文學，成為一名大詩人，書寫我的壯（宮）麗（鬥）人生！

訂下目標之後，宋之問刻苦學習，天天讀書寫詩，忙得連洗臉刷牙都顧不上。

父親勸他說：孩子啊，你刻苦學詩當然很好，但牙還是要刷的，不然早晚要吃大虧。

宋之問卻不以為然：刷一個牙，至少要五分鐘，多浪費時間啊。少刷牙怎麼會吃虧呢！說著，他又埋頭到了書本之中。

漸漸地，小宋同學在各大報紙雜誌上不斷發表作品，開始有了一些名氣，尤其是五言詩寫得最得心應手。隨著聲譽漸起，小宋也很得意。

有一天，他的手機上忽然收到一首詩，是外甥劉希夷發來的。

「小舅，你看我這兩句詩怎麼樣，能不能發表？」外甥興沖沖地問。

宋之問點開一讀，不禁吃了一驚。詩中有兩句是：「年年歲歲花相似，歲歲年年人不同。」這太棒了[4]，要是發表出去，一定會流行啊！

「這是你寫的？」他狐疑地問。

「是啊，有什麼問題嗎？很差嗎？」劉希夷一臉無辜。

宋之問不動聲色：「外甥呀，這兩句詩的水平我看也就一般般啦，就算發出去效果也不會太好。要不然這樣，這兩句詩就署我的名字，小舅幫你發怎麼樣？」

劉希夷又不傻，很快反應了過來：「什麼？你是要剽竊？我不幹……」

宋之問怒了：小子，敬酒不吃吃罰酒，我弄死你。

怎麼弄死呢？話說《水滸傳》裡曾記載了一種害人的辦法，叫作「土布袋」，把一個口袋裝滿土，壓在人身上，一時三刻就死了。

傳說宋之問就做了一個這樣的土布袋，壓在了劉希夷身上。可憐的外甥便這樣死掉了。宋之問得到了外甥的這一句詩，發表之後，風行一時。

有不少學者考證說，這事太不靠譜：首先，劉希夷到底是不是宋之問的外甥，就要打個大大的問號；其次，劉希夷的年紀也應比宋之問大，怎麼會反被小朋友壓死呢。

可這個八卦段子也不是我編的，在唐朝就有人這麼傳[5]。其中有一個名頭響噹噹的傳播者，就是後來的大詩人劉禹錫。他曾經和同事聊天，講到過宋之問壓死親外甥的事，說得唾沫橫飛，被同事的孩子記了下來，寫成了書，傳到今天。

再說了，宋之問家不是武林世家嘛，會武功的，或許真能壓死劉希夷也說不定。

不管怎樣，宋之問的人生第一場鬥爭大獲全勝。

三

漸漸地，靠著帥氣的長相和出眾的才華，我們的宋之問越來越紅了。他考中了進士，後來又進入朝中做事，擔任高級書童，代號九五二七。

辦公室裡，一個同事熱情地迎上來和他握手：「你好，我是九五二八，我們以後就是同事啦！我叫楊炯[6]！」

你發現這個同事的名字有點熟是不是？沒錯，此人名震江湖，正是「初唐四傑」裡的楊炯楊盈川。

想到這一幕，我有點感慨：唐朝詩壇是怎樣地藏龍臥虎啊，在長安的一間小辦公室裡，居然齊聚著兩個大詩人。

你或許會有點擔心：和腹黑的小宋做同事，楊炯到底安不安全？會不會也因為寫出一句好詩來，比如「寧為百夫長，勝作一書生」之類，被宋之問眼紅盯上，用布袋給壓死？

你放心，沒有發生這種事。壓死同事哪是這麼容易的。何況楊炯此人性格孤傲，在單位人緣不太好，仕途一直沒有起色，對心機鬼宋之問基本構不成什麼威脅。

後來宋之問不斷竄紅，直至陪侍武后，風光無限，楊炯卻一直在當文員，晚年做到的最大的官也就是個縣長。小宋根本犯不著去跟楊炯撕破臉。他們維持了終生的純潔友誼。

長話短說。憑藉著優秀的表現，我們的小宋在職場步步高陞，最後擔任了一個了不得的職位——武則天的高級伴讀書童！他春風得意，夾著小筆記本，跟著御姐到處視察。

高處的競爭是激烈的，一場大型的勾死鬥角也隨之來臨了。這次的對手很強大，叫作東方虯。

在武俠小說裡，凡是複姓的往往都是高手，比如令狐、西門、慕容之類。尤其是姓東方的，更是高手中的高手，想想那個死人妖你就知道了。

東方虯當時的職位叫作「左史」。請注意，這個官並不大，不要誤會成明教的「光明左使」那樣的教主之下的二把手。當時的「左史」只是個在御前服務的筆桿子而已。

不過，這個崗位由於親近主要領導，分量也不輕。何況東方虯的詩才很高，遠在死鬼劉希夷之上，堪稱初唐的一面旗幟。比如一首〈春雪〉：

春雪滿空來，觸處似花開。
不知園裡樹，若個是真梅。

從這首詩，能看出東方同學功力深厚，舉重若輕，堪稱是小宋的勁敵。可我們的小宋毫不懼怕：爾要撕，便來撕！

戰鬥發生在洛陽。是日，武則天帶隊浩蕩出遊，眼看著一片山明水秀、柳綠花香，御姐心情大悅，命手下寫詩助興。

東方虯手持毛筆應聲而出，一揮而就，果然文采斐然。武則天很高興，當場給他頒發最高獎：一件豪華時裝。

東方虯得意揚揚，斜眼看著宋之問，意思很明顯：我左青龍，右白虎，老牛在腰間，龍頭在胸口，你一個小小書童，敢和我作對嗎！

可他的新衣服還沒穿暖呢，就聽見武則天大喊一聲：「好！這一首更好！」

東方虯如遭雷轟。因為武則天手裡拿的，正是宋之問的卷子。

小宋這一次交上去的詩，名字叫作〈龍門應制〉，又名〈記一次隆重的考察活動〉。詩很長，這裡就不全引了，它的大意是：

春雨初霽啊，花紅柳綠，
御姐出行啊，多麼壯麗。
仙樂嗚響啊，千乘萬騎。
這可不是來遊山玩水啊，
而是來關心老百姓種地。

辭藻十分華麗，語句十分精緻，政治完全正確，大大拉高了女王出遊的意義，武則天越看越高興。她當場下令：來人呀，把東方虯的時裝扒了，給我家小宋穿上！

東方虯當時一定很悲憤。是的，用文章來諂媚人，就是這麼殘酷的，它換不來真正的體面。

四

一戰告捷之後，宋之問愈發鞏固了在武則天身邊的地位。他漸漸贏得了一個外號——詩家射雕手！

如果金庸那時候寫《射雕英雄傳》，主角應該是我們的宋老師。

這時，宋之問已制定了下一階段的五年計畫，他要繼續向武則天進攻，乃至奪取御姐的歡心。光靠給女主寫詩已經不能滿足他了，他還決心要給武則天……當男朋友。

你可能覺得這有點荒唐，我也覺得有點荒唐。但這些事兒也不是我瞎編的，確有前人這麼記述，您就存疑往下看吧。

此時宋之問年紀已經不算輕了，邁入了大叔的門檻，但仍是氣質不凡，風度翩翩。對於取悅女主，他頗有自信。

他很快找到了機會。當時武則天交了幾個小男朋友，最有名的是一對兄弟倆，叫作張易之、張昌宗。不少讀者應該看過電視劇《大明宮詞》，裡面有一個很會吹簫的妖豔小白臉，那就是張易之。

武則天經常和兄弟倆一起鬼混，對外找藉口說是讓他們「編書」。其實在學問方面，他們是兩個標準的低能兒，哪裡會編什麼書呢。

宋之問看準了機會，使勁巴結張家這兩兄弟，鞍前馬後地服侍。據傳說，這兩兄弟要解手，宋之問還親自給他們端夜壺[7]。

事與願違的是，不管宋之問怎麼鑽營，武則天對他的態度總是這樣的：

小宋呀，你表現挺好。

小宋呀，你的詩寫得真不錯。

小宋呀，你是一個好人……

好人卡領了一大堆，可小宋就是爬不上女皇的龍榻。

宋之問忍無可忍，決定拚了。他卯足了勁，給武則天寫了一篇長詩，叫〈明河篇〉。後來很多人都說那是一封情書。裡面還真有些曖昧的詞句，比如「鴛鴦機上疏螢度，烏鵲橋邊一雁飛」、「明河可望不可親，願得乘槎一問津」。

「乘槎」是什麼意思？就是乘木筏子。什麼叫「明河可望不可親，願得乘槎一問津」呢？翻譯出來就是：

「我這張舊船票，還能否登上你的客船？」

情書送上去之後，過了好久，小宋才終於側面聽到了武則天的回覆。這是一句在中國詩歌史上被當作段子傳了一千多年的回覆：

「我不是不知道小宋有才華、有情調。可是……架不住他口臭啊……」

原話是：「『吾非不知之問有才調，但以其有口過。』蓋以之問患齒疾，口常臭故也[8]。」

古人沒有記載小宋聽到這句話後的表情，只寫了四個字：「終身慚憤。」料想他大概是又愧又悔：爹啊，悔不該當初，看來你說對了，刷牙真的很重要。

五

這一次之後，小宋的仕途開始走下坡路了。七〇五年，他遭到當頭一棒：自己倚為靠山的女主武則天被人推翻下台了。

天塌了。小宋的高級伴讀書童做不成了，被貶到廣東。那時候的廣東不比現在，是改革開放的前沿陣地，當時那地方偏僻荒涼，又熱又苦。宋之問度日如年，暗暗下了決心：我的人生還沒有完！我還可以繼續宮鬥！

他悄悄潛回了洛陽，住在一個叫張仲之的朋友家，等待時機。很快，他的機會就來了。

這一天夜裡，月黑風高，宋之問無意間聽說了一件驚天動地的大事：這位收留了自己的好朋友張仲之，居然和別人密謀搞政變，要殺了當朝宰相武三思。

聽說了朋友的這一壯舉，宋之問感動得熱淚盈眶。他意識到自己東山再起的機會來了。於是，小宋抹著淚水，毅然作出了決定：告密！

他連夜派人發了一條緊急微博，@給了武三思：我的房東張仲之是個壞份子！他圖謀不軌！請愛唐人士一起來封殺他！[9]

結果可想而知，張仲之全家被殺光光，宋之問則舉報有功，升官做了鴻臚主簿，等於是朝廷外事部、禮儀部的辦公廳主任。

在當時的文人圈裡，大家一說起這件事，就會偷偷對著宋之問比中指，鄙視他的為人。但這又怎麼樣呢？歷史是勝利者書寫的，我們的小宋就是會宮鬥！

這一階段，是小宋人生的中興時刻，他十分珍惜。老闆由武則天變成了唐中宗，他仍然努力地寫作，要壓過其他詩人，以得到新老闆的賞識。

很快，他人生中的最強對手出現了。

前文曾說過，當時詩壇的兩大天王並稱「沈宋」。其中「宋」就是宋之問，而「沈」則是另一個人——沈佺期。

一山不容二虎。他們之間終於爆發了一場正面對決，那就是唐詩史上幾大著名決戰之一的「彩樓之戰」。

故事發生在正月的最後一天。這一天是古人所謂的「晦日」，今天我們不講究過這個節了，但在唐代，這一天是重要節日，一般都要到水邊搞點節慶活動，泛舟、喝酒、賽詩、祓禊之類。中宗皇帝也不例外。當天，他遊覽了長安郊區的昆明池，在這裡搞了一場隆重的賽詩大會。現場修起了一座彩樓，作為賽詩的會場。詩人們紛紛提筆應戰。擔任評委的是大大有名的一個女人——上官婉兒。

彩樓之上，上官婉兒隨手評點，遭到淘汰的卷子被直接扔下來，一時間樓前如雪片紛紛，滿空中都是A4紙。

扔到最後，上官婉兒手上只剩下兩個人的卷子：沈佺期和宋之問。

所有人的目光都集中在她的手上。只見她秀眉緊蹙，將兩首詩比來比去，始終難以取捨。終於，她一揚素手，一張卷子悠悠飄下，大家搶過來一看，是沈佺期的。

這說明宋之問贏了。沈佺期不服：「憑什麼我不如那個口臭鬼！」

上官婉兒說：「你倆的詩，難分高下。但是你的結尾比他的弱，勁力洩了，所以你輸了。」

沈佺期的結尾是：「微臣雕朽質，羞睹豫章材。」大意是：我這麼沒本事的人，能有幸看到朝中這麼多能人，真是覺得很慚愧——很謙虛，但也很洩氣。

而宋之問的結尾呢？是氣場完全不同的十個字：「不愁明月盡，自有夜珠來。」它不但巧妙地嵌入了一個關於漢武帝救魚得珠的典故，而且還飽含正能量，體現了充分的道路自信：「我不擔心今晚的月亮會黯淡，因為一定會有明珠來照亮我大唐的夜空！」

沈佺期再不敢爭了，勝負就此判定。

有人說，沈佺期這一仗輸得可惜，因為他擅長七言，卻非要去和宋之問比五言。也有人說，沈佺期的詩比宋之問多寫了一聯，氣脈到最後跟不上，這才洩了。

不管怎樣，宋之問又一次大獲全勝。

六

那麼，贏得了「彩樓之戰」的小宋，從此青雲直上了？

並沒有，這一仗只是他的迴光返照而已。他的每一場宮鬥都贏了，但他卻輸在了大的戰略上。

中宗皇帝不是一個靠得住的老闆，宮中權力鬥爭激烈，各路政治強人輪流坐莊，宋之問同學就在中間見風使舵。

當年武則天在的時候，他拚命巴結二張兄弟；二張垮台後，他就使勁巴結竄紅的武三思；武三思倒台了，他就巴結太平公主；等後來韋皇后、安樂公主勢力坐大，他又拋下太平公主，去巴結安樂公主。

大家可以去翻翻小宋的詩集來看，每換一個老闆，他就寫一大堆跪舔文。其實在唐朝大詩人裡，誰又沒有巴結過人、沒寫過幾首跪舔詩呢，後世李白杜甫也不能免俗。但小宋見風使舵得太露骨，彎轉得太急，所以翻起車來也就特別慘。

七〇九年以後，唐朝宮鬥白熱化，一場又一場的內廷劇變接連發生，宋之問的老闆們先後倒台，紛紛被殺。

小宋到處遭人嫌，被一路猛貶，先貶到越州，又改到豫州，最後改到桂州，唯恐把他踢得不夠遠。

他提心吊膽、失魂落魄地走著，不知道下一站是什麼地方，會不會又接到命令，被貶到更遠處去。過去的一切榮華都隨風而去，剩下的只有荒涼的邊地和遙遠的故鄉。

宋之問似乎終於明白了點什麼——我為大人物們鼓吹了一生，端過馬桶，寫過跪舔文，出賣過朋友，數十載鑽營，卻只換來今天的下場，究竟是為了什麼呢？

一路上，他寫下了很多動情的詩句，和過去那些「鑼鼓喧天、彩旗招展」的詩完全不一樣的句子。這些前後兩次被貶謫時期的作品，是小宋一生中最好的詩：

度嶺方辭國，停軺一望家。
魂隨南翥鳥，淚盡北枝花。
山雨初含霽，江雲欲變霞。
但令歸有日，不敢恨長沙。

這是他寫的〈度大庾嶺〉。這裡的交通條件非常差，即便是幾十年後，大詩人張九齡到大庾嶺考察，發現這裡仍然是「人苦峻極」。宋之問經過的時候，艱苦可想而知。

還有讀來讓人唏噓不已的〈渡漢江〉：

嶺外音書斷，經冬復歷春。
近鄉情更怯，不敢問來人。

一個詩人，當他沒有了資格粉飾太平，斷絕了機會拍馬跪舔，往往才能放眼蒼涼世界，書寫心靈之聲。

可惜的是，宋之問的詩魂剛剛昇華，肉體就必須毀滅了。新上台的人已經沒有耐心讓這個舊人再活在世上，下令把他賜死。

宋之問走得挺可憐。接到被賜死的命令後，他腦門冒汗，來回轉圈，一拖再拖[10]。最後，在別人的呵斥下，他才稍微定了定神，洗了個澡，吃了點東西，結束了自己的一生。

回望小宋的一生，那些端尿壺、求做面首、弄死外甥的八卦故事，雖然在唐朝時就被人傳得繪聲繪色，其實不一定都是真的。有些可能是因為他名聲不好，「天下醜其行」，被人存心編排的。

但話說回來，和小宋同時代的沈佺期、杜審言等，也都是大詩人，也都因為諂媚二張被貶，卻也都沒被人抹黑到小宋的地步。說到底，還是小宋品行差勁，一些事做得太不體面，所謂「人品卑下而惡歸焉」。

曾經，當他的好朋友楊炯去世的時候，小宋寫過一篇祭文，至今都是名篇，開頭是八個字：「自古皆死，不朽者文！」

既然小宋早已明白這個道理，又何必做那麼多徒勞無益的事呢？

最後，抄幾句歌詞，送給做事有瑕疵、但詩文仍然不朽的宋之問同學吧：

在人間已是癲，何苦要上青天，
不如溫柔同眠。

註釋

1〔明〕曹剛父：「沈、宋為唐律之祖。」方回《瀛奎律髓》：「子昂以〈感遇〉詩名世……與審言、之問、佺期皆唐律詩之祖。」

2《新唐書・列傳第一百二十七》：「之問父令文，富文辭，且工書，有力絕人，世稱『三絕』……既之問以文章起，其弟之悌以驍勇聞，之遜精草隸，世謂皆得父一絕。」

3 《新唐書．列傳第一百二十七》：「之問偉儀貌，雄辯。」

4 這詩也有很多人覺得並不怎麼樣。金人王若虛說：「年年歲歲，歲歲年年，何等陋語。」宋人魏泰說：「希夷這句殊無可采。」

5 〔唐〕劉肅《大唐新語》：「劉希夷……作一句云：『年年歲歲花相似，歲歲年年人不同。』……詩成未周，為奸所殺。或云宋之問害之。」後來〔唐〕韋絢《劉公嘉話錄》：「劉希夷詩曰：『年年歲歲花相似，歲歲年年人不同。』其舅宋之問苦愛此兩句，知其未示人，懇乞，許而不與。之問怒，以土袋壓殺之。」

6 《新唐書．列傳第一百二十七》：「甫冠，武后召與楊炯分直習藝館。」他們的關係似乎還不錯。

7 《新唐書．列傳第一百二十七》：「張易之等烝昵寵甚，之問與閻朝隱、沈佺期、劉允濟傾心媚附……至為易之奉溺器。」

8 見〔唐〕孟棨《本事詩．怨憤》。古漢語裡「口過」未必就是指口臭。但是後文一句「口常臭」，硬是要把宋之問的口臭坐實了。

9 《新唐書．列傳第一百二十七》：「之問逃歸洛陽，匿張仲之家。會武三思復用事，仲之與王同皎謀殺三思安王室，之問得其實，令兄子曇與冉祖雍上急變，因丐贖罪，由是擢鴻臚主簿，天下醜其行。」這件事是宋之問最大的人生污點之一，因為他出賣了朋友，但研究者對這件事的真實性也有爭議。比如楊墨秋〈宋之問研究二題〉：「《唐書》本傳、《資治通鑑》等史書所說的之問逃歸，藏匿於駙馬都尉王同皎或洛陽人張仲之家的記載是經不起推敲的。」認為張仲之發案時間和宋之問回洛陽的時間不合。

10 《新唐書．列傳第一百二十七》：「賜死桂州。之問得詔震汗，東西步，不引決。祖雍請使者曰：『之問有妻子，幸聽訣。』使者許之，而之問荒悸不能處家事。祖雍怒曰：『與公俱負國家當死，奈何遲回邪？』乃飲食洗沐就死。」讀了讓人不忍。

軍曹的絕唱

一

告別了宋之問，讓我們振作一下精神，迎接下一個主角。他的名字叫作陳子昂。這也是在「初唐」這座殿堂裡，我們最後拜訪的一位大神。

說到陳子昂，我們先繞遠一點，從一個明朝人的故事講起。

這個明朝人叫作楊慎，是一個大有來頭的人。明朝有所謂的「三大才子」，你一聽這稱號，大概會立刻本能地想到唐伯虎，但唐寅其實並不在其中。這三個才子裡，一個叫解縉，是主編《永樂大典》的那位；一個叫徐渭，是大名鼎鼎的詩文家和書畫家，戲曲裡也常見到的徐文長；而被稱為這三人之首的，就是楊慎。

只要說出他的一首詞，你一定會有印象的。這首詞就是：

滾滾長江東逝水，浪花淘盡英雄。

是非成敗轉頭空。
青山依舊在，幾度夕陽紅。

想起來了對不對？楊慎的這首詞，被後人拿來放在了《三國演義》的開頭，和原著水乳交融，成為天作之合。

這一年，楊慎在官場遇挫，被流放到偏僻的雲南。但他並不氣餒，而是在雲南認真讀書，研究歷代詩文，撰寫著作以自遣。

此刻他正在讀的，就是一本唐人的詩集。

一行行掃下去，都是他早已經爛熟的詩句：

王道已淪昧，戰國競貪兵。
樂生何感激，仗義下齊城……

一聞田光義，匕首贈千金。
其事雖不立，千載為傷心。

忽然，當他隨手翻到關於這位詩人的一篇小傳時，年已五旬的楊慎眼睛一亮，手都輕輕顫動了：這裡面居然還藏著一首詩？

八百多年過去了，它都靜悄悄地躺在這一篇小傳裡，沒有被人重視？

楊慎提起筆，珍重地將這幾句詩圈了出來，並認真地寫下了批註：「這一篇詩文，簡樸大氣，真有直追漢魏的風骨，而我所看到的所有文章典籍卻都沒有記載它。」[1]

楊慎所發現的，究竟是一首什麼詩呢？後人給它加了一個題目，叫作〈登幽州台歌〉：

前不見古人，後不見來者。
念天地之悠悠，獨愴然而涕下。

在楊慎的推薦下，各路文壇大咖們紛紛轉發這首詩，使它的知名度越來越高，最後變得婦孺皆知，傳誦一時。自此，一篇在詩人的小傳裡藏身了八百年的詩章，才終於進入了中國的詩歌史，射出炫目的光彩。

這首詩歌的作者，就是我們的主角陳子昂[2]。這麼了不起的一個詩人，他創作這首詩時的頭銜是「軍曹」。這是個什麼品級的官呢？說法有很多種。最差的可能，是相當於一個我們很熟悉的詞：弼馬溫[3]。

二

一般而言，當我們講一個詩人的故事的時候，往往都要說他從小聰明好學，三歲識幾百字，四歲會作詩，五歲拿作文大賽冠軍之類。前面的「四傑」等人幾乎都是這個套路。

然而陳子昂完全不是。相反，他小時候是一個不愛學習的問題少年。

當時的文壇，是一幫天才在統治，恨不得一個比一個讀書早、出名早。駱賓王七歲寫出〈鵝〉來；王勃六歲就能寫文章，九歲就能寫大卷大卷的專業論文，據說還指出過前人註《漢書》的錯誤；盧照鄰自幼飽讀詩書，十幾歲就被朝廷裡的高層說成是司馬相如再世；楊炯十歲就被當成神童。

陳子昂卻有著完全不一樣的童年。當小王勃正在刻苦讀書、寫論文的時候，小陳子昂在幹嘛呢？擊劍、行俠，活到十七八歲仍然「不知書」。

後來他打架鬥毆鬧出人命，這才幡然悔悟，棄武從文。他的經歷和後世的詩人韋應物有點像，不是個天生的讀書人。

這也是為什麼陳子昂明明和王勃、宋之問等是一輩人，卻總給我們時代更晚的感覺。說白了，不是年代晚，而是讀書晚。

即使是後來，他長大了，會寫詩了，也好像獨立於當時文壇的圈子之外[4]。

那時的詩壇大致有兩撥人。一撥是主流詩歌圈，能參加宮廷的文藝座談會的，比如宋之問、沈佺期、杜審言、李嶠。他們在朝廷裡面子熟、門路廣，特別是和武則天的男朋友張易之老師的關係很好，各種好事都容易有他們的份兒。

這個圈子裡的人寫詩也是一個味道，聲律協調，工整精麗，各種弘揚主旋律。

另一撥是非主流詩歌圈，典型的就是「四傑」。這一夥人在文壇政壇上撲騰多年，沒一個當到處長以上的，大部分時間都沉淪下僚，蹭蹬失意。他們的詩歌也就風格比較多變。

陳子昂呢？哪一個圈都不是。他既不是主流圈的，也不是非主流圈的，他自成一體，一個人玩。

他和上述所有人都不太一樣。當時在朝中做官的人，多多少少都要寫幾首宮廷詠物詩，陳子昂卻幾乎一首都沒有。在宮體詩大行其道的時候，他似乎沒有接受過一點兒這類詩的訓練。

他是四川人，家鄉在遂寧射洪縣，那個地方至今還留著他的讀書台。按道理說，當時的「四傑」都和四川有密切關係，要麼長期在四川遊歷，要麼在四川工作過。這片土地上幾百年來都沒有誕生過一流的文學，但到了初唐卻一時間薈萃了眾多的名士，成為詩歌改革的前沿。

可是作為四川人的陳子昂卻好像完全不認識他們，相互之間沒有一點交集。翻翻詩文，我們幾乎看不到陳子昂有什麼和他們之間的互動。

在那個時代，他很孤獨。唐代詩人們都喜歡齊名、並稱，有沈則有宋，有李則有杜，有錢則有劉，有王則有孟，有元則有白，有郊則有島，有皮則有陸。

陳子昂卻沒有。他這樣大的名聲、這樣大的影響，但在他的時代裡沒有人和他齊名，沒有人和他並稱。他像是一個天外的來客。

此外，他也不像一個大詩人。

他的詩寫得有些「不講究」，比較粗直。比如到處都是重複的字眼，這是很犯忌諱的[5]。他的代表作〈感遇〉組詩的開篇第一首，「微月生西海」、「太極生天地」，憨態可掬地連用了兩個「生」。接著「三元更廢興」、「三五誰能征」，連用了兩個「三」字。又比如「化」字，鮑鵬山統計說，三十八首〈感遇〉詩裡使用了十一次「化」字，外加十三次其他的指代詞。

辭藻不豐富，是不少人讀陳子昂的感覺。美國學者宇文所安讀了陳子昂之後，狐疑地說，他寫景狀物的時候「掌握的詞彙甚少」。比如，凡是要表現視覺上的延續感被打斷的時候，陳子昂就不可避免地用「斷」字——「野樹蒼煙斷」、「野戍荒煙斷」；如果要表現視覺上的延續中斷之後又重新開始，就往往用「分」字——「城分蒼野外」、「煙沙分兩岸」；如果這種延續僥倖沒有被打破，並擴展到了一定的距離，就難以避免地要用「入」字——「征路入雲煙」、「道路入邊城」。

乍一看去，我們的陳同學像是一個沒有經過專業訓練的自學成才的野路子詩人。後人說他「章法雜糅，詞煩義複」，或者是「質木無文，聲律未協」，他大概也是要承認的。在語句的美麗上，三五個陳子昂加起來，也趕不上一個宋之問。

陳子昂自己好像也不在乎。他不很在意詩人的名分：「文章小能，何足道哉？」甚至他的外貌也不足以做一個偶像派詩人。《新唐書》說他「貌柔野，少威儀」，和明星偶像一般的宋之問完全不能相比。

那麼我們究竟是喜歡他的什麼呢？

三

如果把他留給後世的一百多首詩仔細揣摩一下，你會發現，這些詩裡面，有三個陳子昂。

第一個是喜歡老莊的陳子昂。

這個陳子昂是理智的、超然的，也是寡淡的、無趣的。在他的代表作三十八首〈感遇〉裡，這樣的詩占了相當數量。這一類詩不像是詩，倒像是陳子昂的哲學筆記：「閒臥觀物化，悠悠念無生」、「吾觀崑崙化，日月淪洞冥」、「空色皆寂滅，緣業定何成」、「窅然遺天地，乘化入無窮」、「尚想廣成子，遺跡白雲隈」……他一定用了大把大把的時間鑽研這些東西。我們讀得很苦，但陳子昂卻興致盎然。

多數人喜歡的不是這一個陳子昂。如果他總寫這一類詩，能火才怪。

第二個陳子昂，是追慕鬼谷子的陳子昂。

鬼谷子是個傳說裡的古人，一個跨界的專家，明明在道家做著世外猛人，似乎一門心思修心養性，可偏偏又不知道出於什麼目的，搞了一個縱橫家培訓中心，教出來的徒弟個個都是攪亂世界的梟雄。

陳子昂所愛的，到底是哪一個鬼谷子呢？他自己似乎給出過答案：「吾愛鬼谷子，青溪無垢氛。」——他說自己愛的是第一個鬼谷子，因為「無垢氛」，飄然出世，不沾染滾滾紅塵。

然而真的是這樣嗎？我們再往下讀就明白了。

七雄方龍鬥，天下久無君。
浮榮不足貴，遵養晦時文。
舒可彌宇宙，卷之不盈分。

陳子昂同學固然說喜愛鬼谷子的「無垢氛」，但他津津樂道的仍然是「舒可彌宇宙，卷之不盈分」。他羨慕的畢竟還是人家能做大事，就像青梅煮酒的時候曹操所描述的那條龍：「能大能小，能升能隱；大則興雲吐霧，小則隱芥藏形；升則飛騰於宇宙之間，隱則潛伏於波濤之內。」又好像今天的商戰裡，完成一筆幾百億的驚天收購，然後關掉手機去度假。

最後，陳子昂終於要吐露心事了：「豈徒山木壽，空與麋鹿群？」彷彿正焦躁地擂著胸口：為人一世，怎麼能像山上的樹木一樣，徒有漫長的壽命，卻只能和無所事事的麋鹿為伍呢！

這一個陳子昂，是糾結的、騷動的、進退維谷的。

第三個陳子昂，是懷念燕昭王的陳子昂。

我們多數人最愛的，是這一個陳子昂，一個孤獨、悲愴、呼喊著的陳子昂。

燕昭王，是一位以禮賢下士而著名的古代君王。他所統治下的燕國，也是後代有志之士所共同幻想的理想之國——簡歷上午投進去，豪車下午就來接你。

人們用各種方式懷念著他。諸葛亮把自己比作他所發掘、禮遇的部下（樂毅）；鮑照用他的事蹟來對照羞辱當世的權貴（豈伊白璧賜，將起黃金台）；李白哭天搶地呼喊他的名字（哭天呼昭王）；李賀說願意為了這樣的君王而戰死（報君黃金台上意，提攜玉龍為君死）；湯顯祖在一千八百多年後仍然念叨他的事蹟，對他無比懷念（昭王靈氣久疏蕪，今日登台吊望諸）。

傳說中，燕昭王為了招聘賢才，建造了一個著名的建築——黃金台。其實對於這個台子，我們連它到底多高、多闊、規制如何、上面擺設了何物都完全弄不清楚。歷史上是不是真的有這麼一個台？我們也不確定。

可一代又一代的士人們都相信它的存在。尤其是當他們人生不順遂、不得志的時候，就會更加思慕那方聖地，為古燕國再蒙上一層夢幻的光彩。

陳子昂就分外地懷念燕昭王。他仰天大吼：昭王安在哉！

他的痛苦，和自己的經歷有關。陳子昂的一生，曾在仕途上有過兩次大的努力。

第一次是侍奉武則天。

作為大唐的臣子，當武則天明擺著要做皇帝，要改朝換代，他選擇支持還是反對呢？陳子昂選擇了支持。他還緊跟形勢，和很多識時務的同僚一樣，給則天大媽上位造輿論，寫〈神鳳頌〉，寫〈上大周受命頌表〉，熱烈擁護武則天當領袖。

可惜的是，他靠擁戴武則天獲得了提拔，卻不肯尸位素餐。他固然不傻，但又嫌太直。他是躬著腰拿到話筒的，卻又偏要挺直了身板提意見，諫疏不斷，「言多切直」。別人不願觸及的敏感領域，他都要去批評，不論內政、外交、邊防、刑獄、民生，各個方面他都要諍諫。

終於，他和武則天隔膜起來，被嫌棄、整肅，還坐了牢。我們不知道他被下獄的具體原因是什麼，但歸根到底是失去了武則天的好感和信任所致。

陳子昂落了個兩面不討好。他固然沒有討好到武氏，也沒有討好後世的批評家、道學家們。由於擁戴過武則天，陳子昂成了變節者、投機家，得到了滾滾罵名，年代越往後，就被罵得越厲害。唐代的杜甫認為他「終古立忠義」，完全是正面高度評價，但到宋元之後，人們就說他道德敗壞，拍馬屁、沒節操，「其聾瞽歟」，甚至「立身一敗，遺垢萬年」。

罵得最厲害的，是清代的王士禎，說陳子昂是人渣敗類，「不知世有節義廉恥事矣」，「真無忌憚之小人哉！」最後王士禎還不解氣，來了一段惡毒詛咒：「陳子昂這廝最終被一個縣令害死了，我看不是縣令害的，一定是唐高祖、唐太宗的靈魂附體，假手於縣令，幹掉了這個叛徒。」

這就過分了。

在陳子昂當時的環境下，勸進、擁武是例行公事。後人眼裡的那些忠臣賢相，比如姚崇、宋璟、婁師德、狄仁傑，他們當時不也都擁戴武則天嗎？我們為什麼對一個詩人、低級幹部的要求，比對那些大政治家、高級幹部還嚴苛呢？

陳子昂對武氏的擁護，也不能說是見風使舵，多少是發自內心的。武則天把他從一個從九品的小科員拔擢到秘書省，做麟台正字，做右拾遺，雖然位階仍然不很高，但接近了核心部門，有了建言獻策、展示才華的機會，一個正常人怎麼會不擁戴感激呢。

其實最沒有資格批評陳子昂的，恰恰就是王士禎老兄自己。

他看不慣陳子昂作為唐臣，卻去做武則天的官，覺得是人品不端。然而王士禎的祖宗世代都做明朝的官，他親爺爺王象晉做到了明朝的布政使，省級幹部。可王士禎本人卻跑去做清朝的官，一路升遷，當到刑部尚書。

按照王士禎的標準，他自己比陳子昂更沒節操得多了。陳子昂擁戴的武則天，畢竟是李唐家的媳婦、唐中宗的親娘，後來也被李唐家所承認，入葬乾陵，一路加謚到「則天順聖皇后」，說到底人家是一家子人。而王士禎服侍的清朝卻是敵人，是滅了南明的仇家，他又該如何面對祖上呢？難道明太祖、明成祖之靈也應該附體殺了他？

對別人的寬容，就是對自己寬容。王士禎大概還不大明白這個道理。

前文說了，陳子昂仕途上的第一次努力是擁戴武則天，他的第二次努力，是從軍邊關。

他是一個有俠氣的人，看看「劍」在他的詩歌裡出現次數之頻繁就知道了。唐代二千二百多詩人[6]，陳子昂是其中最有俠客風範的人之一，如果有導演拍武俠片，在詩人裡選角，最有可能被選上的就是陳子昂。

他一生中得到了兩次機會出征。提劍塞上，躍馬邊關，是多麼符合他的心意啊！看看他的〈感遇〉詩就知道了：

本為貴公子，平生實愛才。
感時思報國，拔劍起蒿萊。
西馳丁零塞，北上單于台。
登山見千里，懷古心悠哉。
誰言未忘禍，磨滅成塵埃。

多麼慷慨的詩句。相比之下，李後主也說「金劍已沉埋，壯氣蒿萊」，但和陳子昂相比，只是娘炮的亡國之音；李白則說：「與君各未遇，長策委蒿萊。寶刀隱玉匣，鏽澀空莓苔。」可那不過是懷才不遇的牢騷而已，畢竟李白從沒有當真在邊塞衝殺過，一切都是想像，比不上陳子昂真正躍馬塞外的豪雄。

大軍之中，我們的小陳同學正在渴望帶一彪人馬，殺敵建功呢，忽然有一個人給他潑了一盆冷水：「你一個書生，你帶個毛的兵啊！」

潑涼水的人，就是統兵的首領，武則天的侄子武攸宜。他是武家少有的幾個能帶兵的人。不幸的是，陳子昂和他沒有能夠很好地合作。

他們的部隊到了漁陽，前鋒出師不利，陳子昂幾次提意見，想帶兵出征尋找機會，都未獲准許。武攸宜對他的嫌惡逐漸加深，最後把他的官職由管記（高級參謀）貶為軍曹。陳子昂一言不發，交上了自己的制服、肩章和領花。從此，這個部隊裡講話最大聲、最愛提意見的人，變得沉默了。

正是在這最苦悶的日子裡，他隨著部隊，經過了古代燕國的舊都。陳子昂孤身一人登上了高處。此時距離燕昭王的霸業已過去數百年，極目遠眺，城池早已不在，四下只剩一片蒿草，傳說中的黃金台也不知道藏埋在何方。暢想當時豪傑雲集的場面，再想想自己的處境，忍不住感慨傷懷。

這個沉默了很久的小小的軍曹，終於覺得有話要說了。

他拿起了筆，浸入墨中，深烏色的墨汁迅速沿著雪白的羊毫爬升。此時萬籟俱寂，連在雲中窺探的詩歌之神都屏住了呼吸，等待著那一刻的來臨。

陳子昂筆尖飛動。他一連寫了七首詩，熱情歌詠了七個和幽燕有關的人物，分別是「黃帝」、「燕昭王」、「樂毅」、「太子丹」、「田光」、「鄒衍」以及「郭隗」。

七首詩寫畢，軍曹興猶未盡，泫然流涕，作起了歌來。他一定料想不到，自己此刻所唱的內容竟然也會流傳千古。後人給它取了個名字，叫作〈登幽州台歌〉：

> 前不見古人，後不見來者。
> 念天地之悠悠，獨愴然而涕下。

這是他人生的低谷，卻是他詩作的巔峰，也是有唐朝以來詩作的巔峰。哪怕埋沒了那麼多年，它也終於被明朝人發現，成為了名篇。

在這之後不久，他就辭職回家了。幾年後，病中的他遇到一位貪婪的地方官，被下獄折磨致死。也有學者說，他實際上是得罪了武家，他們授意地方官害死了他。

唐代那麼多詩人裡，沒有幾個曾被稱為「文宗」的，王維是一個，陳子昂是一個；也沒有幾個人的作品曾被稱為「泣鬼神」的，李白是一個，陳子昂是一個。

在他去世很多年之後，有一個粉絲跋山涉水，慕名來到了陳子昂的家鄉。這位粉絲是懷著崇敬之情來的。他爬上金華山，瞻仰陳子昂的讀書堂遺址，親手撫摸了石柱上的青苔。他又來到附近的東武山，走訪了偶像的故居，凝視著陳舊的磚石，斑駁的牆壁，久久不願離去。

這個粉絲叫作杜甫。

對於陳子昂來說，武則天是不是看重他，武攸宜是不是欣賞他，乃至後世的王士禎等人是不是理解他，現在已經變得一點都不重要了。因為杜甫崇敬他。在這番遊覽之後，杜甫為偶像寫下了這樣的詩句：

公生揚馬後，名與日月懸。

註釋

1 楊慎《丹鉛摘錄》：「陳子昂〈登幽州台歌〉云：『前不見古人，後不見來者。念天地之悠悠，獨愴然而涕下。』其辭簡質，有漢魏之風，而文籍不載。」

2 不得不提一種很煞風景的可能，就是陳子昂在所謂「幽州台」上吟唱的這幾句，未必是他的創作，而不過是當時一首流行歌曲，又或者是最早記錄這段故事的盧藏用根據陳子昂的歌意濃縮撰寫的。

3 「軍曹」這個詞，在日軍裡指中士，唐代顯然不是。在新舊唐書裡都沒有「軍曹」這個名目，但又說陳子昂「徙署軍曹」。大概有兩個可能，一是它籠統指部隊系統，兩宋文獻裡有幾處「軍曹」字樣，常是代指部隊的意思。另一種可能，它是個簡稱，唐代軍隊文職官裡有倉曹參軍事、兵曹參軍事、騎曹參軍事，都是正八品下低級官員，有時可兼任，「軍曹」可能是這些職務的簡稱。如果陳子昂是騎曹參軍事，那麼就類似弼馬溫了。當然，弼馬溫「未入流」，騎曹參軍事職級雖然低，畢竟是入了流的，陳子昂的境遇還是比孫猴子好。

4 宇文所安《初唐詩》：「陳子昂的發展似乎相對地獨立於同時代的文學界。」

5 用重複字眼，是寫詩的忌諱之一。唐宣宗因為考生寫詩用了重複字眼，就不錄取，哪怕主考官說好話也沒用。

6 康熙御制《全唐詩》：「得詩四萬八千九百餘首，凡二千二百餘人。」

浪漫的初唐

一

講完了軍曹陳子昂的故事，我們可以面對一個詞了：初唐。

如果我們今天去上大學、學唐詩，老師一般會習慣性地告訴你：唐詩的歷史可以分成四段，叫作初唐、盛唐、中唐、晚唐。

這個分段的方法，並不一定就是最科學的。但因為它被用得最多，也最深入人心，我們這本書也按照這個方法來分。

「初唐」的時代結束、「盛唐」的時代開啟的時間，一般認為是七〇五年。

而恰恰就在這一年的元宵節，誕生了一首十分美麗的詩，叫作〈正月十五夜〉：

火樹銀花合，星橋鐵鎖開。
暗塵隨馬去，明月逐人來。

遊伎皆穠李，行歌盡落梅。
金吾不禁夜，玉漏莫相催。

這首詩所寫的，是東都洛陽的元宵之夜[1]。

唐朝的大都市生活其實沒有你想像得浪漫豐富，平時是要宵禁的。黃昏之後，「閉門鼓」咚咚打過，護城中的里坊關閉，大門落鎖，人就不能上街了，否則被禁軍抓到就打屁股。每年只有正月十四、十五、十六三天除外，不必宵禁，叫作「金吾不禁夜」。什麼是金吾？就是打屁股的禁軍。

一年只能嗨三晚，市民當然要抓緊機會狂歡了。於是乎到了晚上觀燈之時，城裡人山人海，一片銀花火樹。美麗的歌妓濃妝豔抹，踏著〈梅花落〉的歌聲在人潮中穿行，處處流光溢彩，恍如天上人間。

然而有一次，我又無意翻到〈正月十五夜〉這首詩，忽然浮起一個念頭——這首詩恰好誕生在初唐之末、盛唐之初的分水之年，豈不是很巧？

它所描寫的固然是元宵美景，但如果我們用它來形容初唐的詩歌，不是也很恰當嗎？

二

試想一下，如果我們站在公元七〇五年的節點上，回頭望去，凝視有唐以來九十年的詩，看它從最初的萎靡，到此刻的氣象萬千、火樹銀花，難免不產生「星橋鐵鎖開」的感慨。

按理說，這鐵鎖，似乎開得晚了一點，詩的勃興應該早些到來的。它的準備工作其實早已經就緒了。

在唐朝建立大約五百年前，東漢末年的時候，五言詩就已經打磨成熟了。三國時代的人已經可以讀到非常棒的五言詩。

而在大約三百年前，到了南朝劉宋的時候，七言詩也已經準備就緒[2]。那個時代的大詩人鮑照已經可以熟練地用七言詩高呼：「君不見少壯從軍去，白首流離不得還。故鄉窅窅日夜隔，音塵斷絕阻河關。」

這時，詩的繁榮還差一塊拼板，叫作聲律。同樣是一句話，同樣的字數，為什麼有的讀起來就聲韻鏗鏘，悅耳動聽？有的讀起來就十分拗口？人們慢慢意識到：這是聲律在暗中起作用。

在唐朝誕生之前一個世紀，這最後一塊拼板也終於被補全了——有一個叫沈約的聰明人，他根據前人的研究成果，總結出了一套關於詩歌聲韻的規律、訣竅和禁忌，發明了「四聲八病」之說，讓一種全新的詩——律詩的誕生成為了可能。

此外，唐代詩歌中最重要的幾種題材：邊塞詩、懷古詩、離別詩、留別詩、閨怨詩、詠物詩、山水田園詩、酒後撒瘋說胡話詩……都已經齊備。每一種題材都已有傑出的前輩寫過，留下了許多套路和範本。

關於詩的一切關鍵要素，到隋唐之前都已經完成，就好像柴薪已經堆滿，空氣已然熾熱，就等待那最後的一絲火星了。可它卻遲遲沒有出現。

沉悶、燥熱、無聊……人們熬過了唐朝最開始的數十年，情況仍然沒有什麼變化，火種依舊在深處封存著。

那些年裡，撐持著詩壇檯面的，是一幫宮廷裡的老人。他們從舊時代走過來，身分高貴、諳熟經典、訓練有素、出口成章，但卻又是那麼缺乏創造力。他們也不滿意現狀，也開過會，留下過紀要，想要改革，想要振奮，不願再像前輩那麼綺麗、瑣碎和柔靡，但他們卻又看不到前路，走不出過去的泥淖，只好狐疑地把宮體詩一首首做下去。

今天的許多唐詩選本，第一首都放王績，那是沒有辦法，不是王績同學非要搶沙發，而是他的「長歌懷采薇」，實在是那時為數不多的清新的句子。

難道就沒有希望了嗎？人們猛一回頭，才發現亮光已經在不經意處出現了。一批小人物昂然舉起了火炬。

跟著我們來！他們吼道。詩，打從一開始「三百篇」的時候起，就不只是宮廷裡的玩物啊。誰說只有達官顯貴才可以寫呢？我們小人物也可以寫的！誰說只有吃飯喝酒、觀花賞月才能入詩呢？我們還要寫江山和塞漠。

人們觀望著，猶豫著，但漸漸地，越來越多的人聚攏到了他們身後，那火把匯成一條長龍，大家吶喊著，向八世紀浩蕩進發。

三

今天，許多學者都對唐詩的這一個時期很感興趣，他們像做生物研究一樣，取下這個時代的一些切片，放到顯微鏡下研究。

有一個日本學者叫作松原朗，專門研究了這個時代的一樣東西，叫作「宴序[3]」。順便說一句，對於唐詩，很多美國、日本的學者研究水平挺高，做工作很細，觀點也很獨到。

所謂「宴序」，就是當時文人們搞派對時所作的風雅序言。它可不是今天宴會的菜單、禮單之類的俗物，而是很有信息量的，能反映出文人活動的情況，比如一次派對有多少人參加，會上大家寫了多少詩，等等。

松原朗發現了一個有趣的現象：到了「初唐四傑」的時候，宴序的數量猛然增多了。也就是說，大家喝酒、作詩的活動開始頻繁了。

「四傑」流傳到今天的宴序，多達五十四篇。而之前吳、晉、宋、齊、梁、陳整個六朝幾百年裡，留下來的宴序總和也不過只有七篇。而在「四傑」之前的唐初五十年，則一篇宴序都沒有。

他認為這側面說明一件事：越來越多的人開始寫詩。

人們開始不僅僅在長安、在洛陽寫詩，也在各個州府縣城、館驛茅屋、水畔林間寫詩。他們之中，許多是中下層的官僚，甚至寒門士人。他們沒有資格寫宮體詩，於是更多地描繪各色江山風物、社會人生，更自由地抒寫心情。

江湖翻騰起來，新的風格恣意生長，詩壇不再千人一面，而是像物種大爆發般，呈現出各種不同的風格。

面對深秋寥落的山景，那個叫王勃的山西詩人，用一種莊嚴典雅的風格，寫出了帥得人眼暈的詩句：

長江悲已滯，萬里念將歸。
況屬高風晚，山山黃葉飛。

他拋棄了那些陳腐的套路，沒有寫宮體詩中「哎呀我真不捨得離開」之類的矯情句子，而是選擇了一幀膠片感十足的畫面——「山山黃葉飛」，作為詩的結尾。

面對月色下浩蕩奔流的春江，一個叫張若虛的揚州詩人也果斷拋棄了靡豔的辭藻，拒絕去雕琢瑣碎小景，而是四十五度角仰望夜空，用空淨華美的語言，直接叩問生命和宇宙的奧秘：

江天一色無纖塵，皎皎空中孤月輪。
江畔何人初見月？江月何年初照人？
人生代代無窮已，江月年年只相似。
不知江月待何人，但見長江送流水。

他的這一篇作品，就是後來粉絲無數的〈春江花月夜〉。

隨著「星橋鐵鎖開」，詩歌的世界裡終於「暗塵隨馬去」了。這暗塵，是沉積板結了百年的塵土，隋文帝發公文掃除不清，李世民親自帶頭寫作也滌蕩不清的，眼下終於鬆動了、拂去了，直到從四川射洪衝出來陳子昂，給了這「暗塵」以最後的一次滌蕩。

於是「明月逐人來」，夜空一片開闊。不斷有天才滿溢的玩家加入，「遊伎皆穠李，行歌盡落梅」。他們競芳鬥豔、自在歡唱，完全不必擔心它會太早結束，因為「金吾不禁夜」，這一場詩的盛世才剛開始呢！

四

然後下一步呢？暗塵去了，鐵鎖開了，之後何去何從？

在初唐詩人們的面前，依稀出現了兩條道路。一條叫作「復古」，一條叫作「創新」。

詩人們自動分成了兩撥，開始爭論起來。一撥人說：我們要創新，要向前看，要面向未來。我們要創造一種新的詩的體裁，它的聲律必須更嚴格，它的對仗必須更精準，它的形式必須更工穩。相信我們吧，它一定會有遠大的前途！

在這一撥人裡彙聚了許多高手：沈佺期、宋之問、杜審言、蘇味道……前兩位我們已經介紹過了，乃是「律詩之祖」。後兩位也非泛泛之輩，一個是老杜的爺爺，一個是「三蘇」的祖宗，都是當世的翹楚。文章開頭提到的那一首〈正月十五夜〉就是蘇味道的名篇。

這些詩人商議完畢，手拉著手，逸興遄飛，一路前行而去了。

另一撥詩人卻立在了原地，沒有跟隨大部隊前去。領頭的就是陳子昂。夕陽把他的影子長長地投在地上，顯得有些孤單。

「我們應該向後看，要回首過去。」他向為數不多的支持者大聲說：「詩，在最近幾百年裡已經死掉了。我們要回頭去尋找一個過去的美好時代，把它的遺產繼承下來，讓它在這個世界復興。」

就像但丁、佩脫拉克、達文西尋找到古希臘一樣，陳子昂也尋找到了一個他理想中的黃金時代：建安。

轟隆聲中，他推開了那扇塵封已久的古老大門。在這座殿堂裡，矗立著曹操、曹丕、曹植、孔融、陳琳、王粲等「三曹」和「七子」的塑像，這裡還飄颺過「對酒當歌，人生幾何」、「亭亭山上松，瑟瑟谷中風」的壯聲。只不過很久沒人來了，這裡似乎已被人遺忘，雜草侵蝕了台階，牆垣上已經爬滿藤蘿。

陳子昂拂拭蛛網，打掃灰塵，重新點燃了殿中的巨燭。他堅信，詩歌一定要向過去那個時代學習，要蒼涼古直、慷慨悲歌，才有出路。

這是一條寂寞的復古之路。在他的時代，一種全新的詩歌——律詩已經越來越流行了，他卻偏偏選擇了去寫古詩，彷彿是一個揮舞著鏽鐵矛的執拗武士。

陳子昂，確實是曹操的後繼。

他們寫詩時的起興手法都是一樣的。曹操說：「蒲生我池中，其葉何離離！」陳子昂則感嘆：「蘭若生春夏，芊蔚何青青？」

陳子昂的邊塞征戰詩也極像曹操，和後世邊塞詩人岑參等的明顯不一樣。後來岑參等人的詩，讀來像是記者的戰地報導，細節豐富，有很強的第二視角的感覺——「將軍角弓不得控，都護鐵衣冷難著。」陳子昂的讀來則像是遊俠的筆記：

蒼蒼丁零塞，今古緬荒途。

亭堠何摧兀，暴骨無全軀。
黃沙幕南起，白日隱西隅。
漢甲三十萬，曾以事匈奴。
但見沙場死，誰憐塞上孤。

他的〈感遇〉系列第二十九首，則像是一個統帥的行軍日誌：

嚴冬陰風勁，窮岫泄雲生。
昏曀無晝夜，羽檄復相驚。
拳跼競萬仞，崩危走九冥。
籍籍峰壑裡，哀哀冰雪行……

這完全是讀曹操〈蒿裡行〉、〈苦寒行〉的感覺。
還有他的〈感遇〉第三十四首，是一個俠客的小傳：

朔風吹海樹，蕭條邊已秋。
亭上誰家子，哀哀明月樓。
自言幽燕客，結髮事遠遊。
赤丸殺公吏，白刃報私仇。

避仇至海上，被役此邊州。
故鄉三千里，遼水復悠悠。
每憤胡兵入，常為漢國羞。
何知七十戰，白首未封侯。

陳子昂所寫的這個邊塞的武士，多麼像曹操〈卻東西門行〉裡面的鴻雁啊——「故鄉三千里，遼水復悠悠」、「何知七十戰，白首未封侯」，不就是曹操的「戎馬不解鞍，鎧甲不離傍」、「冉冉老將至，何時返故鄉？」嗎？

此外，陳子昂還是李白的先聲。

李白出生的時候，陳子昂剛好去世。前者簡直是後者的轉世靈童。這兩位高手實在是太像了，不管是來歷、風格，還是氣質、三觀。如果寫下這麼一段詩人的簡介，你幾乎分不清楚這到底是陳子昂還是李白：

他來自蜀地；自帶俠氣；富於浪漫情懷，夢想著建功立業，然後功成身退；最喜歡的古人是燕昭王、魯仲連；崇尚復古，大愛建安文學；明明可以靠寫五律吃飯，卻更喜歡寫奔放自由的古詩；創作了一部重量級的古體五言組詩，成為業界標竿……

陳子昂寫了三十八首〈感遇〉，李白就寫了五十九首〈古風〉。陳子昂大聲疾呼「昭王安在哉」，李白就「哭天呼昭王」。他們的價值觀也一脈相承，陳子昂說「建安風骨，晉宋莫傳」，李白就說「自從建安來，綺麗不足珍」。難怪林庚先生曾說，陳子昂是李太白活躍在紙上，在李白之前點燃了浪漫主義的火焰。

我想，上天大概是怕李白誕生得太突兀，衝擊波太強，下界無法承受，所以先派遣下陳子昂來，讓他衝殺一番，掃蕩詩壇的最後一絲綺靡，迎接李白的到來。也正是為此，陳子昂寫古詩的時候還有濃濃的曹操、劉楨的痕跡，等到李白提筆的時候，就漸漸沒有了古人的束縛，而是在一片澄碧的江海上舞蹈了。

五

唐詩的寒武紀，終究要邁向中生代的。

回到我們之前所說的，初唐的兩撥詩人，分別在「追尋舊世界」和「開拓新世界」的路上，各自篳路藍縷，艱難行進著。

這兩撥勇士，在各自的征途中都看到了美麗的風景，也都創造出了了不起的成就。

讓人意想不到的是，在後來的某一個時刻，這兩股看似方向迥異的潮流，會令人驚訝地重新匯合。

在「追尋舊世界」的這支隊伍中，會湧現出李白。復古之路走到了他這裡，就到了頂峰。古詩和樂府在他的手上發揮得淋漓盡致，到達了前人沒有到過的境地。所謂「舉手捫星辰」，他摸到了天。

而在「追尋新世界」的這支隊伍中，會出現杜甫。

他是開啟新時代的大師。新的世界裡的詩，五言律詩、七言律詩、長篇排律，都在他的手上錘鍊、定型、完善，詩的題材也最大限度地拓寬。後世的所有詩人，幾乎都在他的籠罩之下。

這有點像是中國書法的歷史。蘇軾曾有過一段關於書法的有趣論述，他覺得書法中有兩個世界：一個是唐朝之前的舊世界，那是屬於王羲之、鐘繇的古代。那個世界是玲瓏的、飄逸的，「蕭散簡遠」，天真自然。

另一個是從唐代開始的新世界，是屬於顏真卿、柳公權們的新時代，他們「集古今筆法而盡發之」，後世的人們紛紛學習他們，但與此同時，王羲之的舊世界也逐漸變得模糊、遙遠，過去的那種飄逸再也難以尋訪了。

蘇軾的這一段評論，拿來說詩歌也是很有意思的。

李白就是舊世界的終點。所謂「太白詩猶有漢魏六朝遺意」，詩的舊世界到了他，便走向收束了。換句話說，你如果跑回到《詩經》的古代，轉身向前望去，所能看到的最後一個人，就是李白[4]。

我讀過張定浩的一本小書，叫《既見君子——過去時代的詩與人》，其中有一段話：假如一個讀者是從《詩經》的源頭順流而下，那麼在遭遇李白時，注定會生出一種若有若無的感慨……因為他知道，接下來他將飛流直下，從一個渾然一體、萬物生輝的古典世界，跌入四季無情的流轉。

而杜甫，則是新世界的開端。

莫礪鋒說過這樣一段話：「如果把中國古典詩歌比做一條源遠流長的大河的話，杜甫就像位於江河中游的巨大水閘，上游的所有涓滴都到那裡匯合，而下游的所有波瀾都從那裡瀉出。」

李白和杜甫會相遇，他們將背靠背站在一起，支撐起唐詩的下一個紀元。它有一個光輝的名字，叫作盛唐。

註釋

1 這首詩裡寫的，大概也只是一個洛陽城繁華的表像。實際上政局暗流湧動，大變就在肘腋之間。就在這首詩誕生的當月，「神龍政變」就發生了，武則天被逼下台。

2 一般認為曹丕的〈燕歌行〉或者張衡的〈四愁詩〉是最早、最成熟的七言詩。這裡按照游國恩、蕭滌非等主編的《中國文學史》第一冊：「七言詩……到了劉宋時代的鮑照，它才在藝術上趨於成熟。」

3 見松原朗《中國離別詩形成論考》。

4 陳廷焯：「詩至杜陵而聖，亦詩至杜陵而變。顧其力量充，意境沉鬱。嗣後為詩者，舉不能出其範圍，而古調不復彈矣。故余謂自〈風〉、〈騷〉以迄太白，詩之正也，詩之古也。杜陵而後，詩之變也。自有杜陵，後之學詩者，更不能求〈風〉、〈騷〉之所在。」

我只留下了六首詩，但還是無冕之王

一

歡迎來到盛唐。

當我們遊覽的小舟，駛過之前窄窄的河道，你會發現水面忽然開闊起來，無數支流匯聚到一處，融成了一條浩蕩的大河。沿岸雄偉的山峰一座接一座，數不勝數，有的甚至聳入雲霄，那就是盛唐到了。

這大概是唐詩最好的時光，最美的季節。唐詩裡最牛的人、最牛的詩也出現在這個時候。雖然很多人說，後面的中唐才是最好的，那個時代的作者更多、詩也更多，但我始終覺得，盛唐才最光芒四射、猛人輩出，最讓人熱血沸騰。

首先走到我們面前的，是一位來自山西的大高手，他的名字叫作王之渙。

關於他的故事，我們先從一場著名的詩歌大賽說起。

話說在唐代，有一些地方，是詩人們比拚誰更牛的地方，就好像武林中的華山。

當時，在山西的蒲州有一座樓，叫作鸛雀樓，一共三層，對面是中條山，樓前橫著滾滾大河，蔚為壯觀。

沈括在《夢溪筆談》裡說，唐朝很多詩人都愛一窩蜂跑到鸛雀樓去寫詩，互相較勁，看到底誰最牛。

要知道，唐代是什麼時代？是詩人一個比一個厲害的時代，沒有一點兒底氣是不敢亂寫的。估計後世宋江之流到了鸛雀樓，也不好意思把「敢笑黃巢不丈夫」之類的打油詩寫上牆去。不像現在，阿貓阿狗都敢留個「某某某到此一遊」。

這一年，鸛雀樓來了一個大詩人，名叫李益。沒聽說過不要緊，記住他是唐代詩壇的一個高手就行了。

眺望著壯麗景色，李益很感慨，揮毫潑墨，寫下了八句詩：

鸛雀樓西百尺檣，汀洲雲樹共茫茫。
漢家簫鼓空流水，魏國山河半夕陽。
事去千年猶恨速，愁來一日即為長。
風煙並是思歸望，遠目非春亦自傷。

看著那揮灑淋漓的墨漬，李益嘴邊浮現了微笑。他知道，這首詩會流芳千古。

果然，這首詩被人們爭相傳誦：牛，真牛！一首詩寫出了寥廓江天，嘆盡了古今茫茫，真不愧是高手。

然而，它居然沒有成為鸛雀樓上最牛的詩，甚至連第二都排不上。這不怪李益，要怪只怪唐代的猛人實在太多了。

另一個猛人來到了鸛雀樓。他叫暢當。

讀了其他樓上詩人的作品後，暢當仰天長笑。看來這場比拚應該由我來結束了。

他寫下了一首詩，只有四句：

迥臨飛鳥上，高出世塵間。
天勢圍平野，河流入斷山。[1]

絕了。簡直絕了。

這首詩，不但被許多人認為壓過了李益那首，更是讓成百上千寫鸛雀樓的牛人們沒了脾氣。可以想像暢當的心情：鸛雀樓的詩，我這一首已經寫絕了吧？還能比這景色更壯闊嗎？還能比這心胸更宏大嗎？

能！這是唐代，沒有什麼不能發生。

這首詩仍然不是鸛雀樓上的第一名。有一個更猛的人飄然而來，登上這座樓。讓我們記住他的名字——王之渙。

順便說一句，這個老兄在《全唐詩》裡只留下了六首詩，其他的都散佚了。關於他的資料很少很少。

王猛人上了鸛雀樓。自從當年北周時修建它開始，一百多年間，已經來過很多詩人，在這裡留下了無數篇章。

他一首一首地讀著[2]，發現這些詩歌之中許多都才華熠熠，霸氣十足，猶如銅牆鐵壁，封住了他的出路。

他必須再闢蹊徑，再造高峰！

然而猛人就是猛人。眺望著眼前的蒼茫落日、滾滾黃河，王之渙拿起筆來，寫下了四句詩：

白日依山盡，黃河入海流。
欲窮千里目，更上一層樓。

這就是大唐的氣象，是大唐一代猛人的胸襟。

由於這首詩太猛了，以至於一千多年後的今天，每一個啟蒙學唐詩的小孩子都會學這首詩。

二

話說，王之渙先生也交了一些猛人朋友，其中最厲害的有兩個：一個是絕句牛人王昌齡，一個是邊塞牛人高適。

他們之間是互相不服氣的。他們找各種機會比拚，看誰最猛。

王昌齡可不是一般人。李白的七言絕句猛吧？想想「朝辭白帝彩雲間」、「故人西辭黃鶴樓」

就知道了。但是王昌齡的七言絕句恨不得比李白還厲害，後人評論說「七言絕句，古今推李白、王昌齡」、「天生太白、王昌齡以主絕句之席」。

高適，那也是個不好惹的。岑參的邊塞詩恐怖吧？想想「忽如一夜春風來，千樹萬樹梨花開」就知道了。但是高適的邊塞詩恨不得比岑參還猛，比如眾所周知的「戰士軍前半死生，美人帳下猶歌舞」。大猛人杜甫是怎麼評價高適的？「獨步詩名在！」

可想而知，要力壓這兩個猛人，讓他們徹底服氣認㞞（編註：認輸），有多不容易。但是我們的王之渙做到了。

這一天下著小雪，三個人約著一起吃酒。正在推杯換盞之間，只見裙裾飛動，酒樓上來了幾個美麗的梨園女子，奏樂唱曲。她們唱的都是當時最流行的詩，相當於現在的流行歌曲。

一個歌女首先唱：

寒雨連江夜入吳，平明送客楚山孤。
洛陽親友如相問，一片冰心在玉壺。

王昌齡微笑起來，伸出中指（我猜的，其實我也不知道他伸的是哪根手指）在牆壁上畫了一道：「我一首了。」

又一個歌女唱道：

開篋淚沾臆，見君前日書。

夜台今寂寞，猶是子雲居。

邊塞猛人高適也伸出中指比畫：「我也一首了。」

王之渙只是淡定地微笑著，雖然落後，但並不慌張。

又一歌女開口唱了，是王昌齡的一首絕句：

奉帚平明金殿開，且將團扇共徘徊。
玉顏不及寒鴉色，猶帶昭陽日影來。

王昌齡得意揚揚地提醒王之渙：「喂，季凌兄（王之渙字季凌），我已經兩首了，你怎麼還沒開張啊。」

一直很安靜的王之渙終於表態了。他說，剛才這幾個歌女品位不高，氣質不好，還不如我家樓下跳廣場舞的，她們唱的曲子怎麼能算數呢？

他伸手指向最美麗的一個歌女，說：「如果她唱的不是我的詩，我就承認自己是擼瑟。如果她唱了我的詩，那你們就拜在我座下，認我當老大吧。」

終於，輪到這個最美麗的女子唱了。王昌齡、高適都屏住呼吸，瞪大了眼，緊盯著她的小嘴，看她會唱出什麼來。

只聽她檀口張開，唱的是：

黃河遠上白雲間，一片孤城萬仞山，
羌笛何須怨楊柳，春風不度玉門關。

寂靜。死一般的寂靜。

王之渙回過頭來，微笑著看著王昌齡和高適。這首詩正是他的不朽名篇〈涼州詞〉。

我們不知道，王昌齡和高適有沒有當場下拜認老大。
但我們知道，後來的文藝批評家們爭論哪首絕句是唐朝第一，費了很多口水。
明朝的文壇霸主李攀龍說，要數王昌齡的「秦時明月漢時關」最猛。繼任的霸主王世貞說，是王翰的「葡萄美酒夜光杯」最猛。

但清代的才子王士禎不服。他抱來了四首詩，說：我這四顆重磅炸彈，說每一顆都可以把你們的那些「最猛」炸了。

這其中，第一顆是王維的「渭城朝雨浥輕塵」，第二顆是李白的「朝辭白帝彩雲間」，第三顆是王昌齡的「奉帚平明金殿開」，而第四顆，就是王之渙的「黃河遠上白雲間」。

在後世，王之渙有一個大粉絲，就是章太炎。他就最愛王之渙的〈涼州詞〉，給了四字評價：絕句之最。

三

大猛人王之渙這一生，只留給我們六首詩。

這多半不是因為他懶，而是後人不給力，沒能把他的作品保留下來。由於詩文數量太少，今天我們幾乎都沒法研究他——他的風格到底是什麼樣的？其他作品的水平究竟如何？主要愛寫什麼題材？更擅長五言還是七言？這都成了謎。

他的事蹟也很少有記載，後人只能從他和夫人的墓誌銘裡，才能搜羅到一點他的生平事蹟。對這個人，我們真的了解得太少[3]。

其實，他不但對於我們是一個神秘的存在，對於同時代的詩人來說，也是挺神秘的。

有一年，高適正在燕趙之地漫遊，聽說王之渙在薊門，興沖沖地買了火車票去找他喝酒。要知道，自從當年酒樓上那一次比拚唱詩之後，他們已經有很多年沒見了。

「王之渙呀王之渙，這些年裡，我攢了不少好詩，我們一定要再拚一次，重定輸贏！」他想。

可等他一路頂風冒雪地趕到，四下打聽，卻怎麼也找不到王之渙。或許他已經離開去遠遊了，或許高適聽說的消息有誤，王之渙從來就沒有到過薊門。

高適惆悵無比，在返程的車站月台上，他寫下了一首詩：

這賢能的朋友啊，終於是不能見到了；
我那小小的心願，也畢竟難以實現。
走吧，走吧，什麼也不多說了，

那思念的心，已讓我憂愁欲絕。4

今天，當我們看著王之渙僅存的幾首詩、寥寥一點生平記載，也會產生和高適一樣的惆悵吧。不過，即便是這僅剩下的六首詩，也是首首精品。〈登鸛雀樓〉和〈涼州詞〉前面已經說了。我們再來看一首〈送別〉。

在唐代，「送別」幾乎是最難寫的題目之一。有多少才子都在寫送別，王勃已經寫出了「海內存知己，天涯若比鄰」，楊炯寫出了「送君還舊府，明月滿前川」，同時代的李頎也寫出了「朝聞遊子唱離歌，昨夜微霜初渡河。鴻雁不堪愁裡聽，雲山況是客中過」。送別詩還能寫出新意嗎？但王之渙卻真的寫出來了：

楊柳東風樹，青青夾御河。
近來攀折苦，應為別離多。

王之渙版本的送別詩，清新又自然。尤其一個「苦」字，真是神奇的筆法：詩人故意不寫離別的人苦，卻寫楊柳很苦，因為離別的人實在太多了，惆悵太深了，所以楊柳才苦於被攀折太多。連楊柳都苦不勝情，又何況是離別的人呢？

他這首詩的影響力很大。後來李白把它的意思反了過來，寫成了另一首送別名作〈勞勞亭〉：

天下傷心處，勞勞送客亭。
春風知別苦，不遣柳條青。

李白也是說「苦」：因為春風覺得人們的離別太苦，所以不忍心讓柳條變青。柳條一青，人們就要折了它去送別了。

這是不是明顯是從王之渙的詩裡化出來的？我看李白應該給王之渙發個大紅包才對。

你看王之渙這個人，他只保留下六首詩，其中就有唐詩裡最好的五言絕句之一，最好的七言絕句之一，最好的送別詩之一。如果沒有這幾首詩，盛唐的天空都會塌了一角。

季凌先生，你留給我們六首詩，已經夠了。我們已不能再要求更多。

註釋

1 「迴臨飛鳥上」，一說原本有八句，另外四句今天仍有流傳。但經過千百年流傳和接受，大家都接受了四句的版本，覺得它更有味道。它的作者一說是暢諸。如果真是暢諸，那麼他的年代比李益早，登上鸛雀樓的時間也應該更早。

2 我其實不太確定，每一個登樓的詩人究竟能不能見到前人題的詩。唐人李翰在鸛雀樓上搞派對，所寫的序中說「前輩暢諸，題詩上層，名播前後」云云，這樣看來，似乎樓上真的是留有字跡，能讀到的？

3 王之渙在後世有一個大粉絲，就是章太炎，曾沉痛地說：「誦其詩而不悉其人之行事。」

4 高適〈薊門不遇王之渙、郭密之，因以留贈〉：「適遠登薊丘，茲晨獨搔屑。賢交不可見，吾願終難說。迢遞千里遊，羈離十年別。才華仰清興，功業嗟芳節。曠蕩阻雲海，蕭條帶風雪。逢時事多謬，失路心彌折。行矣勿重陳，懷君但愁絕。」

盛唐，那個偉大的詩人朋友圈

一

轉眼間，已是公元七一九年，大唐開元七載。這是一個平靜的年頭。

這一年裡，唯一值得一記的事，似乎就是五月發生了一次日蝕。在一番象徵性的厲行節約、裁樂減膳之後，皇帝唐玄宗百無聊賴，在朋友圈裡刷了條信息——「今年無事」。

要真是無事才怪。

其實，在這一年的詩歌圈子裡，發生了許多日後會震動天下的大事。

在四川，有一個官宦人家的女孩兒出生了，後來叫作楊玉環[1]。

在湖南，有一座壯觀的大樓修好了，主持工程的是大文豪張說，這座大樓後來定名岳陽樓。

在河南，一個七歲的孩子開始嘗試作詩，他的作文題目是〈鳳凰〉，他叫作杜甫……

當然，此刻的詩歌江湖上，還輪不到杜甫亮相。

就在他咿咿呀呀念詩的時候，一個白衣飄飄的少年走來了。他摸了摸杜甫的頭：

「你還小，先不忙出場。這詩的盛世，且先讓我來開啟吧。」

二

白衣少年打開了手機。在朋友圈裡，許多詩人都在七嘴八舌，熱烈討論著未來。

一個叫王昌齡的京兆人[2]說：我要高考。

一個叫孟浩然的湖北人說：我要異地高考。

一個叫李白的安西人[3]傲然一笑，說：我要保送。

白衣少年淡淡一笑，留了個言：我要選秀。

在眾人驚訝的目光中，少年昂首出發了，目的地是長安。他隨身帶著心愛的吉他，喔對不起，是琵琶。在當時，琵琶就相當於今天的吉他。

那時長安的娛樂圈競爭很激烈，最紅的一個新人叫作張九皋，此人不但有才，而且很有後台。他有個親哥哥叫作張九齡，是大唐詩歌俱樂部常務副主席。

更要命的是，這個張九皋還得到了當時大唐文藝女青年俱樂部名譽主席——玉真公主的青睞，已經內定了要當選秀冠軍。

然而我們的白衣少年毫不畏懼。他提著吉他，啊不，是琵琶，傲然走上了舞台，開始演奏。

要知道，那時候的琵琶只有四個音位，遠遠沒有現在表現力強，但那又怎樣呢？有才就是任性。

少年的這一首搖滾琵琶曲，就是千古名曲〈鬱輪袍〉。聽名字都很ROCK。

一曲奏罷，全場掌聲雷動，台下的導師玉真公主更是激動得站了起來：

「小鮮……啊不，小伙子，除了吉他，你還有別的什麼才藝嗎？」

「我還會寫詩。」

公主不禁動容。要知道，那時候可是唐朝，當時所謂的「會寫詩」，和現在完全不是一個概念，不像現在，只要能湊齊五十六個字的老幹部都敢說自己會寫七律。

「那我就考考你。不要讓我失望喔。」

公主當場給他出了一道題：「十秒之內寫一首詩，必須要有愛情、有暖男、有季節、有地理、有植物、有王菲。」

我們的白衣少年脫口而出：

紅豆生南國，春來發幾枝。[4]
願君多採擷，此物最相思。

玉真公主頓時淚流滿面。她說出了改變少年一生命運的話：「I want you!」

旁邊的導師——大唐詩歌俱樂部主席張說先生小聲提醒：「公主，之前您要內定的冠軍張九皋呢？」

公主滿臉無辜：「張九皋是誰？」

這個白衣少年，叫作王維。

順便說一句，那個被他黑掉的才子張九皐，後來雖然也人生事業順利，當了大官，但在文壇上卻一輩子都沒抬起頭來。

直到很多年以後，張九皐的第好多代重孫子裡才終於出了一個猛人，拿到了「大元好聲音」的冠軍，算是給先人爭了口氣。他的代表作你一定聽過，就是那首「峰巒如聚，波濤如怒」，他的名字叫張養浩。

三

當王維在帝都大紅大紫的時候，一個叫李白的同齡人還在外地東遊西逛、不務正業，玩劍、玩神仙術、玩縱橫術，什麼都玩。

選秀算什麼？我，是要保送的。

這一年，李白遊逛到了湖北，在襄陽認識了當地大名鼎鼎的一個人——不是郭靖，是孟浩然。

兩人差了十二歲，但一見如故。一說到孟浩然，我們總想到淡泊、寧靜之類的詞兒，不過當時的孟浩然並不是這樣。他有心事。

這天，兩人對坐喝酒，孟浩然悶聲不響地連乾了幾杯，忽然說：「兄弟，聽說了嗎，連王昌齡都考上了。」

「就是『秦時明月漢時關』那個？才聽說，怎麼？」

「唉，之前王維考上了，我不說啥，誰讓這小白臉長得帥。但人家王昌齡都考上了！」孟浩然嘆息說：「他是個苦哈哈出身，小時候種過地，學習成績聽說不好，還複讀過。和人家比，我再怎麼也算是個書香門第啊……」

他看著李白，目光充滿熱切：「兄弟，我也想試一試，去趟長安。我覺得自己有戲。」

李白舉杯祝福：「大哥，你一定行的。」

兩人依依惜別。青年李白滿懷惆悵，為兄長孟浩然送行。請記住這次送別的地點——黃鶴樓，因為那一首絕美無匹的〈黃鶴樓送孟浩然之廣陵〉。

那年冬天，孟浩然帶著一顆雄心，向長安進發了[5]。飛舞的雪花中，他形單影隻，卻躊躇滿志，長吟道：「洛川方罷雪，嵩嶂有殘雲。」詩中充滿自信。

到了長安已是早春。考完後他感覺不錯，更覺得大有希望。發佈成績那天，孟浩然興沖沖跑到網吧，登錄官網去查成績。

網速很慢。他重新整理了又重新整理，成績終於出來了——四百分，落第。

我也不知道他為什麼考不上。那些年頭裡，前前後後有多少詩人及第啊，王昌齡、崔顥、儲光羲、劉長卿、顏真卿、李頎……但這個長長的名單裡，容不下孟浩然。

憤懣，痛苦，失望……孟浩然滯留在苦雨的京城，覺得沒臉面回家鄉。他在這段日子裡寫的詩，總讓我不忍卒讀。

唯一的安慰，來自於王維。實在苦悶的時候，孟浩然就拉王維喝酒。

順便說一句，兩人當時大概還預料不到他們未來竟會齊名，被並尊為「王孟」。要知道，當時和王維齊名的可是崔顥，就是那個寫出「昔人已乘黃鶴去」的傢伙。

王維安慰孟浩然：「放寬心回家吧，去痛飲田家的酒，去讀些有趣的書，何必為功名所困呢[6]！」

孟浩然淡淡一笑，把杯中酒一飲而盡，給王維留下了一首詩，作為最後的告別：

當權者誰肯真正提攜我？
知音在這世間實在稀微。
我應該獨守著這份寂寞，
關上柴門與這人世隔離。[7]

吟罷，他仰天長笑，放下酒杯，飄然而去。自此，大唐少了一個官僚，多了一個偉大的隱士。

只留下王維喃喃自語：「靠，又是我埋單……」

四

孟浩然飄然遠去了。在朋友圈的另一邊，李白的活動愈發頻繁。

為了順利保送，他結交了五花八門的朋友，有前輩大腕賀知章，有當朝權貴玉真公主、崔宗之、韓朝宗，還有一些搞不清楚來歷的怪人，比如一位號稱是「相門之子」的岑勳，以及一個神神叨叨的隱士元丹丘。

順帶說一句，這兩人可大大沾了李白的光。他倆生前藉藉無名，卻因為後來稀裡糊塗地被李白寫了一筆，從此名留千古、婦孺皆知——「岑夫子，丹丘生，將進酒，杯莫停。」

天寶元年秋，在朋友們的各種包裝炒作下，李白保送成功，被唐玄宗召喚入京，供奉翰林，終於參加文藝座談會了。

他一度受到超高規格的待遇。據說皇帝「御手調羹以飯之[8]」，幾乎要親自給他餵飯——要知道，目前我還沒見任何資料證明唐玄宗給楊貴妃餵過飯。

李白十分開心，寫了不少詩炫耀，甚至還念念不忘地衝著一個女人發牢騷：「綠茶啊綠茶，妳過去嫌棄我，現在我牛了，妳後悔了吧[9]？」

據說這個女人是他的第二任妻子，姓劉。李白曾說她「淫昏」，看來詩仙也曾有過一段被深深刺傷的感情。

然而，缺乏體制內工作經驗的文人，突然進了中央機關，根本待不下去。李白也一樣。在權貴們的讒言下，他很快被玄宗嫌棄了，被買斷工齡，遭到了體面的解雇。

且慢為他傷心——這一年他雖然下崗，卻收穫了兩樣更珍貴的東西：友誼和愛情。

他遇到了一位姓宗的姑娘，有了第三次婚姻。兩人後來患難相依，成就了一段不錯的姻緣。

此外，他的朋友圈裡還多了兩個人——杜甫和高適。

這三個大齡青年相遇時，混得都不太好。李白剛剛下崗；杜甫還在苦苦找門路求職；高適雖然出身於大名鼎鼎的「渤海高氏」，早年卻種過莊稼，沒少吃苦，後來高考又落榜，到四十歲仍然沒個著落，是標準的「四零五零人員」。

在他們的朋友圈裡，王維還能時不時刷個屏，給名聲臭大街的宰相李林甫寫寫馬屁詩，而李白、杜甫、高適三個層次實在太低，壓根就夠不著李林甫，想給人家點讚都不好意思。

這三個無業老男孩，在大梁、宋中一帶痛飲狂歌，騎馬打獵，「醉舞梁園夜，行歌泗水春」。

如果沒有今後發生的事，這將是多麼完美的一段友誼。

五

光陰似箭。漸漸地，在盛唐詩人的朋友圈裡，一些年長的大V（編註：指網路意見領袖）紛紛故去了。

張說去了，張九齡去了，賀知章去了，孟浩然去了。他們留下了偉大的「海上生明月」、「春風似剪刀」、「波撼岳陽城」，永遠離開了我們。

七五五年，安史之亂爆發，叛軍從東北滾滾而來。大唐，再也沒有了田園詩的時代。

動蕩之中，朝廷分裂成了好幾個政治集團。幾個詩人也被戰爭和時局的巨浪拋到四面八方。他們分道揚鑣了：高適投奔了老皇帝玄宗，杜甫投奔了新皇帝肅宗，李白投奔了永王李璘，王維則被迫加入偽軍，變成了「唐奸」。

當時叛軍正到處抓人。他們先抓住了一個，喝問：「你叫什麼？」

「報告長官……我叫杜甫……」

「呸！是個敗犬。滾吧！」

杜甫就這樣跑了。他一路狂奔到唐肅宗面前，蓬頭垢面，破鞋洞裡露著腳丫子，活像個亂抄六神磊磊稿子不署名的垃圾號小編，讓人心酸。

年輕的皇帝一看他這淒慘樣兒，大為感動：慘成這樣都來投奔我啊？忠誠！立刻封了他一個官兒——左拾遺。

話說叛軍繼續抓人，很快又抓到一個：「站住！你叫什麼？」

「報告長官，我叫王維……」

「唷喝！大詩人！大官兒！別讓他跑了！」

放跑了杜甫的叛軍，把王維當寶貝，逼著他投降。無奈之下，王維只好當了個叛軍的「給事中」。這也難怪，人家宰相陳希烈都當了偽軍的中書令呢。

這時候的李白本該是最幸福的一個，好端端在廬山隱居，沒事遊個仙人洞什麼的就完了。但偏偏他是個熱血老男孩，不願辜負了這個時代，一心想殺敵報國。

恰巧廬山接近另一個政治集團——永王李璘的勢力範圍。李璘拉了一支部隊，正想搞創業上市呢，幾次派人來廬山獵頭，邀李白加入創業團隊。

李白以為殺敵報國的機會到了，豪情滿懷，高調宣佈加盟。你加盟也就算了，還一口氣白紙黑字地寫了十首〈永王東巡歌〉[10]。

然後……他們一起打敗了叛軍？錯。正確答案是，李馬上就被親哥哥唐肅宗李亨給滅掉了。

大唐公司只有一家，你李璘搞什麼創業，鬧什麼上市？

更諷刺的是，代表朝廷來攻打李白老闆的那位大人物、新上任的淮南節度使，居然是老朋友——高適。

六

幾年不見，高適發達了。靠著在政治上的敏銳眼光，他一路升官，做到了正大軍區級的節度使。

在崩潰的永王隊伍中，李白顯得非常刺眼。誰讓你是大文豪來著？詩仙變成了反動文人的代表，進監獄等著殺頭吧你。

李白的處境，竟然比當了「唐奸」的王維還慘。王維本來是很可能要被嚴懲的，誰想他關鍵時刻急中生智，大喊一聲：「冤枉啊！我是身在曹營心在漢啊！」

「證據呢？」皇帝唐肅宗板著臉問。

王維變魔術一樣從兜裡摸出一張發黃的紙來，上面有兩句舊詩，非說是自己當「唐奸」的時候偷偷寫的。

這兩句詩是：「萬戶傷心生野煙，百僚何日更朝天？」您瞧，我雖然當了「唐奸」，但心裡還是向著您的啊！

肅宗反覆讀了幾遍，氣兒頓時消了：「討厭，不早說。」

可是李白呢？像王維那樣的救命詩，他一首也拿不出來，有的只是反動之極的：「永王正月東出師，天子遙分龍虎旗！」

就這樣，投靠敵人的王維平穩過關，而投靠唐肅宗親弟弟的李白則要坐牢甚至殺頭。

難怪在那首著名的〈上留田行〉裡，李白感嘆說：「尺布之謠，塞耳不能聽。」什麼叫「尺布之謠」？那是漢朝的一首歌謠：「一尺布，尚可縫；一斗粟，尚可舂。兄弟二人不能相容。」

監獄中的李白，備受折磨，痛苦不堪。他寫了詩，記錄自己一生中大概是最痛苦的時刻：

南冠君子，呼天而啼。
戀高堂而掩泣，淚血地而成泥。
獄戶春而不草，獨幽怨而沉迷。
兄九江兮弟三峽，悲羽化之難齊。
穆陵關北愁愛子，豫章天南隔老妻。

他想到父母，忍不住嗚咽。其他的親人也都不能見面，兄長在九江，弟弟在三峽，天各一方。更讓他心如刀絞的是，心愛的孩子在遙遠的山東穆陵關北，老伴則滯留在南方，一家人可能再沒機會團聚了。

這比杜甫的「烽火連三月，家書抵萬金」更泣血。因為李白眼下的處境比杜甫那時還慘，隨時可能要殺頭。永王的參謀薛鏐、韋子春等幾個都被處死了。

李白想起了老朋友高適，寫信向他求救。這首危難中的求援詩，叫作〈送張秀才謁高中丞〉。

在這首詩裡，李白豁出去了。他大大讚頌高適的功績，把他誇成是一個安邦定國、經天緯地的英雄，最後含蓄地提醒高適：我們曾經是朋友。

信的結果是石沉大海。

幸虧李白的朋友積極營救，夫人宗氏也到處奔走，他最後沒被殺頭，被判了個永遠流放。高適自始至終一聲也沒出。

有可能那不是他的管轄範圍，也有可能他是不想過問。過去的那個老男孩高適已經遠去，如今的他是一個成熟老練的政治家。對於李白這個永遠別想翻身的反動文人，他做出了理智的選擇。

七

和李白不同，此時的杜甫度過了人生中最體面、最美好的一段時光。

他和王維、岑參等一殿為臣，有了一個共同的小圈子。大家經常寫詩刷朋友圈，互相點讚。特別是一次關於「早朝大明宮」的著名唱和，把小圈子的快樂氛圍推向了高潮。如果你找出他們分別寫的幾首詩，一對比就能發現，王維的詩大開大闔，雖然是為別人捧場，但洋溢著自信。而杜甫作為新加入圈子的成員，他的詩明顯多了幾分小心，著意恭維。

這個其樂融融的小圈子，是盛唐詩人朋友圈最後的迴光返照。自此之後，他們再也沒有過這樣愉快的相聚了。

很快地，圈子裡的骨幹成員杜甫、賈至、嚴武等接連得罪皇帝被貶，朋友星散，杜甫也日漸窮困潦倒。

一般人都關注杜甫晚年的貧困，其實在精神上，他承受的痛苦更重、更深。在生命的最後幾年，他不斷接到一個又一個朋友的死訊：七六一年王維離世；七六二年李白故去；七六三年，和他交情深厚的房琯辭世；七六四年輪到了畫家鄭虔和詩人蘇源明，而後者甚至是餓死的；接著死去的是好朋友高適、嚴武、韋之晉……

他想念朋友們，用顫抖的手，寫下了心中的悲傷：

鄭公粉繪隨長夜，曹霸丹青已白頭。
天下何曾有山水，人間不解重驊騮。

這詩，表面上是寫給死去的畫家鄭虔的，但又何嘗不是對所有凋零的朋友們的哀哀挽歌。七七〇年，在飄蕩於湘江的一葉小舟上，杜甫又收到了老友岑參故去的消息。他閉上雙眼，任由淚水無聲流淌。在手機的朋友圈裡，唯有他自己的頭像還亮著了。是年冬天，孤獨的杜甫在舟上死去了，終年五十九歲。盛唐詩人的朋友圈，至此終於徹底停止了更新。

對於這個朋友圈，我實在找不到一首合適的唐詩來總結，萬幸想起了《水滸傳》結尾的一首詩：

天罡盡已歸天界，地煞還應入地中。
千古為神皆廟食，萬年青史播英雄。

這些朋友們生前的關係很複雜，都不是省油的燈。和我等俗人一樣，他們也有一見如故，也有久別重逢；有點讚之交，也有死生契闊；有貧賤時的知遇，也有富貴後的相忘。

然而他們又和我們不同。這個朋友圈裡的每一位，都像座座聳立雲天的高山，他們的才華就像汨汨清流，沿著各自的路線狂奔。

杜甫曾把詩壇比喻成「碧海」。他們互相之間是友愛也好、疏遠也好、隔膜也好、仇恨也罷，都不重要了，他們的詩情都化作滔滔江河，一起匯入了偉大詩國的碧海中。

註釋

1 楊玉環的家鄉，有幾種說法，有說「弘農華陰」的，有說「山西永濟」的。這裡根據鍾東〈楊玉環事蹟述略〉：「〔唐〕李肇《唐國史補》卷上說『貴妃生於蜀，好食荔枝』，應當是事實。」

2 還有一種說法認為王昌齡是山西晉陽人。

3 郭沫若說李白是中亞碎葉人。如果這裡說「碎葉人」，讀者容易出戲，我模糊一下說是西域人吧。

4 一說是「秋來發幾枝」。《全唐詩》裡收的是「秋來發幾枝」。而沈德潛的《唐詩別裁集》等好幾部書卻作「春來發幾枝」。查證發現「秋來」的準確性大。但「春來」已經流傳很廣，更為大家熟悉，這裡也作「春來發幾枝」。

5 孟浩然一生去過幾次長安？說一次、兩次、三次的都有。此文中採用的說法是開元十六年第一次入京，即《新唐書》：「年四十，乃遊京師。」後文中引的幾首孟詩，〈行至汝墳寄盧征君〉、〈長安早春〉等也暫都認為是這一次入京所寫。

6 王維〈送孟六歸襄陽〉：「杜門不復出，久與世情疏。以此為長策，勸君歸舊廬。醉歌田舍酒，笑讀古人書。好是一生事，無勞獻子虛。」也有人稱這不是王維的詩，而是張子容的。話說得很直白，沒有鼓勵他再考，愛拚才會贏，而是直接勸他放棄。如果關係不是很熟，是不能這樣直言相勸的。

7 孟浩然〈留別王維〉：「當路誰相假，知音世所稀。只應守寂寞，還掩故園扉。」

8 李陽冰〈草堂集序〉。我很懷疑這誇大了皇帝對李白的恩寵，但又想那個時代真能胡編人主的事情來開玩笑嗎？

9 李白〈南陵別兒童入京〉：「會稽愚婦輕買臣，餘亦辭家西入秦。」把自己比喻成朱買臣。他應該是感情上受到過挫傷，說人家是物質女。

10 本來是十一首。但郭沫若認為第九首〈祖龍浮海不成橋〉，把永王比喻成秦始皇和漢武帝，比喻不倫不類，完全不講政治，是偽作，有一定道理，這裡遵從這種說法。

如果沒有李白

在此前盛唐詩人的朋友圈裡，我們見到了許多有意思的人物。這裡我們單獨聊一聊李白。有一個問題：如果沒有李白，我們的生活會怎麼樣？

似乎並不會受很大的影響，對麼？不過是一千多年前的一個文學家而已，多一個少一個無關緊要，和我們普通人的油鹽柴米沒有什麼關係。

的確，沒了李白，屈原將沒有了傳人，「飲中八仙」會少了一仙，後世的孩子會少了幾首啟蒙的詩歌，不過也僅此而已。

《全唐詩》大概會變薄一點，但也程度有限，大約是四十至五十分之一。名義上，李白是「繡口一吐就半個盛唐」（余光中詩），但要從數量上算，他詩集的規模遠遠沒有半個盛唐這麼多。在《全唐詩》一共九百卷裡，李白佔據了從第一六一至第一八五卷。少了他，也算不得特別傷筋動骨。

沒有了李白，中國詩歌的歷史會有一點變動，古體詩會更早一點地輸給格律詩，甚至會提前半個世紀就讓出江山。然而，我們普通人對這些也不用關心。

不過，我們倒可能會少一些網路用語。比如一度很熱的流行語「你咋不上天呢」，最先是誰說出來的？答案正是李白爺爺：

「耐可乘流直上天？」

他什麼時候說出這話的呢？是一次划船的時候。

話說這一年，有一艘神秘的遊船，在南湖上漂蕩……別緊張，這是在唐朝，公元七五九年，李白帶著朋友划船。

那位朋友正值被貶了官，愁眉不展。當時李白已近六十了，看著面前苦哈哈的朋友，摸著自己已泛白的長鬚，仰天長笑：多大個破事啊，不就是官小一點兒麼？別想不開了，眼前如此美景，我們應該兩忘煙水裡，好好喝酒才對，何必為俗事唏噓呢？

他於是寫下了這首浪漫的名詩，就叫作〈陪族叔刑部侍郎曄及中書賈舍人至遊洞庭〉：

南湖秋水夜無煙，耐可乘流直上天？
且就洞庭賒月色，將船買酒白雲邊。

他們喝著酒，暫時忘記了憂傷，隱沒在煙水之中。

那麼，李白還創造了其他的網路熱語嗎？有的，比如「深藏功與名」，出處是李白的〈俠客行〉：「事了拂衣去，深藏身與名。」

如果沒有李白這首詩，香港的金庸也不會寫出武俠小說《俠客行》來。在這部有趣的小說裡，有一門絕世武功正是被藏在了李白這首詩中。

非但《俠客行》寫不出，《倚天屠龍記》多半也懸。滅絕師太的這把「倚天劍」，是古人宋玉給取的名，但為這把劍打廣告最多、最給力的則要數李白：「擢倚天之劍，彎落月之弓」、「安得倚天劍，跨海斬長鯨」。

不只是香港文藝界要受一些影響，台灣也是。黃安一定不會寫出當年唱遍大街小巷、錄影館、撞球館的〈新鴛鴦蝴蝶夢〉來了，這首歌就是從李白的一首詩〈宣州謝樓餞別校書叔雲〉裡面化出來的。「昨日像那東流水，離我遠去不可留，今日亂我心，多煩憂」，是化用李白的句子「棄我去者，昨日之日不可留；亂我心者，今日之日多煩憂」。

後面的「抽刀斷水水更流，舉杯消愁愁更愁」，則直接是把李白的詩句搬過來了。

沒了李白，女孩子們的生活也會受到一些影響。比如美國的化妝品牌Revlon，中文名字不可能叫「露華濃」了。因為它是從李白的詩裡來的——「雲想衣裳花想容，春風拂檻露華濃。」當然，露華濃已經退出中國市場，深藏功與名了。

如果沒有李白，中國詩歌江湖的格局會有一番大的變動。

幾乎所有大詩人的江湖地位，都會整體提升一檔。李商隱千百年來都被叫「小李」了，正是因為前面有「大李」。要是沒了李白，他可以揚眉吐氣地摘掉小李的帽子了。王昌齡大概會成為唐代絕句首席，不用加上「之一」，因為能和他的絕句相比的正是李白。至於杜甫，則會成為無可爭議的唐詩第一人，也不必再加上那個「之一」。

除此之外，我們在日常生活中還會遇到一些表達上的困難。

比如對於從小一起長大的男女朋友，你將沒有詞來準確形容他們的關係。你不能叫他們「青梅竹馬」，也不能叫他們「兩小無猜」，這都出自李白的〈長干行〉。

你也無法形容兩個人相愛得刻骨銘心，這個詞兒也是出自李白的文章：「深荷王公之德，銘刻心骨。」

豈止是無法形容戀人，我們還將難以形容全家數代人團聚、其樂融融的景象，因為「天倫之樂」這個詞兒也是李白發明的，出自他的一篇文章，叫作〈春夜宴從弟桃李園序〉：「會桃李之芳園，序天倫之樂事。」

「浮生若夢」，也不能用了，出處同樣是李白這一篇文章：「浮生若夢，為歡幾何？」

「殺人如麻」沒有了，這出自李白的〈蜀道難〉。「驚天動地」也沒有了，這是白居易弔李白墓的時候寫的詩：「可憐荒塚窮泉骨，曾有驚天動地文。」——沒有李白，又怎麼會有李白墓，又怎麼會有白居易的憑弔詩呢。

揚眉吐氣、仙風道骨、一擲千金、一瀉千里、大塊文章、馬耳東風……要是沒有李白，這些成語我們都不會有了；此外，蚍蜉撼樹、春樹暮雲、妙筆生花……這些成語都是和李白有關的，也將統統沒有了。我們華人連說話都會變得有點困難。

沒有了李白，我們還會遇到一些別的麻煩。

當我們在社會上際遇不好，沒能施展本領時候，將不能鼓勵自己「天生我材必有用」；我們遭逢了坎坷，也不能說「長風破浪會有時」；當我們和知己好友相聚，開懷暢飲的時候，不能說「人生得意須盡歡」；當我們在股市上吃了大虧，積蓄一空的時候，不能寬慰自己「千金散盡還復來」……這都是李白的詩句。

那個我們印象中很熟悉的中國，也會變得漸漸模糊起來。我們將不再知道黃河之水是從哪裡來的，不知道廬山的瀑布有多高，不知道燕山的雪花有多大，不知道蜀道究竟有多難，不知道桃花潭有多深。

白帝城、黃鶴樓、洞庭湖，這些地方的名氣，大概都要略降一格。黃山、天台、峨眉的氤氳，多半也要減色許多。

變了樣的還有日月星辰。抬起頭看見月亮，我們無法感嘆「今人不見古時月，今月曾經照古人」，也無法吟誦「小時不識月，呼作白玉盤。又疑瑤台鏡，飛在青雲端」。

李白如果不在了，後世的文壇還會發生多米諾骨牌般的連鎖反應。沒有了李白「舉杯邀明月」，蘇軾未必會「把酒問青天」；沒有李白的「請君試問東流水」，李煜未必會讓「一江春水向東流」；沒有李白的「大鵬一日同風起」，李清照未必會「九萬里風鵬正舉」。

後世那一個個浪漫的文豪與詞帝，幾乎個個是讀著李白的集子長大的。沒有了李白，他們能不能產生都將是一個問題。

後來人鬧革命的浪漫主義色彩也會衰減不少。有李白的「我欲因之夢吳越」，才有毛澤東的「我欲因之夢寥廓」；有李白的「欲上青天攬明月」，才有後來的「可上九天攬月」；有李白「揮手自茲去」，才有「揮手從茲去」；有李白「安得倚天劍」，才有「安得倚天抽寶劍」。

我們的童年世界也會塌了一角。那個每個小朋友記憶深處、平均每個人要聽三百遍的「只要功夫深，鐵杵磨成針」的故事也將沒有了。它可是小學生作文的經典萬金油典故。沒有了它，小朋友們該怎麼把作文湊足六百字？

在今天，如何檢驗一個人是不是華人？答案是拋出一句李白的詩。當每一個華人聽到「床前明月光」，都會條件反射般地說出「疑是地上霜」。

看一個文學家的偉大程度，可以看他有多大程度融入了本民族的血脈。比如我的主業是解讀金庸小說，不論金庸的作品有多少缺憾和瑕疵，你都沒法抹殺他的成就，因為華山論劍、笑傲江湖、左右互搏等等詞語，都已經融入了我們的血脈之中。

李白，這一位唐代的大詩人，已經化成了一種基因，和每個華人的血脈一起流淌。哪怕一個沒有什麼文化和學歷的中國人，哪怕他半點都不喜歡詩歌，也會開口遇到李白，落筆碰到李白，童年邂逅李白，人生時時、處處、事事都被打下李白的印記。

不知道李白在世的時候，有沒有預料到這些？他這個人經常是很矛盾的，有時候說自己的志向是當大官、做大幹部，轟轟烈烈幹一場大事，有時候又說自己的志向是搞文學，做研究，「我志在刪述，垂輝映千春。希聖如有立，絕筆於獲麟。」

前一個志向，他沒有實現，但後一個志向他是超額完成了——所謂「垂輝映千春」，他已經輝映了一千三百年的春秋了，還會繼續光輝下去。

李白到底有沒有千金裘

唐詩裡面有一種詩，叫作炫富詩，比《小時代》還嚴重。比如李白先生那首著名的〈將進酒〉：

五花馬，千金裘，
呼兒將出換美酒，與爾同銷萬古愁。

五花馬，好理解。至於「千金裘」，就比較難理解了。它的字面意思，是價值一千兩金子的貂皮大衣，堪稱頂級奢侈品。

好好一件貂，居然脫了拿去換黃湯喝，東北姑娘聽了得多心疼。

於是問題就來了：李白真的這麼有錢嗎？他到底有沒有千金裘？一個沒正經工作的人，怎麼攢錢買貂？

唐代大詩人裡，李白的收入情況一直是筆糊塗帳。他似乎總是大把大把花錢，卻沒有什麼進項。比如他喜歡高消費，喝的酒比杜甫的貴很多，一斗要賣十千錢——「金樽清酒斗十千」。「斗十千」，乃是中國詩人給高級美酒定下的標準價格。自從曹植「美酒斗十千」以來，就被後世一直沿用。王維、白居易、郎士元等詩人莫不飲過「斗十千」的高級酒。相比之下，杜甫要節約多了，他喝的酒一斗才賣三百錢。這可不是我胡編的，杜甫自己說的：「早來就飲一斗酒，恰有三百青銅錢。」

李白喝的酒，價格是杜甫所飲酒的三十三倍。想像一下，前者如果是喝的兩千元一瓶的一斤裝高級酒，那麼杜甫喝的就是六十塊錢一瓶的酒了，不折不扣的平民消費。

李白能這樣高消費，看來一定是特別富裕，多半穿得起千金裘的了？其實未必。

首先，李白到底富不富，是一個大問題。他有時候看起來很富，年輕的時候到揚州去遊逛，一年就敗掉三十萬金[1]，當地落魄公子們手頭緊了都可以找他接濟，活脫一個小旋風柴進。他還說自己曾養了一千多隻鳥，典型的一位養殖大戶。

可他有時候又好像很窮。同樣是三十歲前寫的詩中說，自己「歸來無產業，生事如轉蓬。一朝烏裘敝，百鎰黃金空。彈劍徒激昂，出門悲路窮」，幾乎是破產了。

唐代詩人裡，有幾位特別喜歡算帳，比如白居易，動不動把工資獎金寫到詩中。有的則對個人收入情況諱莫如深，比如李白。在寫〈將進酒〉之前，他公開的最大的單筆收入似乎是被皇帝唐玄宗買斷工齡，禮送回家，學名叫作「賜金還山」。

這一次下崗費得了多少錢呢？五百金。也不少了，夠買半件貂了。問題是李白作死，這筆錢他聲稱自己沒要！「徒賜五百金，棄之若浮煙！」

給賞錢不要，收入從哪裡來？幸虧我們有無所不知的郭沫若大師。他老人家給過一種解釋：

李白是大財主的兒子，有哥哥在九江經商，有弟弟在三峽營業，所以有錢買貂。

你或許要問：郭沫若大師的這個說法，根據是哪來的？我可以負責任地告訴你：他猜的。

郭大師的理由是：李白曾說過「兄九江、弟三峽」。九江和三峽都在長江邊，做生意的一向很多，所以李白的哥哥弟弟一定是資本家、大土豪！郭大師的腦洞，也是醉了。

還有學者說，李白為什麼在詩裡從來不曬親戚們的職業？正因為那時候商人社會地位低啊，李白是有苦難言。有一位研究者叫韓維祿，他說李白不像杜甫，有著既做官又寫詩的祖父和父親。他的父親雖然有錢，但在唐代的風氣之下，成了李白的隱衷，難以說得出口。這當然也有一定道理，但只是猜測，沒有證據啊。

李白能夠買貂，唯一有證據的解釋只剩一條——娶了小公舉。

李白至少有三次婚姻，其中兩次都是倒插門，新娘都是富婆小公舉。他第一次結婚，新娘是湖北姑娘許氏。女方家是高門望族，祖父當過「左相」，曾祖父是開國皇帝李淵的同學，後來封了公爵。一說到公爵家的第四代小姐，你會想到最熟悉的誰？是的，林黛玉。李白就相當於娶了個林黛玉。

李白的最後一次婚姻，新娘姓宗，是前宰相宗楚客的孫女。當然，宗楚客犯了政治錯誤被殺了，家境已不如前。但瘦死的駱駝比馬壯，對李白的經濟也應該有不少幫助。

說起犯了錯誤的宰相的孫女，你又會想到熟悉的誰？是的，上官婉兒[2]。李白等於又娶了個上官婉兒。先娶了個林黛玉，又娶了個上官婉兒，你說李白買不買得起貂？

他在揚州大手大腳「散金三十萬」之事，以及娶許家小姐之事，時間間隔非常近，不知道哪個在前。如果按照郭沫若《李白年表》所說的，是二十六歲先遊的揚州，那便有可能是散金到破產，因此「歸來無產業」、「一朝烏裘敝，百鎰黃金空」，一年後娶了許小姐，吃軟飯。如果是先娶的許小姐，再去揚州散金、到處周濟朋友，那就很有可能是把老婆的錢拿去做好漢了。

當然，李白的婚姻選擇一定不只是為了錢，他必然有多方面考慮。他的婚姻生活幸福嗎？我們也無從更多了解。千金裘裡的辛酸，也只有他自己知道吧。

最後，李白的千金裘貌似也沒能穿幾天。我發現唐朝大詩人都有個風氣：往死裡喝酒。喝光了最後一個銅板又怎麼辦？有個辦法：脫衣服。

這也不是信口胡謅。比如杜甫，就是個喝不起酒就脫衣服的主。他喝得像孔乙己一樣到處欠帳，「酒債尋常行處有」，幾乎上街就得被人揪住打。怎麼辦呢？於是「朝回日日典春衣」，脫衣服典當換錢，然後「每向江頭盡醉歸」——繼續喝。

李白也是一樣。和朋友喝斗十千的高檔酒，兜裡沒錢了，又不能輸了氣勢，於是也脫衣服，把身上的貂給扒了去換酒。

一件好貂，一首名詩，看似輕狂，幾多唏噓。

註釋

1 李白〈上安州裴長史書〉：「東遊維揚，不逾一年，散金三十餘萬，有落魄公子，悉皆濟之，此則是白之輕財好施也。」

2 上官婉兒的祖父上官儀，曾經擔任「獨相」，紅極一時，後來充當唐高宗限制武則天的棋子，起草廢後詔書，被武則天誣陷謀反，下獄處死。後來中宗時平反，追為中書令、楚國公。

猛人杜甫，一個小號的逆襲

一

這一年，是公元七三五年[1]。

在大唐帝國的東都洛陽[2]，一個二十四歲的小伙子唉聲嘆氣，用河南話自怨自艾——他剛剛在網吧查了自己在京兆尚書省的高考成績，四百分。

這個落第的學渣，或者說大唐帝國的判卷老師——「考功員外郎[3]」眼中的學渣，叫作杜甫。

那時候的高考是很殘酷的，沒有調劑。你本科沒錄取之後想調劑到藍翔（編註：「調劑」指接受分發到職校，藍翔為知名職校）？那是作夢，乖乖買火車票回河南老家補習吧。

這一年，和落魄的杜甫相比，許多同時代的詩人都已經揚名立萬，在詩壇翻江倒海，散發著猛氣。

當時，大名鼎鼎的猛人張九齡正在當宰相，並醞釀著他的新作「海上生明月，天涯共此時」。他的公眾號每次更新，一群人都「讚！」、「頂！」、「宰相大人好棒，麼麼噠。」

一個叫王維的學霸作為高考狀元，正在做右拾遺、監察御史。他的粉絲正飛快增長，包括阿九公主在內……不要吃驚，這真的是阿九公主，不是金庸小說裡袁承志勾搭的那個獨臂神尼，是唐朝的玉真九公主。

一個叫王昌齡的同學已中了博學宏詞科，被當代人稱作「超絕群倫」。他的代表作品「秦時明月漢時關」橫掃詩壇，他的公眾號「絕句我最強」十分活躍，經常和各路大V搞搞互推。

即便是混得最不好的李白同學，也已經在帝都隆重發佈了〈烏棲曲〉和〈蜀道難〉，被廣泛轉發，名聲大噪[4]。別看李大V還沒有公職，微信公號也沒認證，但卻已經擁有賀知章等高端精英粉了——沒錯，就是那個「二月春風似剪刀」的賀知章。

他們的地位、名氣，全部秒殺屌絲青年杜甫。雖然杜甫也開了一個微信公號「子美的詩」，但是人氣不太高，粉絲也不太多，閱讀量總在二三位數徘徊。

杜甫默默地關注了他們的微信公號。唉，要是能和這些土豪們一起玩耍就好了。

二

這一年，我們的杜甫以一個高考不中的學渣形象踏上了詩壇。他的聲音小到幾乎聽不見：「大家好，我，是一個小號。」

在群星燦爛的唐詩俱樂部裡，每當有大V走進來，他都會很禮貌地起立，給人家讓座，努力地和別人做朋友。

某年某日，一個走路帶風的大V瀟灑地推門進來，一屁股坐下，把腳放到茶几上，摸出懷裡的小二嘬起來。他叫李白。

這時的李白已經被玄宗大大取消了關注，禮貌地請出了皇宮。但人家畢竟供奉過翰林，參加過文藝座談會，比起杜甫還是牛了一截[5]。

杜甫起身迎了上去，誠懇地遞上雙手：「李老師，我們……能認識一下嗎？」

李白沒有看上去那麼難打交道，把腳放了下來，回答也很溫暖：「好，好，來坐，我們聊一聊。」

後世的人們拚命渲染這一次握手，說是「四千年歷史上繼孔子見老子之後最偉大的相遇」，「青天裡太陽月亮走碰了頭[6]」。

然而，當時的實際情況是：小號杜甫基本上是大V李白的粉絲[7]。

那些日子裡，他陪著李白遊山玩水、喝酒擼串，不時向旁邊這個人投去敬慕的眼神。事實上，後來終其一生，他都始終崇拜、記掛、思念著李大V：

「白也詩無敵，飄然思不群」、「筆落驚風雨，詩成泣鬼神」、「文彩承殊渥，流傳必絕倫」「李白一斗詩百篇，長安市上酒家眠」……

每到春暖花開的時候，他對李白的思念就倍加強烈：

在渭北，那春天的樹已經鬱鬱蔥蔥；

在江東，那傍晚的雲也已是層層疊疊。

李兄啊，什麼時候能夠再和您相聚，

一起喝著酒擼著串，討論著文章啊！[8]

李白對杜甫其實也不錯，不時也給他回個帖，但不得不說，他從來沒有對杜甫的作文誇過一個字、點過一個讚。唯一和杜甫的詩有關的一句話，是調侃杜甫「作詩苦」，意思是：「嗯，小杜這個人啊，寫詩也是蠻拚的……」

杜甫對此大概並不意外。他從來沒有表示過希望能夠和李大V並列。

三

又一個大V推門進來了。他臉上帶著刀疤，渾身散發著殺氣，他的名字叫高適。走進俱樂部，高適很酷地坐下，點燃一支菸，思考著他的新作〈從軍行〉。忽然，旁邊傳來一個溫暖、誠懇的聲音：「高老師您好，我是小號杜甫。」

又是杜甫。他同樣認真地履行著一個小號的責任，陪高適遊山玩水、喝酒擼串。這甚至成為杜甫最珍貴的人生記憶之一。後來，每當回想起和高適、李白愉快玩耍的日子，他都很自豪：

憶與高李輩，論交入酒壚。
兩公壯藻思，得我色敷腴。

對大V高適的才華，杜甫也很仰慕：「當代論才子，如公復幾人？」他甚至讚揚說：「高適的文章啊，就像曹植一樣波瀾壯闊；高適的德業啊，就像劉安一樣可以證道成仙。」

後來高適的官越做越大，成了淮南節度使、彭州刺史，已經混到了大軍區正職了。杜甫則顛沛流離地跑到了成都，人窮志短，時不時要吃高適的救濟。

杜甫誠懇地，頻繁地道謝：「故人供祿米，鄰舍與園蔬。」、「但有故人供祿米，微軀此外更何求。」好像不經常在詩裡提幾句這事，就會顯得自己忘恩負義一樣。

高適拍拍他的肩膀：「兄弟，別客氣，咱們是朋友。」

高適和李白一樣，都真心拿杜甫當朋友，但從他們留下來的作品看，他們好像從來沒注意過杜甫的詩。在他們的眼裡，杜甫真的只是個小號。

四

時間一年年過去，熱鬧的唐詩俱樂部裡，一個又一個大V們穿梭往來，其中有王維、岑參、儲光羲、孟浩然、李邕……

他們互相握著手，愉快地聊天喝酒，不時發出輕鬆的笑聲。

杜甫也和他們一起玩耍，帶著誠懇而略拘束的笑，聆聽他們高談闊論，偶爾插話。

他天生就不會嫉妒別人。對每個朋友的進步，他都由衷高興；對每個朋友的作品，他都送上最真誠的讚美。

對於王維，他誇獎說是「猛人王右丞」、「最傳秀句寰區滿」。對於岑參，杜甫誇他是「海內知名士」，說岑參的本事連當年的大文學家沈約、鮑照也不過望其項背，「高岑殊緩步，沈鮑得同行」。

還有一些大V，明明原創作品很不怎麼樣，都是一些「經營號」，比如賈至、薛據之類，杜甫也對他們由衷讚美，說賈至「詩成珠玉」，說薛據「文章開窔奧，遷擢潤朝廷」。

對於那些歷史上的先輩，他也滿懷敬意。你很少看到他否定先輩。比如對過去初唐文壇的第一集團——「四傑」，杜甫充滿敬重，覺得他們的偉大難以超越：「王楊盧駱當時體」、「才力應難跨數公」——當今之世，應該沒有人的才華能超過這幾位前輩了吧！

有意思的是，當時文人互相唱和非常普遍，互相誇幾句很常見，杜甫雖然也有幾位朋友一直在鼓勵他，讚美他的作品，認為他才是最好的，但那些第一線的大V、偶像們，卻很少表揚他的詩，連客套性的表揚都沒有[9]。

漸漸地，杜甫老了。生活蹭蹬和貧病交加，都讓他加速走向人生的終點。

那一年的冬天，寒風刺骨。在由湖南潭州去往岳陽的一條小船上，杜甫病倒了，再也無法起身。

他強撐著偏枯的右臂，艱難地最後一次點亮了手機，看著自己的公號「子美的詩」。

是的，這一生，我終於沒什麼傑出的成就。一直到死，我的粉絲也不多。

年輕的時候，我也輕狂過。但和什麼李白呀、高適呀、岑參呀、王維呀相比，我的成就真的沒趕上，他們都好有才。

不過，對朋友，我做到了仗義、友愛、感恩、有始有終。

對粉絲，我做到了堅持更新，我寫了一千五百多首詩。

我做了一個小號該做的事。

他閉上了眼睛，「子美的詩」也永遠停止了更新。

五

當時，幾乎沒有人在意他的離去。群星璀璨的大唐詩壇，誰在乎一顆暗弱的六等星呢。

去翻翻當時唐人編的詩歌集、名人錄、作家大全之類，根本就沒有杜甫的名字。

連幾本最重要的集子，《玉台後集》、《國秀集》、《丹陽集》、《中興間氣集》、《河嶽英靈集》都不收杜甫的詩。比如三卷《河嶽英靈集》，連什麼李嶷、閻防都選上了，就是沒有杜甫。

歷史的灰塵，似乎正在慢慢把這個小號堆埋。

然而，有一些人，漸漸發現了它。

比如很多年後，有一個叫元稹的人，沒錯，就是那個「曾經滄海難為水」的多情種子，偶然發現了這個小號。

他隨手戳了進去，連讀了幾篇，不禁大吃一驚：神跡！這是神跡啊！這貨是多麼偉大的一個詩人啊！

這一千四百多首詩連起來，已經不是詩，而是關於整整一個時代的偉大紀錄片。

這裡面有王朝的盛世：「憶昔開元全盛日，小邑猶藏萬家室。稻米流脂粟米白，公私倉廩俱豐實。」

也有時代的不公：「朱門酒肉臭，路有凍死骨」、「彤庭所分帛，本自寒女出」。

有恐怖的戰亂：「孟冬十郡良家子，血作陳陶澤中水。」也有勝利的狂喜：「卻看妻子愁何在，漫卷詩書喜欲狂。」

有庶民撕心裂肺的痛苦：「莫自使眼枯，收汝淚縱橫。眼枯即見骨，天地終無情。」

也有麻木無奈的嘆息：「信知生男惡，反是生女好。生女猶得嫁比鄰，生男埋沒隨百草。」

有老友重逢的感動：「夜雨剪春韭，新炊間黃粱」、「明日隔山岳，世事兩茫茫」。

也有孤芳自賞的矜持：「絕代有佳人，幽居在空谷」、「天寒翠袖薄，日暮倚修竹」。

還有驚心的花，有歡喜的雨；有青春的泰山，有蒼涼的洞庭；有公孫大娘的劍器，有曹霸的畫筆……

元稹呆了。他開始認識到一個事實——原來最偉大的詩人不是「四傑」，不是「王孟」，不是「沈宋」，不是「錢劉」，不是「高岑」，而是上世紀那個未享大名、窮困潦倒的小詩人。

有人告訴元稹：「那個作者很可憐的，客死異鄉，被孫子千里迢迢送回河南老家埋葬，連個墓誌銘都沒有。」

元稹挽起了袖子：「沒有墓誌銘是嗎？我來寫！」

我們至今還可以讀到這篇墓誌銘：「上薄風騷，下該沈宋，言奪蘇李，氣吞曹劉，掩顏謝之孤高，雜徐庾之流麗……詩人以來，未有如子美者。」

杜甫是八世紀下半葉死的。到公元九世紀，中國興起了讀杜詩的風潮。當時連文壇最大的大

V韓愈都改了自己的微信簽名：「李杜文章在，光焰萬丈長。」

在死去整整半個世紀後，杜甫終於完成了中國文學史上一場偉大的逆襲。

每當想起這段故事，我都有點疑惑：他真的一點都不知道自己詩歌的價值嗎？

我忽然想起了他〈南征〉中的兩句詩：

百年歌自苦，未見有知音。

這是他臨近去世前留下的詩句。看來友誼是公平的，李白、高適、岑參們，你們不把人家當作天才，所以，人家也未必有把你們當作知音。

註釋

1 杜甫第一次落第時間，說法不一，從開元二十二年到開元二十五年都有。這裡暫從郭沫若《李白杜甫年表》定為七三五年。鄺健行先生有七三六年的說法，論證詳實，很有新意。

2 地點有長安、洛陽兩說，這裡暫從洛陽說。

3 有人說，「考功員外郎」沒有簡稱「考功郎」的。不幸的是聞一多在《杜甫》裡就稱「考功郎」。

4 吳光興《八世紀詩風：探索唐詩史上「沈宋」的世紀》：「開元、天寶之際，李白已經成為一位文學名人，這是沒有什麼疑義的。」（社會科學文獻出版社，二〇一三年）。

5 林庚《唐詩綜論》：「這兩個詩人相遇的時候，那時李白已是名揚宇宙的大詩人……而杜甫還是初出茅廬，才在詩壇上露面。」吳光興《八世紀詩風：探索唐詩史上「沈宋」的世紀》：「在天寶三、四載結交之初，杜甫的詩名尚不足以與李白並駕齊驅。」

6 聞一多《杜甫》。

7 吳光興《八世紀詩風：探索唐詩史上「沈宋」的世紀》：「李白詩歌的成就與數量，都看在杜甫的眼裡，記在杜甫的心裡，評價是極高的。」、「李白年長十歲，得名稍早，杜甫佩服李白，文學上受其一定影響，應是意料中事。」

8 杜甫〈春日憶李白〉：「白也詩無敵，飄然思不群。清新庾開府，俊逸鮑參軍。渭北春天樹，江東日暮雲。何時一尊酒，重與細論文。」

9 其實就連杜甫的晚輩也是這樣。呂正惠《詩聖杜甫》：「幾乎沒有一個較重要的大曆詩人提到過杜甫的名字。」

杜甫的太太：我嫁的是一個假詩人

一

公元七四一年，三十歲那年，杜甫脫單了[1]。

他的岳父姓楊，叫作楊怡，是一名朝廷幹部，職務叫作司農少卿。是什麼級別的幹部呢？有人說，是縣財政局的副局長，那就是科級。

那是不對的。這個職務是屬於「九寺」裡的司農寺，級別是從四品上，相當於副部長，或者部務委員。

婚前，楊部長看著杜甫，問他：「你們京兆杜氏，可是了不起的人家呀。家裡現在還有些什麼人啊？」

杜甫挺了挺胸膛，說：「祖父必簡公，過世已久了……」

楊部長點點頭：「知道，知道。前朝的杜司長，『文章四友』之一，大詩人吶。」

杜甫接著說：「家父在山東工作，現在做兗州司馬。」

楊部長又點點頭：「有印象，有印象，杜巡視員，為人不錯的。」

他忽然問：「子美啊，你自己現在在做什麼工作啊？」

杜甫不禁有點慚愧：「主要是寫寫詩。」

但他隨即又鼓起勇氣：「我會努力再準備考試的。而且，我會對小姐好的！」

楊部長望著他的眼睛，認真又溫和地說：「這兩件事，以後都要記得啊。祝你們幸福吧。」

二

就這樣，杜甫把楊小姐娶回家了。

他比她大十一歲，還有人研究說，他比她大二十一歲。

要是今天，像這種年齡差距，杜甫應該叫人家小甜甜才對。可是杜甫不懂，嘴巴特別不甜。

他稱呼楊小姐，統統是一個特別沒有美感的詞——老妻。

「老妻書數紙」、「老妻憂坐痺」、「老妻寄異縣」……好像根本不知道明明自己更老一樣。

楊氏夫人有時都有些懷疑：這麼不會說話，我嫁的是不是一個假詩人？

就算他偶爾不叫老妻了，也要換一個同樣很難聽的詞——「山妻」。比如：「理生那免俗，方法報山妻。」

那口吻，活像《西遊記》裡的牛魔王：「扇子在我山妻處收著哩。」

偶爾地，楊氏夫人也問他：「朋友都說你的才華高得不得了，就不能給我寫幾句情詩什麼的？」

杜甫撓著頭：「詩，我寫是會寫，可是『朱門酒肉臭，路有凍死骨』……這些放在妳身上也不合適啊……」

不過，楊氏夫人也發現，假詩人也不一定就不好——他對別的女人也不會油嘴滑舌。

李白寫詩，動不動寫女人，寫吃喝嫖賭，什麼「千金駿馬換小妾」啊，「載妓隨波任去留」啊。後來連王安石都看不下去了，說他：「十句裡有九句不是女人就是酒。」

這也不怪李白。唐代那些才子們都是這樣的。

只有杜甫例外。翻遍他的一千四百多首詩，裡面極少有風流的東西，除了極個別應酬之外，不搞吃喝嫖賭，一句撩妹子的話都沒有。幾乎唯一的一句，就是：「越女天下白。」

楊氏夫人說：「瞧，就說笨有笨的好處吧。」

三

按計畫，他努力準備著考試，爭取進步。

結婚前，他就曾考過一次，結果碰上了一個考官叫李昂[2]。這個人沒水平，還出了名的心眼小、脾氣壞，「性剛急，不容物」。

杜甫同學落榜了。他沒有氣餒，認真複習，等待著機會。

天寶六年，朝廷發通知，宣佈要搞一次特別高考，號召大家都來參加，量才授職，絕不食言，騙人是小狗。

杜甫精神一振：我的機會終於來了！他告別了夫人，踏上了征途。這一年他三十六歲，寫作文的造詣已經爐火純青，放眼天下，幾無對手。

考試的場面十分隆重，氣氛十分莊嚴，程序十分完善，尚書省長官親自主考，御史中丞監督，煞有介事。

杜甫同學認真答完了詩歌、辭賦、策論等所有題目，覺得發揮得不錯，交了卷，靜靜等待著成績。

和他一起等成績的，還包括唐朝的另一位大詩人元結同學。

許多個日夜的翹首以盼後，榜單終於公佈了，杜甫等人一擁而上去看，發現結果是：一個都不錄取！

是的，這不是陰謀，是陽謀。所有的考生，恭喜你們被玩了。

這一次，杜甫同學碰上的不是最差考官，而是大唐最差宰相。

「陛下，大喜呀！」宰相李林甫拿著這份錄取結果，跑去找玄宗皇帝，說，「一個人都沒錄取，這說明什麼？說明野無遺賢啊！您瞧咱們的組織人才工作搞得多出色！」

「是嗎？那好啊！」玄宗皇帝正在打馬球，心不在焉地答道，然後一縱馬：「得兒……駕！」再次投入比賽。

夜晚，長安的小旅館裡，杜甫拿著手機，看著楊氏夫人的頭像，輾轉反側，不知道該怎麼和她說好。

先發個李安多年默默無聞、最後一舉成名的雞湯故事給她？還是給她唱一首〈闖碼頭〉，告訴她我總有一天會出頭？

正踟躕著，結果楊氏夫人發來信息了，很短，只有一句話：

都聽說了，別難過。早點回來。下一次加油。

四

然而，沒有下一次了。幾年後，「安史之亂」爆發。

前天新聞裡還在說，大唐繁榮穩定，昨天就洛陽丟了，今天又潼關丟了，明天眼看長安又要丟。從陝北到關中，到處都是逃難的人。

杜甫帶著一家人逃跑，先坐火車，結果火車停運了；又坐汽車，結果司機也跑路了。最後他們改坐驢車，逃到陝西鄜州一個小山村裡。

鄜州，今天已經有了一個很喜慶的名字，叫富縣。但是杜甫當時住的那個村子，一點都不富。

土房子，泥巴牆，還有滿屋子凌亂的行李，看著這一切，杜甫很慚愧：夫人啊，結婚十幾年，還是讓你過這樣的日子。

安頓好了妻子，他出去尋找組織，想看看有什麼出路，結果迎面碰上叛軍，被抓回長安。

這簡直是一幕唐朝版的《英倫情人》。他和妻子、孩子隔著六百里路，從此不能見面。

要知道，那可是個人命如草的大亂世。可能他明天就會死在亂軍的馬蹄下，那也不過是增加了一個失蹤人口而已，楊小姐怕是永遠也不知道他的下落了。

一個孤寂的晚上，他抬頭看著月亮，想起了她，不禁淚眼模糊：今晚的月亮，她在鄜州只能獨自一個人看了吧？這一句話，在他心裡瞬間變成了一句詩：「今夜鄜州月，閨中只獨看。」他回到窄仄的屋裡，拿起了筆，在膝頭寫下了八句詩，題目就叫作〈月夜〉：

今夜鄜州月，閨中只獨看。
遙憐小兒女，未解憶長安。
香霧雲鬟濕，清輝玉臂寒。
何時倚虛幌，雙照淚痕乾。

如果翻譯成現代文，大意就是：

今晚上的月亮啊，她只能一個人看。
那沒長大的娃娃啊，還不能把憂愁替她分擔。
涼夜的霧啊，濕了她的秀髮；
冷冷的月光，映得她玉臂也生寒。
什麼時候我們能再相見，

依偎在簾下，不再淚水潸潸。

小時候讀〈月夜〉，不相信這是杜甫的作品。一個滿臉胃疼相的老傢伙，怎麼會寫這樣纏綿的詩呢。

可是這千真萬確又是他寫的。「香霧雲鬟濕，清輝玉臂寒」，每一個字都是他寫的。他以為自己不會寫情詩，她也以為他不會寫情詩。但是亂世之中，他揮筆一寫，一不小心，就寫出了整個唐朝最動人的一首情詩出來。

它讓我們想到韋莊的「壚邊人似月，皓腕凝霜雪」，想到盧照鄰的「北堂夜夜人如月，南陌朝朝騎似雲」。但那些不過是講逛夜店、喝花酒的，詩句再漂亮，又怎麼能和離亂中的思念相比呢。

話說，在那個陝北的小村子裡，楊氏夫人等了很久，很久。

終於，一天傍晚，那個熟悉的瘦削身影出現在村口，是杜甫，風塵僕僕，但滿臉喜悅。他活著回來了。

「我回來了，我找到組織了，有了職務了……」他上氣不接下氣。

楊小姐哭了起來。牆頭上圍滿了鄰居，也在為他們感嘆唏噓。

晚上，是屬於兩人的時光。他們互相看著，亂世裡的重逢，都覺得像是作夢。

這些情景，後來被杜甫寫成了四句詩：

鄰人滿牆頭，感嘆亦歔欷。

夜闌更秉燭，相對如夢寐。

五

後來，他們一直過著奔波的日子。

杜甫總是就業了又失業。人才市場裡，總是出現他投簡歷、找工作的身影。就像那首流行歌曲唱的，當年他吹過的牛，已隨青春一笑了之。眼下，只能默默為生存而奮鬥。

她跟著他，顛沛流離，鶉居鷇食，一個人操持著家庭。杜甫的詩，像是一本家庭日記，寫滿了這些點滴。

這一天，他沉重地寫下：我回到家裡，看到她又用碎布給自己和孩子做衣服穿——「經年至茅屋，妻子衣百結。」

有時候，他又寫道：我和她又兩地分居，真的好牽掛——「老妻寄異縣，十口隔風雪。」他還寫道：她又為我的身體操心了——「老妻憂坐痺，幼女問頭風。」

他還描寫了兩人住的房子，小產權的自建茅草房，經常漏雨——「床頭屋漏無乾處，雨腳如麻未斷絕。」

不過，有一說一，他們的生活也不全是苦難的，也有不少快樂的日子。比如她化妝的時候。

杜甫雖然窮，但有一次還是想辦法給她搞來了化妝品，弄到了一些好衣服，讓她重新打扮起來。

於是「瘦妻面復光」，青春又稍稍回到了她臉上。

比如聽到好消息，官軍收復河南河北了，和平有希望了。他「卻看妻子愁何在」，全家一起狂喜，打算立刻動身去收復的故鄉，開始新生活。

比如晚年的時候，他帶著她划著小船，在江上徜徉，享受他們的二人世界。有時候她畫個棋盤，他就陪她下棋。

他去世的時候，是在一條漂泊的小船裡，她守在身旁。對不起，他說，還是沒混出名堂。

杜甫一生，總覺得自己愧對她。他為人處事，對朝廷是無愧的，對朋友是無愧的，但是總覺得愧對太太，動不動就念叨：「何日干戈盡，飄飄愧老妻。」

杜甫的一生，也始終依戀她，頻繁地把她寫進詩裡：「卻看妻子愁何在」、「偶攜老妻去，慘澹凌風煙」、「老妻書數紙，應悉未歸情」。

唐朝所有大詩人的妻子裡，我們對楊小姐的生活了解得最多，對她的形象也最熟悉，原因很簡單——因為杜甫寫得最多。

很多詩人，你覺得女人在他們面前和好酒、名馬是一樣的，是玩具，但杜甫不是。老妻對他是伴侶，是知音。

最後，她活了四十九歲，走在杜甫的後面。

你可以說杜甫對不住她。他沒能混出名堂來，年輕的時候吹牛不上稅，說自己要建功立業「凌絕頂」，要做大官「致君堯舜」，要財務自由「白鷗浩蕩」，結果一生窮困潦倒，讓女人孩子跟著吃苦。

但你也可以說，他沒有辜負她。

他們在一起短則二十七年、長則三十多年，是唐代詩人裡最伉儷情深的一對。杜甫沒有蓄妓，沒有納妾，沒有包二奶，沒有過任何花邊新聞。之前說了，翻遍他一千四百多首詩，奇蹟般地幾乎一句撩妹的都沒有。

本不能說全是因為窮。唐朝詩人，又窮又花的也多。盧照鄰也窮，也在四川留下一個郭小姐。只能說，杜甫，就是這麼個人。

在杜甫面前，會感到無助、絕望。他才華比你高，學問比你大，你認了，那沒辦法。但是他人品也比你好，做人做到完美，你就會覺得絕望。同樣是人，怎麼差距這麼大呢？

所以，每當讀到他寫一些幸福的詩，比如「老妻畫紙為棋局，稚子敲針作釣鉤[3]」的時候，我翻書頁都會不自覺地輕一些，唯恐打擾了他們短暫的幸福。

註釋

1 還有說杜甫是四十多歲才脫單的。比如，孫微〈杜甫四十一歲結婚考——兼論杜甫的思想性格〉（《杜甫研究學刊》，二〇一一年）。

2 杜甫第一次考試時間有幾種說法。這裡按照鄺健行所說的開元二十四年。這一年的主考老師不是孫逖，而是李昂。

3 我們經常可以看到，在生活安穩的時候，楊氏夫人會偶爾重拾閨閣中的興趣。作為司農少卿家的官家小姐出身，她是有相當的精神追求的。

老實的情聖

一

講完了杜甫的愛情故事，接下來要介紹一個杜甫的外號：情聖。

你可能會有些詫異：什麼？不是說他專一又深情嗎？這樣一個老實人，怎麼能叫情聖？

答案是肯定的。這個外號是梁啟超給起的。在《全唐詩》兩千多名詩人裡，他偏把杜甫叫作情聖。

他表面上不解風情，很少寫男女題材。比他風流的唐代才子有無數，元稹、白居易、李商隱都不必說了，連李白也不能免俗。而在杜甫的詩裡，略有些風流跡象的，只有一句「越女天下白」，一句「佳人滿近船」。

可杜甫並不是真的不解風情。在他留下來的一千多首詩裡，雖然專寫女性的有名的詩總共也沒有幾首，但就是這幾首「女人詩」，卻寫得驚天動地，盪氣迴腸，寫出了「情聖」的段位。

我們就選兩首詩，從中看看杜甫的感情歷程吧。

第一首「女人詩」，是他寫妻子的，叫作〈羌村〉。它一共有一組三首，我們這裡主要講第一首。

小時候，我得到的第一本唐詩集，所選的杜甫的第一首詩就是〈羌村〉。當時特別瞧不上它，覺得這詩土裡土氣，憑什麼能入選，還放在那麼顯眼的位置？可是，不記得過了多久之後，重新讀到它，忽然有想流淚的感覺。

前文說過，「安史之亂」爆發後，杜甫夫妻分離，妻小滯留在鄜州一個村子裡，那個地方就叫作羌村。過了很長時間，杜甫才趕去和家小團聚。這首詩就寫的是團聚的情景：

崢嶸赤雲西，日腳下平地。
柴門鳥雀噪，歸客千里至。
妻孥怪我在，驚定還拭淚。
世亂遭飄蕩，生還偶然遂。
鄰人滿牆頭，感嘆亦歔欷。
夜闌更秉燭，相對如夢寐。

詩人趕到的時候，已經是傍晚了。在鳥雀的鳴叫聲中，「歸客千里至」，他九死一生，才終於能和親人相見。

妻子和孩子忽然見到杜甫，是什麼反應呢？叫作「妻孥怪我在，驚定還拭淚」。其中「孥」就是孩子的意思。這句詩很耐人尋味，不說「喜」我在，不說「驚」我在，而是「怪」我在。這個「怪」是後怕，是心裡一塊大石頭終於落地之後的悲喜交集，禁不住熱淚盈眶。

在家庭離散之後，妻子想必無數次禱告，希望杜甫平安。今天忽然見到他活著回來了，夢想成真，既慶幸又不敢置信，因為詩中說了，「世亂遭飄蕩，生還偶然遂」，在這樣一個大亂世，分別後的重逢是多麼不容易啊！妻子和孩子無比後怕，所以「怪我在」。

最後四句，我們在之前的文章裡講過了。夜晚，這對好不容易團聚的夫妻燭下相對，「相對如夢寐」，覺得像作夢一樣。

小時候欣賞不來這樣的詩，長大之後才明白，這樸素的詩句裡，滿滿都是相依為命的艱辛，也滿滿都是亂世中的深情。

二

如果杜甫只知道對老婆好，不懂得怎麼欣賞女性，大概還不能叫情聖。

這裡要講的第二首詩，就是杜甫寫給一個他欣賞和敬慕的女性的。它的名字叫作〈佳人〉。大概在杜甫出生之前八百多年，中國漢朝的宮廷裡誕生了一首小詩，叫作〈李延年歌[1]〉，開頭第一句也是「佳人」：

北方有佳人，絕世而獨立。
一顧傾人城，再顧傾人國。

寧不知傾城與傾國，佳人難再得。

這首小詩很美，但寫得很籠統，語焉不詳。這位佳人是什麼來歷[2]？她為什麼這麼高冷？她有沒有嫁人？最後歸宿怎麼樣？我們統統不能確定。

這首小詩就像是一枚種子，沒有長開，還有待培育。

八百年後，到了杜甫手裡，這顆種子終於入土了。在大詩人的澆灌下，它生根發芽，筋脈舒張，變得有了血肉，更加豐盈，煥發出更大的魅力。

杜甫的〈佳人〉一開篇，就是「絕代有佳人，幽居在空谷」。這是極有力量的詩歌開頭，只用十個字，就交代了最重要的信息，瞬間把你拉進了故事情境中。

這位幽居的佳人又是什麼來歷呢？詩人告訴我們，她「自云良家子，零落依草木」。

隨著神秘的帷幕一寸寸拉開，杜甫像一個遊吟歌手，用一種不動聲色的平靜語調，把她的生平娓娓道來：「關中昔喪敗，兄弟遭殺戮」，原來是戰火連天席捲關中，她的家庭殘破了，兄弟被殺了。亂離人不如太平犬，就算父親當高官又怎麼樣呢？「官高何足論，不得收骨肉」。

過去的錦衣玉食都不再有，可怕的事接二連三發生——「世情惡衰歇，萬事隨轉燭。」就連婚姻也不能成為寄靠，因為丈夫很快有了新歡。這一切被杜甫錘鍊為十個字：

「但見新人笑，哪聞舊人哭？」

一個高貴的女性，在遭逢了家國的不幸之後，又遇到愛情的背叛。在那個時代，她無法戰小三，無法「致賤人」，但卻不願屈就，不肯低頭，於是作出了選擇：不如去到那山林之中，修一座茅屋，一個人生活。

杜甫想必到訪了她的林間小屋，見證了她的生活。他看見侍女變賣了珍珠回來了，她們一起用藤蘿修補房子——「侍婢賣珠回，牽蘿補茅屋。」她的品位還是那麼高雅，像是一個叢林裡的時尚博主，不用五顏六色的野花來插頭髮，而用翠柏裝飾自己——「摘花不插髮，採柏動盈掬。」

天色晚了。告別的時候，杜甫忍不住又一次回頭望去，在暖黃色的暮光中，她倚靠著斑竹，任憑風吹動薄薄的衣袖，微笑著向他作別。

杜甫為我們記下了這一個動人畫面，作為全詩的結尾：「天寒翠袖薄，日暮倚修竹。」那一刻，杜甫有沒有想起八百年前的那首〈李延年歌〉呢？這樣一個姑娘，也許才當得上「絕世而獨立」吧？

〈佳人〉裡的這一個女性形象，即便是拿到一千多年後的今天，從我們現代人的眼光來看，也是一點都不過時的，也仍然是美好和高貴的。

如果杜甫只是同情她的遭遇，那不叫「情聖」，最多是慈悲。但是杜甫還能做她的知音，能理解她獨立的選擇，能讚賞她不放棄追求美麗、做自己生活的主人。我們經常說，世上沒有純粹的藍顏，但我看杜甫就是一個純粹的藍顏。

這一首詩讓我們知道：貌似不解風情的他，其實很懂得欣賞女性獨立的美麗。

三

第三首詩，則是講杜甫不喜歡的女人。

杜甫真是個老實人，很少口出惡言，寫詩罵街。你看李白婚姻不幸福，氣得對朋友大肆吐槽：「彼婦人之淫昏，不如鶉之奔奔。」但據我所知，杜甫一生極少對異性說這樣的話。

這個老實人也會有討厭的女性嗎？有的。

那一年的三月三日，在首都長安的5A級風景名勝曲江池旁，來了一群春遊的人，大搖大擺，趾高氣昂。被簇擁在中間的，是幾個美麗的少婦。

她們一到，圍觀群眾就紛紛被亮瞎了眼，又羨又怕地躲開，因為你懂的——他們是楊貴妃家裡的人。

就在這紛紛避開的人群之中，有一個貌不驚人的書生，翻著一雙冷冷的白眼，那就是杜甫。他像是一個暗訪的記者，默默地記錄下了自己看到的一切。一篇著名通訊從此誕生了，叫作〈麗人行〉。

他看見楊家的少婦們儀仗奢侈，盛氣凌人；她們穿著華貴的衣服，上面繡著金絲的孔雀，銀絲的麒麟；她們的長裙上裝點著奇異的珠寶，髮鬢上綴著翡翠的花飾，一個個活像仙宮裡的人。

杜甫的筆在飛動，繼續在寫著。他看到美女們要野餐了，宮裡的馬匹飛馳而來，不斷給她們送來山珍海味。他還寫出了所有唐詩之中形容菜肴的最華麗之句：「紫駝之峰出翠釜，水精之盤行素鱗。」

可對於這些，楊家的美女們早就吃厭了。她們握著犀牛角的筷子，偶爾懶洋洋地挑起來這麼一小塊，咬上一點。其他大部分都浪費了，只可惜了御廚的精妙刀工。

杜甫是很會寫食物的。在他一生的詩中，曾用力描寫過的食物有兩種。

其中一種食物，是他最美好的記憶。比如回鄉時，父老們特意為他攜來的渾濁村釀——「手中各有攜，傾榼濁復清。」比如在餓了很久的肚子之後，長安好心的朋友熱情接濟他的香米和酸菜——「長安冬菹酸且綠。」

還比如在大冬天，知己好友特意為他鑿冰捕來的鮮魚——「無聲細下飛碎雪，有骨已剁觜春蔥。」

杜甫也不光是吃別人的，自己也喜歡請客。當客人忽然上門時，他滿心歡喜地想要招待，但市集太遠，買不到雞鴨鵝豬，只好簡單準備一些粗茶淡飯，連聲抱歉地端上來——「盤飧市遠無兼味，樽酒家貧只舊醅。」

這一種食物，杜甫寫的時候滿懷感激，每個字都很溫暖。

相比之下，另一種食物則是他的傷痕記憶，刺痛著他。

比如朱門大院裡的酒肉，「朱門酒肉臭，路有凍死骨」；比如貴族家奢華的駝蹄羹湯，堆成小山的名貴橙子和橘子，「勸客駝蹄羹，霜橙壓香橘」；還有今天，他在曲江邊上所看見的楊家人已經吃膩了的駝峰和魚膾。對這些，他不爽，他看不慣。

今天我們讀起〈麗人行〉這篇通訊，會發現杜甫很冷靜、克制。

如果來到今天當記者，杜甫一定是很專業的，他懂得新聞寫作的規矩，只告訴你事實，自己不輕易褒貶。他不屑於寫「啊，萬惡的誰誰誰……」那樣很沒有格調。

你看這篇〈麗人行〉詩裡，他對驕奢的楊家姐妹們沒有一句褒貶，沒有一句謾罵，但又其實句句是褒貶，句句是諷刺。他只是淡定地描繪她們的儀仗、吃穿，卻無處不在告訴你們——她們是真正的俗物。

寫這篇通訊的時候，距離「安史之亂」爆發只剩不到兩年了。這兩年，是大唐王朝挽救自己的最後時間。

杜甫作為一個清醒的人，眼睜睜看著上層腐化下去，失掉最後挽救時局的機會。〈麗人行〉這樣的警示，權貴們聽不到。

杜甫的三首女人詩，像是三幕劇，講了三種人：老妻、佳人、麗人。他對前者有多憐惜，對後者就有多鄙視。這就是杜甫的品位。他喜歡堅強、獨立，厭惡奢靡、寄生，他可以把最熱情的仰慕獻給可愛的異性，也能把最犀利的諷刺送給金玉其外的俗物。

偉大的詩人，不只在一方面偉大。想想同樣是大詩人的宋之問，先巴結武則天的面首，又猛拍太平公主、韋皇后、安樂公主的馬屁，誰炙手可熱就攀附誰，我們就會更加敬佩杜甫在曲江的那一雙白眼。

註釋

1 李延年是作曲的音樂家，而不是「佳人」。他像司馬遷一樣受過腐刑。據說他正是通過這首曲子，把漂亮的妹子李夫人介紹給了漢武帝，從此改變了自己的命運，兄弟李廣利還做了大將。李夫人死後，漢武帝思念不已，曾為她寫下「是耶？非耶？」之辭。這也是後來金庸《書劍恩仇錄》結尾詞「是耶非耶，化為蝴蝶」的來歷。

2 有記載說，漢武帝聽歌手李延年唱了這首歌，心裡騷動，想求佳人，最後經人推薦，召入了李延年的妹妹。

大唐的學渣和考霸

一

在前面文章裡，我們好幾次提到科舉的問題，這裡專門來聊一聊。這是唐詩故事裡很有意思的一個話題。

今天，我們的高考作文體裁基本上不限了，記敘文、議論文、應用文甚至小說都可以寫，但往往都有一個備註——「詩歌除外」。你如果寫一首五言絕句交上去，絕對屬於作死。

但唐朝偏偏相反，高考很重視考詩歌。重視到什麼程度呢？我們舉個例子來說明。

假設你到唐朝參加貢舉，幸運地高中了，而且很快被授了職，正式參加了工作，你的同事——隔壁辦公室的老王過來閒聊，問你：「請問老兄高考都考了些什麼科目？」

你自信滿滿地回答：「考了詩賦！」老王多半會嘖嘖稱讚：「哎喲，是進士啊，佩服，佩服！」

如果你支支吾吾地回答：「考的明經。」老王則可能要「呵呵」了：「那也不錯，不錯。」

為什麼「進士」比「明經」更洋氣、更受尊重？因為進士考詩賦，那是要限韻的，考生必須臨場發揮，更能考出才學。而明經科以死記硬背為主，考不出活學活用的能力。考進士的難度比考明經大很多。所謂「三十老明經、五十少進士」，你三十歲考上明經，已經算年紀大的了，但五十考上進士也還不算晚。

當然，付出和回報是成正比的。進士出身的前程要比明經出身好得多，也更受人尊重。明經出身的做到處長就差不多了，想做到部長以上，一般非進士不可。

由於唐代太看重詩歌了，甚至還引發了當時一些人的不爽。例如奸相李林甫，自己文化程度不高，不怎麼會寫詩賦，所以他做了宰相後就一度猛烈抨擊考試設置不合理，考詩歌太多。

後來的宋代人還曾經展開一場討論：為什麼唐朝人寫詩比咱們牛呢？

商量來商量去，他們得出了一個很可愛的結論：因為人家高考要考詩歌嘛！有個學者叫作嚴羽的，寫了一本書叫《滄浪詩話》，其中就說：「或問：『唐詩何以勝我朝？』唐以詩取士，故多專門之學，我朝之詩所以不及也。」

可是，考試重視詩歌是一回事，每個詩人能不能考得好又是另外一回事。眾所周知，水準高的人，考試發揮不一定好。有些大詩人一輩子都混得不太如意，他們的人生仕途都栽在了科舉上。

設想一下：在唐代的詩人裡，要是搞一個「差生班」，裡面會有誰？

如果按高考成績來算，那陣容簡直強大到嚇死人，比如——杜甫、孟浩然、孟郊、羅隱……完全可以組一個超級詩歌天團。

唐朝二百多年的高考史，也就變成了無數詩人的歡笑史和悲劇史。我們這裡就介紹幾個著名考生的故事。

二

首先要講的是盛唐的三位大詩人，孟浩然、杜甫、李白。

一看這名單，你以為他們應該是優秀考生代表了？恰好相反，他們都是「差生班」的學員。

先說孟浩然同學。如果我們評選一個「發揮最差獎」，孟同學非常有望當選，因為據說他的筆試和面試都考砸了。

這裡說的所謂「面試」，是唐代的一種風氣，指的是向有影響力的大人物送上作品，接受他們的問詢和考察，博取好感。它有個專門的名稱，叫作「干謁」。

每一個準備干謁的考生，都會面臨一個關鍵問題：怎麼選你的代表作？

或者有人會說：那還不簡單，選你最優秀的就是了。但所謂「優秀」是沒有統一標準的，事實要複雜得多：選長一點的詩還是選短一點的詩？選正能量的、唱讚歌的，還是選抨擊時事的？選辭藻華麗的還是選清新質樸的？如果你精心挑選了一首律詩，可面試的大人物偏偏喜歡古詩怎麼辦？這一項的選擇其實很考驗情商。

比如中唐有一個叫李賀的詩人，要接受當時文壇一個大人物——韓愈的面試。李賀選擇送給導師看的詩的標準，是：聲調壯麗，色彩淒豔，風格獨特。

他選擇放在卷首第一的，是自己的代表作〈雁門太守行〉。我們來看看這首詩，感受一下：

黑雲壓城城欲摧，甲光向日金鱗開。
角聲滿天秋色裡，塞上燕脂凝夜紫。
半卷紅旗臨易水，霜重鼓寒聲不起。
報君黃金台上意，提攜玉龍為君死。

李賀成功了。韓愈讀了這首詩，拍著大腿叫好，主動做了李賀的導師。

還有一個晚唐詩人，名字叫作李昌符的，也屬於選對了面試作品的人。此人在江湖上原本頗有詩名，屢次去找貴人面試，卻總是得不到支持推薦，為此高考總是落榜。懊惱之下，他靈機一動：我過去選的詩，風格體裁都太老套了，不能吸引眼球，所以總不成功。能不能反其道而行之，專門寫一些奇詩、怪詩？說不定能火！

他於是另闢蹊徑，精心作了五十首吐槽詩，主題特別冷門，叫作「貪小便宜的僕人」，比如：

不論秋菊與春花，個個能噇空腹茶。
無事莫教頻入庫，一名閒物要些些。

這些詩一發表，馬上就刷了屏，據說「京都盛傳」，成功引起了人們注意。於是李昌符當年高考就成功了。

前面說的兩位同學，都是成功的典型。而我們的孟浩然同學則是失敗的代表。

據說，他曾經幸運地遇到了最大的面試官——皇帝，有過一次寶貴的朗誦自己代表作的機會。可惜，他沒有像李賀一樣選豪氣的征戰詩，也沒有像李昌符一樣選冷門的吐槽詩，而是別出心裁地選了另外一種詩——牢騷詩。

然後就再沒有然後了。

事情傳說是這樣的：

有一次，孟浩然在長安盤桓，跟著朋友王維到內署溜達閒逛，不料唐玄宗皇帝忽然駕到。孟浩然躲避不及，一急眼，就鑽了床底。

他本以為自己闖了禍，不想玄宗得知孟同學在場之後，很是好奇，吩咐說：「朕早就聽說過他的名聲，原來在床底下呀。快讓他出來吧，給朕讀一讀他的作品。」

這是一次難得的機會。唐玄宗用人是很大膽的，如果抓住了機會，孟同學很有可能會改變命運。但或許因為事發太突然，也可能是孟浩然剛從床底下鑽出來，腦子還有點恍惚，沒能仔細斟酌篇目，就給皇帝讀了一首〈歲暮歸南山〉。其中有這麼兩句：「不才明主棄，多病故人疏。」

這是一句典型的牢騷詩，意思是：因為我自己沒本事，所以明主拋棄了我；因為我自己身體差，所以老朋友也冷落了我。

玄宗皇帝一聽就不樂意了：你自己從沒來求過職，怎麼說是朕不用你呢？你怎麼這樣黑我？

就這樣，孟浩然搞砸了一次寶貴的面試。此後他再沒能獲得仕進的機會。後人很替他遺憾：孟同學也太隨便了，關鍵時刻為什麼非選這首發牢騷的詩？為什麼不選你的「氣蒸雲夢澤，波撼岳陽城」呢？

這一個故事有很多版本，故事中引薦孟浩然的人還有李白、張說等幾個說法，但主要情節大致相同。

該不該相信呢？它聽上去像是個段子，虛構成分居多。古往今來有不少「皇帝駕到，才子鑽床底」的故事，人民群眾固然喜聞樂見，但可信度不高。

但它又偏偏被正經史書《新唐書》收錄了。編修《新唐書》的專家裡，包括歐陽修、范鎮、宋祁、梅堯臣等大專家，篩選史料是很嚴謹的。這一段材料如果太不靠譜，是不大可能被採用的。也許孟浩然本人確實情商低，生前見到了某位高層，卻發揮不好，聊不到一塊，後來被人附會了這麼一個段子吧。

不只是面試，孟浩然的筆試也不順利。他有一次高考的作文題目據說叫〈騏驥長鳴〉，翻譯成現代漢語就是〈鳴叫的好馬〉，全文已不得見了，只是傳聞其中有這麼兩句：

逐逐懷良御，蕭蕭顧樂鳴。

這兩句詩，遭到了後來宋朝人的鄙視，說：這簡直像小孩子寫的一樣幼稚！言下之意是：孟同學名氣這麼大，臨場發揮卻這麼差，他一輩子考不上，活該。

當然，這一首詩究竟是不是孟浩然寫的，還存在爭議。因為在另一個唐代詩人章孝標的詩集裡有一首應試詩，其中也有一模一樣的這兩句。不排除是章同學的句子被誤栽到了孟同學頭上。

但不管怎麼樣，孟浩然不會考試，應該是無疑的。

三

如果孟浩然是「最差發揮考生」，那杜甫則是「最倒楣考生」。

杜甫同學的高考經歷，簡直是一個大寫的「慘」字。他考的次數倒不算多，只有兩次，和後來「十不中」的晚唐詩人羅隱同學比已經好了太多，但他每一次落榜的原因都很打擊人。

第一次高考，他趕上了最壞考官。

關於杜甫的首次高考，很多人說是在開元二十三年。本書前文〈猛人杜甫：一個小號的逆襲〉也是採信的這一說法。這一年的主考老師叫孫逖。

如果杜甫真的碰上了這位孫老師，那就算沒考上也不必有太多抱怨，因為孫老師不但文采出眾，為人也比較正派，還以知人善任著稱。他的同事、著名的顏真卿就曾經這樣評價孫老師：「精核進士，雖權要不能逼。」

然而，杜甫碰到的很有可能不是這位孫老師。

他有可能是後一年參加的高考，也就是開元二十四年。比如香港的學者鄺健行先生就做過一番仔細的考證，認為杜甫首次高考應該是在這一年。

這一年的主考老師，不是孫逖，而是叫作李昂。

這位李老師的特點，是脾氣壞、心眼小，「性剛急，不容物」。這一年高考，他由於處事不當，許多考生不服他，聯合抗議，還釀成了一場不大不小的群體性事件。為了平息眾議，朝廷事後研究決定，不再由品級較低的吏部考功員外郎主考了，改由副部長級的禮部侍郎主考。

杜甫同學的第一次高考，很有可能正是不幸地碰上了這個氣量偏狹又缺乏眼光的李昂，導致杜同學沒考上。

這也真算是倒楣。因為此前靠譜的孫逖老師曾主考了兩屆，杜甫一次也沒趕上，偏偏李昂老師一上任，他就趕上了。

在這一次挫折之後，整整十二年裡，杜甫再也沒有報名考試。直到天寶六年，他才再一次參加考試，考試的結果我們在此前文章中說了，一人都沒有錄取。奸相李林甫說這叫「野無遺賢」。

真的很同情杜甫。今後我們大家多讀一讀杜甫的詩，算是對這位偉大詩人在天之靈的一點安慰吧。

如果說杜甫是「最倒楣考生」，那麼李白呢？他一直被當作是「最傲嬌考生」，他被認為是乾脆放棄——不考！

一直以來，李白給粉絲們的印象，就是不肯高考，要以白衣取卿相，希望自己今天還是老百姓，明天就進京當部長。比如袁行霈老師就說：李白不屑於參加科舉考試，他希望憑藉自己的才能和聲譽，得到某個有力人物的推薦而直取卿相。

可是李白真的這麼清高嗎？我們不能不產生一點點懷疑：同時代的杜甫、王維、孟浩然們都可以去考試，唯獨李白就這麼特立獨行，驕傲到不屑於去考？

李白沒有參加科舉，很有可能不是什麼傲嬌，是他根本就沒有資格去考。

在唐朝，一個讀書人想參加高考，是要核實身分的，考生得拿出戶籍、譜牒一類的證明材資來以供審核。

那麼李白帶著戶口來不就行了？沒戲，李白的家世是一團迷霧，家無譜牒，長期不上戶口，甚至他祖上的名字都沒法確定，多半過不了審核。

此外，李白的出身成分也成問題。據說當時有規定，工商之家的孩子不准做公務員[1]。就相當於考試之前，每個孩子都要填家庭成分表，只要家裡是做生意的，不管是個體戶還是大老闆，都不准考試。按照很多學者的說法，李白的家裡恰恰就是做生意的。

所以，李白同學不是不屑於考，而很可能是根本就不能考。他根本就不是什麼「最狂考生」，而應該是值得同情的「家庭成分最差考生」才對。

四

上文中我們提到的幾位同學都這麼倒楣，難道唐代的大詩人裡就沒有會考試的嗎？其實也是有的！他們在考場上精彩發揮，留下了很多神蹟。

下面請出的第四位考生，他所榮獲的就是「最神發揮獎」。

試想一下，如果你一生中寫出的最膾炙人口的作品，就恰恰是你的高考作文，會是什麼感受？

有一個叫錢起的同學就是這樣的，他把一生中最廣為傳誦的作品留在了考場上。

這位錢同學，江湖人送綽號「小王維」，是唐朝詩壇一個著名男子組合「大曆十才子」的主唱。他的年代稍晚於李白、王維，又稍早於白居易、韓愈，是這兩撥詩人中間的一顆巨星。

或許你會說：什麼巨星，也不算太紅嘛，都沒聽過啊。

是的，在今天的普羅大眾之中，他的知名度或許還不如他的侄子——擅長草書的懷素和尚。但在當時的詩壇，錢起同學可是大紅大紫的。紅到什麼程度呢？在當時，如果你是朝廷裡的公卿，放到外地做官，要是臨行沒有錢起寫詩為你送別，大家都會瞧不起你[2]。

他擔當頭牌的「大曆十才子」，也是當時最紅的男子組合。關於這「十才子」究竟是哪十個人，歷來都有各種版本，後世學者們吵來吵去，比如有的專家認為甲不配，就換上了乙，有的專家又覺得乙不配，換上了丁。但不管任何版本，有一個人是絕對不會換的，那就是錢起。

其實，「考霸」錢起同學也不是一開始就很會考試的，前幾次高考都沒有中，眼看都有希望和杜甫競爭「最倒楣考生獎」了。可是七五一年，錢起二十九歲那一年，他人品爆發了。

考卷發下來了，現場一片寂靜。錢起一看作文題，微微有點驚訝，是〈湘靈鼓瑟〉。

也不知道是什麼老師，出了這麼文藝小清新的一個題目。

什麼叫「湘靈鼓瑟」呢？這是一個挺淒美的神話故事。據說在上古之時，舜帝老爺有兩個妃子，叫作娥皇、女英，夫妻非常恩愛。後來舜帝到南方去巡視，娥皇、女英思念丈夫，一路追到洞庭湖，聽到了舜帝已死於蒼梧之野的消息。二女十分悲痛，在洞庭湖的君山哭泣而死。

後來，她們便化成了湘水之神，常在湖面上鼓瑟。《楚辭》裡面就有「使湘靈鼓瑟兮」的句子。

錢起撞上這樣文藝的一個題目，也算是不多見的。在專制王朝下，高考作文題常常是一些歌頌性、表揚性的正能量題目，比如〈觀慶雲圖〉，那是歌頌盛世；〈老人星現〉，那是讓考生說吉利話，祝福皇上長壽；〈恩賜耆老布帛〉，那是表揚朝廷關心老幹部。考生寫出來的詩也往往都是「金湯千里國，車騎萬方人」、「燭物明堯日，垂衣辟禹門」這樣沒什麼實際內容的頌揚之作。

不過，更文藝一些的考題也偶有出現，比如〈夜雨滴空階〉、〈風光草際浮〉、〈風雨聞雞〉等等。但單純拿一個神話故事來當作文題，並不多見，很有點「新概念作文」的意思。

大家都努力構思著。忽然，有一個叫陳季的考生很快寫完了作文，自信滿滿地交卷了。那一場的考官叫作李暐。他拾卷一讀，不禁撚鬚微笑：寫得不錯，「一彈新月白，數曲暮山青」，真是好句。應試作文，能寫出這麼清新的句子，真是才子呀。

他正在讚嘆呢，我們的錢起同學交卷了。考官也讀了起來。前兩句是：「善鼓雲和瑟，常聞帝子靈。」

「中規中矩嘛。」他心想。然而，越往後讀，李老師就越是驚訝。當讀到最後兩句時，考官如遭雷轟，差點沒當場仆了：

「『曲終人不見，江上數峰青』，神作，真乃神作啊！」

這一刻，唐詩三百年歷史上最有名的高考詩誕生了。這首詩的最後這兩句，也是錢起一生中所有作品裡最膾炙人口的句子。

我們來完整看一下這首詩的全文：

善鼓雲和瑟，常聞帝子靈。
馮夷空自舞，楚客不堪聽。
苦調淒金石，清音入杳冥。
蒼梧來怨慕，白芷動芳馨。

流水傳湘浦，悲風過洞庭。
曲終人不見，江上數峰青。

為什麼它在考場上大獲成功呢？給大家簡單分析一下。

考場上的應試詩是有一套講究的，一般來說，前兩句要快速點題，把考題裡的關鍵字亮出來。錢起這首詩的頭一句就老老實實地點了題「善鼓雲和瑟」，緊緊扣住了題目裡的「鼓瑟」；第二句「常聞帝子靈」，又點了題目裡的「湘靈」。

考試時最忌諱的，就是鋪墊了五六句還沒入正題，想給判卷老師一個驚喜。那老師一定會給你一個大大的驚喜，比如賞一個光榮落第之類。

錢起的後面八句，從「馮夷空自舞」到「悲風過洞庭」，都是在鋪敘鼓瑟，令人滿意地渲染出了浩渺、空靈的意境。最後，錢同學筆鋒一轉，露出了他的神句——「曲終人不見，江上數峰青。」

據說，考官覺得這兩句詩實在太讚了，以為是「必有神助」。後來還有傳說，稱錢同學這兩句詩是鬼神吟出來的，他少年時無意中聽到，記在了心裡，後來用到了考場上。

但是，我們也不得不說一點：這首詩雖然是一首完美的應試詩，但卻不是一首完美的唐詩。它拼湊的味道很濃。

在唐代，其實有無數描寫聽音樂的好詩，比如李白的這一首〈聽蜀僧濬彈琴〉。我們拿來和錢起的比一下：

蜀僧抱綠綺，西下峨眉峰。
為我一揮手，如聽萬壑松。
客心洗流水，餘響入霜鐘。
不覺碧山暮，秋雲暗幾重。

它描繪了一位和尚的高超琴技。這首詩比錢起的〈湘靈鼓瑟〉更為緊湊、流暢。最後一聯「不覺碧山暮，秋雲暗幾重」，不也正是曲終人遠的意思嗎，意境也很空靈。

但是就因為欠了「曲終人不見，江上數峰青」這樣的神句，李白的這首詩就沒有錢起的作品名氣大、流傳廣。在唐詩的歷史上，蜀僧的琴也就沒有蓋過湘靈的瑟。

憑藉著這一首石破天驚的「新概念高考詩歌」，錢起同學嶄露頭角，正式揚名江湖。後來他努力地寫作，留下了很多好詩。他的詩，像是一幅幅清亮的水彩畫，讓人賞心悅目。

比如〈裴迪南門秋夜對月〉，像是一個美麗的銀色世界：

夜來詩酒興，月滿謝公樓。
影閉重門靜，寒生獨樹秋。
鵲驚隨葉散，螢遠入煙流。
今夕遙天末，清光幾處愁。

他的送別詩也寫得很好，比如〈送僧歸日本〉：

上國隨緣住，來途若夢行。
浮天滄海遠，去世法舟輕。
水月通禪寂，魚龍聽梵聲。
惟憐一燈影，萬里眼中明。

難怪江湖上人人都以得到他的送別詩為榮了。

錢起不但五律寫得好，也寫了一些不錯的七言詩。比如〈歸雁〉：

瀟湘何事等閒回？水碧沙明兩岸苔。
二十五弦彈夜月，不勝清怨卻飛來。

這首詩是有趣的一問一答：歸雁啊，瀟湘那麼好，你為什麼離開呢？難道你不留戀那裡碧水明沙和豐足的食物嗎？

大雁則回答說：是因為湘靈鼓瑟，在月夜下撥動二十五弦，實在太淒苦、太幽怨了，我承受不住，只好向北飛來。

好了，說了這麼多錢起，那麼這位考霸在唐詩三百年的歷史上到底是什麼地位呢？

我覺得應該這麼說：他是一個重要的詩人，是連接盛唐、中唐這兩個時代的關鍵人物。

他馳名江湖的年代，正好是唐詩的一個U形彎的底部，像是個小小的「低谷期」。在他稍前一點的時代，人稱「開天」，意思是唐玄宗的開元、天寶時期，那個時代有張九齡、孟浩然、李杜、王維、高岑等巨匠；在他後面的時代，人稱「元和」，意思是唐憲宗元和年間，又有白居易、韓愈、李賀、劉禹錫的新的高峰。

錢起夾在中間，所以略顯黯淡。但他仍然「螢遠入煙流」，像一隻很努力的螢火蟲，用自己的光，照亮了這個U形彎。他的風格不像李白，是大塊地潑墨，滿紙煙雲；也不像杜甫，如厚重的油彩，濃鬱沉雄。之前說了，他的詩像一幅幅的小水彩畫，亮麗而清新。

如果把唐詩想像成一個博物館，當我們沿著深邃的長廊，從李、杜統領的盛唐展廳，走向白居易、韓愈領銜的中唐展廳的時候，在途中，你可以駐足下來，看著兩壁上錢起的水彩畫，也是一種愉快的享受。

五

在錢起同學之後，再下一位出場的，是「最有個性考生」。

開元十二年[3]，長安，一場高考正在進行。

這時候是冬天，城外不遠處是連綿起伏的終南山，峰尖上還殘留著白雪。這一次高考的作文題目，就是〈終南望餘雪〉。

天氣很冷，考場裡的設施卻很簡陋，炭火這種奢侈物固然沒有，實際上就連遮風的牆也沒有。考生們一排排坐在廊下，美其名曰是「粉廊」，其實寒風撲面，毫無文藝情調可言。一些窮人家的考生衣服不夠，一邊埋頭答卷，一邊冷得瑟瑟發抖。

忽然間，一個考生的聲音打破了寂靜：「我寫完啦。」

這是一個二十五六歲的考生，相貌平常，一身麻布衣服已微有些破舊，看起來像是個寒門子弟。

「祖三？你答這麼快？」主考官杜綰[4]瞄了他一眼，認出是才子祖詠，狐疑地接過他的考卷一看，更是大吃一驚，「你搞什麼飛機？只有四句？」

按照考試要求，每名考生必須寫一首六韻的五言排律。什麼叫六韻呢？最起碼的要求是，你至少要像錢起的〈湘靈鼓瑟〉一樣寫上十二句。祖詠卻只寫了四句，只有規定字數的三分之一。

如果是今天的高考作文，規定你寫八百字，你寫三百字就交了卷，不掛才怪。

可是杜綰老師還是很關心祖詠的，拉著他叮囑：「你已經落第過一次了吧[5]？你看看你的好朋友王維，都已經考上這麼多年了，現在發展得也不錯，你卻到今天還沒過關。要珍惜機會啊！幹嘛只寫四句？你不知道要寫十二句嗎？」

祖詠看著杜綰老師，回答了一句超級炫酷的話，只有兩個字：「意盡。」

這首詩，我只寫四句就夠了，氣韻已經完足了。要是再往下寫，就沒有餘味了，會破壞了我的詩歌的美。言下之意是，我寧願冒著字數不夠而落第的風險，也不能破壞了這首詩。

杜綰實在拿他沒辦法，嘆了口氣，低頭仔細看了看他的卷子，等看清了這四句詩後，忽然神色大變，情不自禁地讚道：「好詩！」

這一首小詩是：

終南陰嶺秀，積雪浮雲端。
林表明霽色，城中增暮寒。

杜綰老師是一個懂詩、識貨的人。這四句寫完，確實「意盡」了，哪怕再多一句也會是狗尾續貂。他撚著鬍鬚，打量著對面這位極具個性的考生，心底已經有了主意，微微點了點頭。

事實上，祖詠同學的這一首詩，後來成為了唐詩歷史上的詠雪名篇。清代有一位大學者叫王士禎的，曾經評選過一個「詠雪三傑作」，其中之一是陶淵明的「傾耳無希聲，在目皓已潔」，其二是王維的「灑空深巷靜，積素廣庭閒」，此外就是祖詠的這一首了。

這一年，祖詠進士及第，也創下了唐朝最短高考作文的紀錄。

順便說一句，後來才有一個考生叫作閻濟美的，追平了祖詠的這一紀錄。他考試的詩題是〈天津橋望洛城殘雪〉，因為時間太緊，精神高度緊張，只匆匆寫了四句：

新霽洛城端，千家積雪寒。
未收清禁色，偏向上陽殘。

考官覺得寫得不錯，也破例讓他通過了。

「個性考生」之所以能夠存在，是因為有「個性考官」。祖詠和閻濟美這兩位同學能夠及第，都是遇見了寬宏大量、好說話的考官。如果遇上了嚴格的考官，他們就麻煩了。

比如唐宣宗大中十二年的一次考試，有的考生在寫詩的時候犯了忌諱，用了重複的字，嚴格地說這是不行的。

宣宗拿不定主意，便問考官：這種情況能不能錄取？

考官回答說，當年錢起寫〈湘靈鼓瑟〉就用了重複的字，第四句「楚客不堪聽」和第十一句「曲終人不見」，重複用了「不」字，但錢起還是進士及第，這一首詩也成為考試詩裡的名篇。所以偶爾重複也是允許的吧？

但唐宣宗比較嚴格，堅決認為寫詩不能用重複的字，把那位考生刷掉了。祖詠如果遇到唐宣宗，他的卷子大概要被揉成一團，塞進垃圾箱了。

可嘆的是，祖詠同學雖然進士及第，但仕途並不順利。在唐朝，並不是考上了進士就有官做的，而要等待吏部授職，起步的品級也不會太高[6]。如果你沒關係、沒人情，可能等上十年、二十年都得不到職務[7]，就算授了職也是偏遠地區的雞肋崗位。

祖詠就是這樣，考上進士後只到偏遠省分做了一個小官，後來越混越差，最終隱居在河南汝墳，靠打魚砍柴過生活。

作為朋友，王維很同情他，說他是「結交二十載，不得一日展」，就是說沒有一天是得志的。但即便如此，翻一翻他留下來的三十多首詩，會發現他雖然有時候也很苦悶，但心氣依然高昂，儘管生活很困難，從進士一路混成了樵夫，卻依舊是那麼有個性，仍然和當年在考場上一樣。

我們來看他的這一首〈望薊門〉吧：

燕台一望客心驚，簫鼓喧喧漢將營。

萬里寒光生積雪，三邊曙色動危旌。
沙場烽火連胡月，海畔雲山擁薊城。
少小雖非投筆吏，論功還欲請長纓。

小時候我讀七律，喜歡做一個遊戲，就是把每句的前兩個字去掉，得到一首新的五言詩。祖詠的〈望薊門〉就非常適合這個遊戲：

一望客心驚，喧喧漢將營。
寒光生積雪，曙色動危旌。
烽火連胡月，雲山擁薊城。
雖非投筆吏，還欲請長纓。

讀了這首詩，你會感覺到這個所謂的汝墳隱士，其實是多麼自負的一個人啊。就像他隱居時的詩裡所寫的鳥兒一樣：

高飛憑力致，巧囀任天姿。
⋯⋯⋯⋯
且長凌風翮，乘春自有期。

六

告別了祖詠，我們的頒獎大會也逐漸進入了尾聲。讓我們來頒發最後一個獎項：「最咋呼考生。」

話說，在大唐帝國的高考史上，曾經發生過這樣的一幕：

公元七九六年，在長安城，一個四十六歲的老書生策馬狂奔，像中舉的范進般高呼：「中了！老子中了！」

這個高調的傢伙，叫作孟郊。在高考成功後，他寫了一首特別咋呼的詩：

昔日齷齪不足誇，今朝放蕩思無涯；
春風得意馬蹄疾，一日看盡長安花。

翻譯成現代流行語，就是：

「讓我們青春作伴，活得瀟瀟灑灑，策馬奔騰，共用人世繁華。」

又或者是：

「冷漠的人，謝謝你們曾經看輕我……」

其實，高考命中之後得意揚揚的詩人不少，很多大詩人都瘋狂慶祝過。

比如杜牧，考上以後曾經歡歌：「東都放榜未花開，三十三人走馬回。秦地少年多釀酒，已將春色入關來。」詩人姚合進士及第之後，晚上興奮得睡不著覺，寫詩說：「夜睡常驚起，春光屬野夫……喜過還疑夢，狂來不似儒。」

有的考生興奮得只有靠嫖娼來發洩，是的你沒看錯，這些傢伙紛紛跑到長安的紅燈區平康里[8]去瀟灑，竟成習俗。比如中唐的時候有一個人叫裴思謙，在開成三年及第，中了狀元，就「夜宿平康里」，還寫詩炫耀。其實他的狀元是憑關係弄的。靠走後門得名次，居然還洋洋自得，到紅燈區去招搖，確實有點過分。

相比之下，孟郊實在不算是荒唐的。他及第後的「放蕩思無涯」，不過是在街上騎馬狂奔而已，頂多是超速違章，和那些狎妓的老司機相比，已經清純得多了。只不過他的那首詩寫得太有名，人人都知道「春風得意馬蹄疾」，把杜牧、姚合們都蓋過去了，使得千百年來，他都成了最咋呼的考生的代表。

不過，這裡必須作一下說明的是，孟郊真的像我們想像中的一樣，曾經在首都大街上騎馬狂奔看野花嗎？其實不一定。

對於這首詩，還有一種不同的解釋，認為「春風得意馬蹄疾」的並不是孟郊同學自己，而是所謂的「採花人」。

這就牽涉到當時的一個習俗：在高考放榜之後，進士們會參加各種慶祝活動，包括所謂的曲江大會、雁塔題名等等，而其中有一項活動叫作「探花宴」。在這項活動中，會派出所謂的探花使者，採摘全城的美麗花朵供進士們觀賞，所以他們「馬蹄疾」。而這些花都會在宴會上呈現，所以孟郊就可以「一日看盡長安花」。

這是一種很煞風景的解釋。在我的內心深處，倒寧願那個在街上策馬狂奔的人是孟郊，而不是什麼探花使者。

孟郊的一生，有點像祖詠，其實很少有這麼得意的時刻。大多數時間裡他都活得很憋屈。此人的外號是什麼呢？窮者。文壇大佬韓愈在介紹他的時候，就說「有窮者孟郊」，不說布衣，也不說寒士，直接來一個「窮者」，說明他也真是窮困到了一定的份兒上。

在進士及第之前，孟郊實在是憋得太苦了。四年之前，他和韓愈、李觀一起去考試，朋友們都考中了，偏偏就他沒有中。他給李觀同學寫了特別幽怨的一首詩：

昔為同恨客，今為獨笑人。
舍予在泥轍，飄跡上雲津。
臥木易成蠹，棄花難再春。
…………
埋劍誰識氣，匣弦日生塵。

是不是很憋屈，很可憐呢？他還有一首詩，名字就叫作〈落第〉，更是通俗易懂：

曉月難為光，愁人難為腸。
誰言春物榮，獨見葉上霜。
雕鶚失勢病，鷦鷯假翼翔。
棄置復棄置，情如刀劍傷。

真是很慘。這也可以理解，在他的那個時代，科舉考試幾乎是底層讀書人唯一的出路，等於是集高考、公務員考試、司法考試等等所有重大考試於一役，中與不中，天壤懸隔。一旦考上，就「進士初擢第，頭上七尺焰光」[9]，萬一考不上，就沒臉見人，頭上沒有七尺焰光了，變成了七尺晦氣，連老婆也看不起。

中唐一個人叫杜羔[10]的，高考不上，老婆就作了首尖酸的詩，叫作〈夫下第〉：「良人的的有奇才，何事年年被放回。如今妾面羞君面，君若來時近夜來。」

所以，我們充分同情孟郊，也特別理解他考上之後的瘋狂發洩。如果換了是我，會不會比他更瘋狂，甚至衝到平康里去都不好說。

可是有一說一，如果把他和杜甫一比，可就比下去了。

孟郊和杜甫，都是抱負遠大、熱切地渴望功名的才子。他們一個是「朝思除國仇，暮思除國仇」，一個要「致君堯舜上，再使風俗淳」；他們也都同樣地落第兩次，官運不順，貧病交加，他們的痛苦應該是相當的。

但他們的境界是有區別的。孟郊寫了一首又一首的落第詩，反覆地舔舐傷口、品咂苦痛，而杜甫卻能從自己的痛苦裡生出一種大胸懷來，體會到別人的痛苦、世界的痛苦。

杜甫寫〈壯遊〉，一開始也是在舔舐傷口，也是在品咂痛苦。他講到自己在宮廷裡寫作文，大大地露臉，「天子廢食召，群公會軒裳」，也是沾沾自喜的；又講到自己隨後落第，「忤下考功第，獨辭京尹堂」，也是鬱鬱不平的，這和所有落第的考生沒有什麼兩樣。

但杜甫不會總是沉湎在自己的世界裡，像孟郊一樣向隅而泣。魯迅說：「積習又從沉靜中抬起頭來，寫下了以上那些字。」杜甫則是積習又從痛苦中抬起頭來，寫下了一些不一樣的偉大文字。

你看〈壯遊〉，當「河朔風塵起」，發生了大叛亂和大動蕩，家園滿目瘡痍的時候，杜甫好像忽然淡忘了自己的痛苦了，他的自憐自傷被放到一邊去了，念念不忘的是「上感九廟焚，下憫萬民瘡」。

他打開自己的胸懷，把世界裝進來，然後自己的小憤怨、小痛苦也似乎得到了減輕。

孟郊還沒到這個境界。

當然，再次申明，這裡只是在比較兩個人的下第詩，不是在搞什麼道德模範評選，也不是在無厘頭地苛求孟郊。他當然是有權向隅而泣的[11]。他一生都很抑鬱，晚年又得病暴斃，可謂活得憋屈、死得突然，那首〈登科後〉，實在是他一生中難得的一次縱情狂喜，讀著這首詩，我其實是替他高興的。

其實，孟郊在文藝江湖上的地位，遠遠超過了官府考試所能給予的。

朝廷給予他的最大的認可，不過是一個小小的縣尉而已，但在江湖上，他卻是一方宗主，是堂堂一個大門派的掌門人。

唐末的時候有人寫了一本詩論著作，非常流行，叫作《詩人主客圖》，裡面列出了詩歌江湖的六大門派，其中有一個「清奇僻苦派」，所封的掌門人就是孟郊。

其他幾派的掌門人裡，有的是宰相，有的是尚書，政治地位都比孟郊高得多，但在此處，這些大官們卻不得不和小小的縣尉孟郊並列。

如果孟郊生前能知道這些，會不會得到一絲安慰，有一點收之桑榆的感覺呢？只可惜聲名這種東西總是姍姍來遲，常常無法預支，不能落袋為安。所謂「千秋萬歲名，寂寞身後事」，總是在唐詩的史話裡一遍又一遍上演。

好了，以上就是關於唐代高考的一些閒話。大家可以稍微休息一下，起來走幾圈，喝杯茶，看看遠方，放鬆眼睛。接下來迎接我們的，將是驚濤駭浪、海雨天風的故事。

註釋

1《舊唐書．職官志》：「凡習學文武者為士，肆力耕桑者為農，巧作器用者為工，屠沽興販者為商，工商之家，不得預於士。」

2〔唐〕高仲武《中興間氣集》：「自丞相以下，更出作牧，二公無詩祖餞，時論鄙之。」

3 祖詠進士時間有開元十二、十三年兩說。姚合《極玄集》：「（詠）開元十三年進士。」陳振孫《直齋書錄解題》云：「開元十二年進士。」

4 辛文房《唐才子傳》稱祖詠是「開元十二年杜綰榜進士」，當然，杜綰老師不一定需要坐著監考，這裡只是想像。

5 張清華《王維年譜》：「開元九年春，王維中進士，祖詠落第回……」

6《新唐書．選舉志》：「進士、明經甲第從九品上，乙第從九品下。」

7《文獻通考．選舉考》：「韓文公三試吏部無成，則十年猶布衣。且有出身二十年不獲錄者。」

8 王定保《唐摭言》：「裴思謙狀元及第後……詣平康里，因宿於里中。」

9〔唐〕封演《封氏聞見記》。

10 常有人說杜羔是杜牧的堂兄弟，是杜佑的孫子。但有學者論證唐代或有兩個杜羔，此處所說的杜羔和杜牧的兄弟不是同一人。

11 到了晚唐，向隅而泣的更多。徐樂軍《令狐綯與晚唐詩壇》：「落第的失意、無媒的自傷、卑微的祈請、入骨的怨刺、公道的期許、得意的炫耀，佔據了晚唐詩絕大部分篇幅。」這和當時科舉的風氣不好也有關係。

還我煌煌大唐

一

杜甫去世之後，唐詩就慢慢進入了它的第三個階段——中唐。

唐詩的歷史，前文說過，很像是一條波瀾壯闊的大河，它一般被分成四段河道：初唐、盛唐、中唐、晚唐。大家從名字就能一眼看出來，高潮在中間。

對於每一個階段的起止年，歷來有很多說法。讀者們用不著記那麼精確，有一個辦法，可以幫助大家很簡單地搞清楚這幾段河道的大致劃分：七七〇年，偉大的杜甫去世，唐詩就進入了中唐；八二〇年，偉大的韓愈去世，唐詩就進入了晚唐。

被稱為「中唐」的這一段時間，持續了有約半個世紀。這一段河道，不像上一段那樣浩浩蕩蕩、一瀉千里，趕不上它的磅礴氣勢。

但它絕不是寡淡、平庸的。相反，它百轉千折、奇絕壯觀，每一道急彎，每一片淺灘，都有不一樣的韻味。在看似沒有路的地方，它驚險地拐了那麼幾下，局面就豁然開朗了，又是一片讓人拍案叫絕的風景。當有高山阻擋時，它也絕不畏懼於劈開障礙，斷裂山巒，奮勇前行。

李白有一句詩，叫作「天門中斷楚江開，碧水東流至此回」，我覺得正好可以用來形容中唐。這一段時期裡的高手之多、門派之眾、作品之繁，甚至還要超過盛唐。

所以才有人堅持說，中唐才是唐詩的最高潮。清代有一位叫作葉燮的學者說，「中唐」的「中」，不僅僅是指唐詩的「中」，而是整個中國歷史的「中」，它是整個中國詩歌史的分水嶺，「後千百年，無不從是以為斷」。

而接下來我們要聊的，就是發生在這一段時期裡的一個事件。準確地說，這是一場持續了數年的系列戰爭，我把它叫作「三大戰役」。

詩歌的史話，怎麼會和戰爭有什麼關係呢？

事實上，這三場戰役，牽連到了許多詩人的人生命運。韓愈、白居易、元稹、劉禹錫、柳宗元、李賀、王建、姚合……當時幾乎所有的一流詩人都參與到了這場戰爭之中，為它寫出了許多作品。有的詩人甚至還擼起袖子，親自騎馬上陣。

有趣的是，這些詩人的年紀不同、個性不同、三觀不同、政治派別不同、人生境遇也不同。有的人當時仕途很順利，在朝中做大官；有的則失了勢，正被流放邊陲；有的人熱情外向；有的人沉默內向；他們寫詩的風格也不同，有的通俗，有的古拙，有的怪癖，有的魔幻。

但不約而同的是，在這件事情上，他們的觀點都出奇的一致：這場戰爭，朝廷一定要打贏！

這到底是一場什麼樣的戰爭呢？讓我們先從一個詩人的死說起。

二

這個死去的詩人叫作武元衡。

他有一個很特殊的身分——當朝宰相。武元衡死得很慘，是被人刺殺的，連頭都被割掉了。

這起血案發生在元和十年（八一五年）六月三日的凌晨。當時，武元衡照例冒著夜色，騎著馬去上朝，前往大明宮。沒走出多遠，暗處忽然撲出幾名刺客，射滅了他的燈籠，驅散了他的手下，然後持兵器猛擊他的腿。

武元衡多半曾試圖反抗。他並不是手無縛雞之力的文士，而是曾經當過武將，統率過大軍的。可他當時畢竟已經五十七歲，不再年輕了，面對兇悍的刺客，他的抵抗顯得很徒勞。

刺客牽著他的馬，好整以暇地向東南方走了十幾步，在那裡殺死了他，然後「批其顱骨懷去」，大概是作為領取報酬的證據。地上，橫躺著宰相沒有了頭顱的軀體。

消息傳來，大唐王朝震動了，恐怖籠罩著京城。堂堂帝國的宰臣，居然在上朝的路上送了命，開國以來還從沒發生過這樣的事。

謀殺武元衡的，究竟是什麼人呢？是誰和他有這麼深的仇恨呢？

答案是藩鎮，也就是武裝割據的軍閥。他們和武元衡結仇，乃至鬧到要當街殺人，有一個很長的過程。

「藩」的意思，本來是「保衛」。顧名思義，藩鎮本來是保衛中央的。當初朝廷設立他們，是為了抵禦外敵的進犯。但時間一長，藩鎮掌握了土地、人口、兵馬、財稅，特別是在「安史之亂」以後，朝廷越來越弱，藩鎮也就越來越難以轄制，慢慢從保衛中央變成對抗中央了。

比如大家都知道的刺客聶隱娘，她先是在一個大軍閥手下做事，老闆的職務叫作「魏博節度使」。後來她又跟著另一個大軍閥做事，老闆的職務叫作「陳許節度使」，這兩個節度使都是典型的藩鎮頭子。聶隱娘這種人，就是只知有老闆，不知道有朝廷的。

朝廷的權威甚至弱到什麼程度呢？當時全國一度有十五道、七十一個州不交稅，不報戶口。皇帝甚至連節度使的任免、繼承也管不了。比如說，魏博節度使死了以後，本來朝廷要另外派官去的，可是老節度使的侄子偏偏要就地接班，中央政府無可奈何，只得任由他們一家人繼續地做下去。

在藩鎮的統治下，老百姓負擔沉重，還要忍受各種苛刑峻法。比如淮西，在軍閥吳家父子的治下，法令最嚴苛的時候，大家晚上點個蠟燭都不准，互相串門吃個酒都是死罪，「吳氏父子……禁人偶語於途，夜不燃燭，有以酒食相過從者罪死」。

後來朝廷的軍隊打下了這裡，廢掉了這些苛法，「蔡人始知有生民之樂」。什麼意思呢？就是說當地老百姓才感受到了一點作為人的樂趣。

當時的大詩人李賀寫過一首詩，描寫藩鎮割據、民不聊生的場景，活像人間地獄：「天迷迷，地密密。熊虺食人魂，雪霜斷人骨。」

藩鎮割據，不但讓民生困苦，還動不動釀成兵亂。許多詩人都對此深有體會。比如韓愈，早年在汴州上班，有一次出差，老婆孩子都留在城裡。韓愈前腳剛走，後腳汴州城裡就發生了兵亂，長官被殺掉，城中的房子大片被燒，居民死傷很多。

韓愈嚇得腳都軟了，後來得知老婆孩子僥倖沒事才放心。他寫詩說，藩鎮割據、兵亂頻繁的日子，自己真是受夠了：

廟堂不肯用干戈，嗚呼奈汝母子何！

這兩句詩的意思是：朝廷軟弱，姑息這些軍閥，無力和他們打仗，只剩下老百姓受苦！這樣的局面，接連幾代皇帝都忍了，唐代宗忍了，唐德宗忍了，唐順宗也忍了。他們不是不想振作，只是力不從心。有時候一家藩鎮反了，皇帝七拼八湊派出一支部隊去平叛，結果走到半路，平叛的部隊也造反了。

這樣的局面持續到了八〇五年。此時距離貞觀之治已經有一百五十多年，距離開元盛世也已經有五十多年。盛唐的輝煌，已漸漸變成了遙遠的記憶。再這麼下去，大唐公司就該破產關門了。

終於，長安大明宮裡，有一個青年人發出了一聲大吼：「朕，已經不能再忍了！」

這個人，就是新繼位的皇帝，二十八歲的唐憲宗李純。

和前幾任皇帝相比，李純有兩個特點：一是膽子大，二是喜歡讀書。

他翻開大唐的地圖，四十八個藩鎮赫然遍佈全國，比如四川地區就有西川、東川、山南西道，河朔地區有盧龍、成德、魏博……帝國的統治中樞已經在藩鎮的重重圍困之中。「今兩河數十州，皆國家政令所不及，河湟數千里，淪於左衽。」想到這裡，他捏緊了拳頭：「朕日夜思雪祖宗之恥。」

那段時間裡，這個年輕的皇帝經常默默地讀書。讀什麼內容呢？歷史，準確地說，是當年唐太宗、唐玄宗勵精圖治的故事[1]。他要在祖先的事蹟中尋找力量和勇氣。他越讀越覺得羨慕，更加渴望踏平藩鎮，恢復統一。

但讀著讀著，他也慢慢發現了問題：「當年太宗、玄宗都不是一個人單幹的，都有賢才良將幫忙。我也不能一個人單幹。可如今，誰能幫我[2]？」

一個人站了出來：「我能幫你！」這個人，就是武元衡。

這個人，可以說是爺爺唐德宗留給他的。

德宗皇帝當年，在平藩上沒有什麼作為，但也並非一無是處。他默默地給孫子李純留了兩樣東西。

第一樣就是錢。大家歷史課上都學過的「兩稅法」，就是德宗的時候搞的，朝廷稅收「每歲天下共收三千餘萬貫」，儘管和過去天寶年間的五千萬還不能比，但畢竟府庫裡慢慢有錢了。為了攢錢，憲宗還大力推動了鹽鐵專營。當時對鹽的保護嚴酷到什麼程度呢？法令規定：偷賣一石鹽的就判死刑，偷一斗鹽的要「杖背」，沒收他的驢子（運輸工具）。

德宗留下的第二樣東西，就是人才。比如武元衡。

德宗當年就非常看好小武，說他是「宰相器也」。但小武那時還年輕，資歷、經驗、威信還都不夠，需要歷練。德宗並不著急——我雖然來不及用他，但我的兒孫一定可以用上這個人。

果然，等到憲宗上台之後，武元衡極受重用，連年升遷，成了朝廷裡典型的「大腿」。

看到這個人在身邊，唐憲宗對平藩增加了信心。

於是，在一番醞釀之後，年輕的皇帝悄悄啟動了一個大膽的計畫，全名叫作「效法祖先中興大唐選擇性打平幾家藩鎮以震懾其餘重樹中央權威的作戰計畫」。

這名字太長了，讓我們簡化一下，稱它為「殺雞儆猴」行動。「三大戰役」裡的第一戰就此打響了。

三

很快地，第一隻「雞」出現了。他的名字叫作劉辟，職務是四川軍閥。戰爭的起因，基本上是劉辟自己主動作死。

四川過去原本是大軍閥、名將韋皋的地盤。可能你對這個名字不熟，在金庸寫的《鹿鼎記》裡，有人巴結韋小寶，給他臉上貼金，說韋小寶的祖上是個大人物，乃是唐朝的「忠武韋王」，說的就是這個韋皋。

八〇五年，老軍閥韋皋病死，他的小弟劉辟掌了權。中央政府想抓住機會解決四川問題，派了一名大臣去做西川節度使，以恢復對這裡的控制。對於地頭蛇劉辟，也給他安排了位子，打算讓他到朝廷裡來當給事中。

劉辟態度強硬，堅決不幹。朝廷斟酌再三，無奈服軟，讓劉辟做了西川節度副使，實際上仍然執掌西川大權，以求息事寧人。

想不到劉辟得寸進尺，不但要西川，還瞄上了旁邊的兩塊地盤東川和山南西道，想要做三川節度使。憲宗本來就窩了一肚子火，這次當然更生氣了：劉辟，你咋不上天呢？想要三川，沒門兒。

劉辟認準了皇帝年輕軟弱，決定直接動手搶，一擼袖子，發兵攻打東川。

這一下皇帝被逼到牆角了：打還是不打？

許多大臣紛紛主張妥協，認為「劍南險固，不宜生事」，但皇帝下了決心拿下劉辟。雞都不敢殺，以後拿猴怎麼辦？不秀一下胳膊，你以為那是麻稈？

實際上，拿劉辟作為開刀祭旗的首雞，很合適。劉辟本人是做幕僚出身的，乃是個誑誕士人，只會欺軟怕硬，帶兵不是他的特長。此外，西川雖然地勢很險，但相對孤立，和附近的藩鎮的關係很差，不像後來淮西的軍閥一樣勾結起來、連兵叛上，打一個就會捅一窩。

看準了形勢的憲宗派大將高崇文出兵，攻打西川。劉辟立刻就屜了，一敗再敗。經過數月鏖戰，平叛大軍攻克了成都，抓住了想跑到吐蕃的劉辟，拉到首都處斬[3]。窩囊了幾十年的朝廷，總算揚眉吐氣了一回。

講了這麼一大通，我們的宰相、詩人武元衡還沒上場？別急，他出場在後面。

高崇文獲勝後，接替劉辟當了西川節度使。但這位仁兄只懂打仗，行政管理能力不行，而且很貪財，大肆搜刮。憲宗皇帝就派他信任的武元衡到四川去，接替高崇文。

皇帝還特意送給了武元衡寶刀和飛龍廄馬[4]：去吧，我看好你！

武元衡接手四川後，治理得很有成績。而且，他作為一派詩歌宗主，在四川天天搞詩歌沙龍，讓蜀地的詩歌進入了一個小小的黃金時代。

那幾年裡，每逢佳節，四川的詩人名流們就聚集在武元衡的沙龍，吟詩作賦，這其中還包括唐朝著名才女、名妓薛濤。武元衡在這段時間裡寫了足足四十多首詩，佔到了他存世全部詩歌的五分之一。比如：

蜀國春與秋，岷江朝夕流。
長波東接海，萬里至揚州。

讀他的詩，能感到一種和普通文人騷客不一樣的粗獷的豪情[5]。

四

如果武元衡一直待在四川寫詩，就不會和藩鎮結下深仇了。

然而皇帝的「殺雞儆猴」的行動還在如火如荼地進行，在殺了第一隻「雞」——西川節度使劉辟之後，皇帝又連殺了兩隻「雞」——夏綏節度使楊惠琳、鎮海節度使李錡。

最難對付的是李錡。這個人可不比劉辟，他有一些十分剽悍的手下，其中有一批射箭的高手，相當於武俠小說裡趙敏的「神箭八雄」那種角色，被稱為「挽硬隨身」，此外還有一隊少數民族的猛士，叫作「蕃落健兒」。他們都管李錡叫乾爹。

對於李錡這塊硬骨頭，憲宗皇帝也想和平解決，把他召回朝廷。但三次派使者去，結果李錡今天說腰疼，明天說腿疼，後天說高血壓，總之就是不來。

憲宗拿不定主意，詢問身邊的大臣：「這傢伙幾次三番忽悠朕，該如何是好？」

一個人站了出來，大聲說：「皇上剛剛即位不久，天下人都看著你呢。要是任由李錡這樣一直腰疼腿疼地任性下去，朝廷再也難樹立威信了！」[6]說這句話的人，正是還沒出使四川的武元衡。

憲宗皇帝終於下了決心：「等西川搞定，我們就弄李錡吧。」很快，在西川的劉辟被搞定後，平叛大軍便出動討伐李錡。那些「挽硬隨身」和「蕃落健兒」都被打得大敗，沒能保住乾爹。李錡的結局很慘，被抓到長安腰斬。

幾乎在拿下李錡的同時，憲宗順手又殺了一隻雞，叫作昭義節度使盧從史。他跟著朝廷討伐李錡，卻陽奉陰違，從中各種搗鬼，搞小動作。憲宗便決定除掉他。這人喜歡賭博、炸金花，憲宗就派人約他炸金花，然後當場生擒，押送長安，不久後貶死。

一連四戰四捷，殺了四隻「雞」，朝廷聲威大振。被藩鎮折騰了半個世紀的大唐王朝，有希望上演大國崛起了，民眾也看到了統一的希望。

當時，有一個名叫元稹的詩人，用詩歌記錄了這時人們的心情。

我們通常覺得他是個風流才子，只會寫情詩，其實他也寫了很多關心時事的詩。此刻，他就興奮地寫了一首長詩，送給好朋友白居易，名字叫作〈箭鏃〉，有這樣幾句：

> 不礪射不入，不射人不安。
> ……
> 會射蛟螭盡，舟行無惡瀾。

他要把長箭的箭頭磨鋒利，射死蛟龍，讓它們再也不能興風作浪。

白居易看到這首詩後，也回了一首激昂的〈答箭鏃〉：

何不向西射，西天有狼星。
何不向東射，東海有長鯨。

白居易還說，這麼珍貴的箭，要射就要射那些最壞的大人物，不要射蝦兵蟹將，不然白白浪費了好武器：

胡為射小盜，此用無乃輕。
徒沾一點血，虛污箭頭腥。

五

現在，三大戰役的第一場：「殺雞」行動已經大獲全勝。唐憲宗信心大漲，準備對勢力更強的「猴」動手了。

他的目光投向了另外兩個藩鎮：一個叫淄青、一個叫淮西。

這兩個藩鎮搞獨立王國幾十年了，從憲宗的爺爺輩起就跋扈不臣。那裡的人民都已經習慣了他們的統治了，幾乎只知道有藩鎮，不知道有朝廷。

大家都盼望著把這幾個硬骨頭啃下來。比如韓愈，之前我們講過，他是吃夠了藩鎮的苦頭的。現在韓愈雖然也不過四十多歲，但身體不太好，牙齒都掉了，過早地現出老態。可一說到打平藩鎮，他仍然激動地唱響了戰歌：

河北兵未進，蔡州帥新薨。
曷不請掃除，活彼黎與烝。
鄙夫誠怯弱，受恩愧徒弘。
猶思脫儒冠，棄死取先登。

大意就是：

河北和淮西的藩鎮，正是征討的好時機！
為什麼不掃平他們，拯救那裡的老百姓？
我已經一把年紀了，牙齒掉了力也沒了，
但也願意脫掉帽子，拚了老命率先攻城！

那麼，滿朝文武之中，讓誰來擔當大任去啃這幾塊硬骨頭呢？憲宗想起了四川的武元衡：回來吧，幫朕打贏這場戰爭！

這一年的冬天，冽冽寒風之中，他離開了坐鎮七年的四川，回去中央工作，作為宰相主持大局[7]。他是帶著大將的兵符來的，又是帶著相印回去的。臨別之時，他既躊躇滿志，又有些許憂傷，長吟著詩句：「豔歌能起關山恨，紅燭偏凝寒塞情。」

等待他的，是皇帝殷切的目光：「阿衡啊，去吧，給我踏平淮西！」

當時淮西的軍閥叫作吳元濟。他是怎麼和中央齟齬起來的呢？原來他的老爹——原淮西節度使病死了，按道理，他應該立刻上報朝廷，請求任命新的節度使才對。吳元濟卻隱瞞了老爹的死訊，秘不發喪，一邊裝模作樣給死人治病，拖延時間，一邊調兵遣將，準備和朝廷掰掰手腕。

憲宗十分惱火，正考慮要收拾他呢，沒想到吳元濟更牛，對於目光越來越嚴厲的憲宗，反問了三個字：

「你瞅啥？」

憲宗大怒：「瞅你咋地？」

於是，朝廷搜羅了幾乎所有可以調動的部隊[8]，把吳元濟的地盤圍起來，準備開打。這時候的淮西已經成了一支火藥桶，隨時可能爆炸。

朝廷的意思很明顯：吳賊，你想鬧哪樣？你沒見到劉辟、盧從史、李錡的下場麼？

吳元濟狂笑著，喊出了一句話，也就是當年三國的時候，「五關六將」的最後一將秦琪對關羽喊出的話：

「汝只殺得無名下將，斬得我麼？」

為了立威，他派兵把附近的州城一頓燒殺，震動天下，嚇得當時老百姓都紛紛往山裡躲，所謂「關東大恐[9]」。

三大戰役中的第二戰「淮西之戰」就這樣爆發了，平叛的總指揮就是詩人宰相武元衡[10]。在他的調度下，十萬部隊和吳元濟展開了決戰。

這一仗打得很苦，雙方互有勝負，慢慢變成了持久戰。吳元濟眼看獨木難支，要尋找幫手了。

他找到了兩個狠角色做幫手：一個是成德節度使王承宗，一個是淄青節度使李師道。為什麼後兩人願意出力呢？因為他們唇齒相依，如果吳元濟被朝廷收拾了，他倆隨後也危險。危急關頭，三人聚在一起商量，可無奈智商捉襟見肘，誰也想不出好辦法。最後他們決定去問禪師。

「大師啊，現在朝廷要打我們，那個混蛋武元衡不停地進攻，我們該怎麼辦啊！」

禪師沉默了半晌，緩緩從座位下面摸出一支箭來。

吳元濟若有所思：「您的意思是，一支箭很容易折斷，一捆箭就折不斷，我們三個必須抱成一團，共同對付武元衡？」

禪師搖搖頭，說：「我的意思是：賤！平時讓你們犯賤！現在傻眼了吧！」

禪師不肯指點迷津，但這三個人不願坐以待斃。他們一番密謀之後，打出了三張牌：

第一張牌，叫作「牽制」。負責出手的是李師道。他派出部隊，打出旗號：「堅決支持朝廷討伐吳元濟。」實際意圖卻是牽制朝廷的部隊，隨時可以從旁側搞事。

第二張牌，叫作「燒糧」。《三國演義》裡就常常這麼做，曹操就是用這一招陰掉袁紹的。現在李師道也效仿了一把，偷襲了朝廷囤積錢糧的倉庫，一把火燒掉錢、帛三十多萬緡匹，糧食三萬多斛。據說李師道還收羅了一批黑社會，準備到洛陽去搞暴動，製造群體性事件。

第三張牌，叫作「求情」。向誰求情呢？其中之一，就是這一次平叛的軍事總指揮武元衡。一句話，大家都是在道上混的，互相留有餘地多好，何必非要你死我活呢？

王承宗派出了一個能說會道的牙將當說客，來到京城中書門下，找到了宰相武元衡。他對武元衡各種利誘威脅，並揚言：「得罪了我們，要你的好看！」

武元衡冷冷地看了他一眼，只回答了他一個字：「滾！」

說客被轟了回來。軍閥們還不死心，又使用他們有限的智力，打算搞離間計，弄了一批寫手造輿論，還給皇帝寫告狀信，講武元衡的壞話，說他貪污腐敗、居心叵測、道德墮落、從小就偷看女生洗澡之類，每天給朝廷狂寄一百封，把當地的Ａ４紙張都寫漲價了，可一點用都沒有，皇帝完全不理睬。

這三個軍閥真的著急了。再這樣下去，淮西就要被攻破了。他們終於取得了共識。

就咱們這智力，也乾脆別用計了，終歸不好使。咱們還是用自己的老本行吧：殺！殺掉武元衡！製造恐怖！

殺了他，平叛大軍就沒有主將了，皇帝這小年輕就會㞞（編註：低頭示弱）了。殺了他，就可以讓朝廷裡主戰大臣都嚇破膽，誰也不敢再主張打我們[11]。

李師道、王承宗找來了頂級殺手，拍出了一千萬現金：「去，把那人的頭給我拿回來。」

於是，六月三日，一代詩人、宰相武元衡橫屍路旁。

生前，他曾寫道：「報主由來須盡敵，相期萬里寶刀新。」武元衡沒有看到勝利的那一天，但他兌現了自己的誓言。

六

武元衡的死，轟動了朝野，也牽動了無數詩人的命運。

一個詩人憤怒了。他就是白居易。當時白居易在朝中擔任太子左贊善大夫，儘管已經四十四歲了，卻仍是個憤青。武元衡被殺後，他第一個跳了出來，大叫大嚷，要求徹查凶手。用史料中的話，就是「首上疏論其冤，急請捕賊，以雪國恥」。

然而，迎接白居易的，是幾位宰相冷冷的目光。

「你一個搞內務工作的，怎麼能超越職權，跳出來叨逼叨？這裡哪有你說話的份兒？」

白居易得到的結果是：貶官，趕出京城，去做江州司馬吧。

打壓了憤青白居易，大臣們紛紛轉身撲倒在皇帝面前：

「皇上啊，我看還是罷兵吧！這仗不能再打啦！再打下去我們就都要變成武元衡了！」

「皇上啊，你打淮西就打淮西，怎麼把旁邊成德、淄青兩家藩鎮都得罪了，後果很嚴重，快安撫一下他們，哄一哄他們破碎的心吧！」

大家七嘴八舌，都勸皇帝趁機退兵，安撫藩鎮。

憲宗皇帝面無表情地看著他們，沒有說話。

「武元衡啊，你雖然已經不在了，卻幸虧還給朕身邊留下了一個人。不然，朕該多麼孤獨啊。」他默默地想。

這個武元衡留下的人，叫作裴度。

裴度比武元衡小七歲，可以說是武元衡提拔推薦的。過去他長期跟著武元衡做幕僚，武元衡在執掌西川的時候，裴度在為他做節度府掌書記。後來武元衡做宰相，裴度也做到了御史中丞，相當於副宰相、紀檢部門的最高長官。

這樣一個人才，也差一點沒有保住。武元衡被殺的那一晚，另一批刺客也同時對裴度下了手，幸虧沒能殺死，只刺了一個輕傷。

不少大臣一度向皇上建議：「裴度是個禍胎，您快把他免了，安撫一下藩鎮，不然會惹麻煩的！」

憲宗勃然大怒：「朕就是裴度的後台！你們巴不得他早死，朕卻偏要給裴度續一秒！都瞧好了：朕用裴度一個人，足以打平吳元濟、王承宗這兩個王八蛋！」[12]

他不但沒罷免裴度，反而把他找來，試探性地問：「裴愛卿，你的傷養好了嗎？」

裴度怒目圓睜，趨步下堂，取架上大刀，輪動如飛，把壁上硬弓一連拽折兩張，說：「皇上，你說呢？」

「好了好了……」憲宗趕緊說：「您不要再模仿黃忠了，朕的弓都是很貴的……既然養好了傷，朕就派你做宰相，接替武元衡，督統大軍，繼續進攻淮西！」

這次出征誓師大會在八月舉行。長安通化門外，血色紅旗招展，三百名儀仗猛士列隊陣前[13]，喊聲震耳欲聾。

這是一場悲壯的送行。前線的戰況很不利，就在不久前，平叛的部隊還中了淮西軍的埋伏，大敗虧輸。朝廷上上下下要求停戰的壓力很大，裴度出征，能不能打贏，完全是未知數。

憲宗皇帝親自替他送行，以表示支持。百感交集中，皇帝流出了眼淚，緊緊握住了他的手：武元衡已經不在了，這一切，要靠你了！

裴度說：「主憂臣辱，義在必死。賊滅，則朝天有期；賊在，則歸闕無日！」14事後，當我們回望這一次誓師時，會驚訝地發現，居然有無數名人參與其中。比如出戰的隊伍中就有我們的老朋友韓愈。他曾經說過，只要朝廷去打軍閥，他願拚了老命第一個攻城。事實證明他沒有說謊，這一次，老韓擼起袖子，親自上陣，擔任彰義行軍司馬，參加了戰鬥。

還有一個名叫王建的大詩人，居然也在現場。一聽說大軍誓師，他興奮地離開了在長安城西的出租屋，踉蹌地跑來參加，還寫下了新聞通訊名篇〈東征行〉：

相國刻日波濤清，當朝自請東南征。
舍人為賓侍郎副，曉覺蓬萊欠珮聲……

這裡的「相國」，就是指裴度。王建還記下了誓師大會的威武場面：

同時賜馬並賜衣，御樓看帶弓刀發。
馬前猛士三百人，金書左右紅旗新。

最後，他表示英勇的戰士們一定會殊死作戰、取得勝利：

男兒生殺在手裡，營門老將皆憂死。

瞳瞳白日當南山，不立功名終不還。

還有一些大詩人，他們沒能趕到現場，但也對這一場關乎國運之戰無比關注，恨不得自己能夠參軍殺敵。

比如前面說到的李賀。大軍出征這一年，李賀已經病得要死不活，苟延殘喘了，人生即將走到盡頭。

他作為當時著名的非主流青年，仕途一直不順，朝廷從沒給過他什麼好處，他也完全可以不必自作多情，去關心什麼國家大事。

然而，李賀卻一直默默關注著戰況。大軍出發平藩，他激動不已，拔掉輸液管，從病床上掙扎著爬起來，寫下了這樣的詩句：

男兒何不帶吳鉤，收取關山五十州。
請君暫上凌煙閣，若個書生萬戶侯？

萬眾矚目之下，大軍向淮西開進著。裴度知道，他肩膀上所扛著的，是整個帝國中興的希望。

七

這時的淮西前線，又是另一番景象。仗已經打了好幾年了，國家的損耗很大，錢糧都快跟不上了。朝廷完全是勒緊了褲腰帶在堅持。打仗需要運輸，大牲口都被徵用了，有的老百姓已經苦到用驢子耕地[15]。戰場上，官兵和叛兵也都打疲了，他們隔著戰壕，每天你望著我、我望著你，雙方都無力發動進攻，一天又一天這樣耗著。

白居易用詩記錄下了這個場景。他說：

淮西有賊討未平，百萬甲兵久屯聚。
官軍賊軍相守老，食盡兵窮將及汝。

這裡的「汝」是指什麼呢？是天上的大雁。白居易的意思是說：大雁啊大雁，現在大軍打仗，糧食都消耗光了，我看馬上當兵的就要把你射來吃了。

最妙的是這一句：「官軍賊軍相守老。」平叛的官軍和叛亂的賊軍，大家互相呆看著，都打不動了，就差說好就這樣一起到老了。

裴度來到前線，看到了這裡的情況，決定立即採取措施。

他告訴皇帝的第一件事就是：必須馬上把那些監陣的宦官撤了。

這些宦官都是皇帝派到部隊裡來的，目的是為了掌握軍中的情況，監督帶兵的將領，防止他們造反。但這些宦官下部隊之後，指手畫腳，打贏了仗就冒功，打輸了仗就推諉責任、欺壓將士，搞得烏煙瘴氣，部隊沒法好好打仗。

憲宗皇帝也很爽快，二話不說就把宦官統統撤了回去。從此將領們可以放開手腳指揮軍隊了。

裴度告訴皇帝的第二件事是：我之前曾經給您推薦過一個人，很會打仗。他的名字叫李愬，您還記得嗎，一定要繼續重用他啊[16]。

這位李愬，資歷不深，名位也不高，按理說輪不到他當大將的。但皇帝也答應了：好的，重用！你推薦的人一定沒錯！

於是，元和十二年，中國戰爭史上的一部精彩大戲就此上演。這部戲，就叫作《李愬雪夜入蔡州》。總製片人——憲宗皇帝，總導演——宰相裴度，男主角——大將李愬。

當時，朝廷平叛的北路軍猛攻吳元濟，使他被迫把主力部隊調到北邊，造成老巢蔡州城空虛，只有一些老弱部隊留守。作為西路軍的主將李愬看到了機會。

在一個大雪之夜，他帶領九千精兵，突然向蔡州進發。為了保密，將士們一開始都不知道目的地，等到半路李愬才宣佈：我們要突襲蔡州，活捉吳元濟。

將士們臉都嚇白了。李愬鼓勵他們：這一次，我們要麼死無葬身之地，要麼立下奇功，拿奧斯卡，揚名千古。

他們冒著大雪強行軍七十里，一路上不斷有人馬凍死，但李愬軍令如山，誰都不敢退縮。等殺到蔡州城時，吳元濟還在睡大覺，等外面喊殺聲震天了，才穿著底褲爬起來作戰。

僅僅幾小時後，這個敢質問憲宗皇帝「你瞅啥」的軍閥被活捉，送往長安。三大戰役中的

「淮西之戰」就此勝利結束。

八

這一戰，朝廷的聲威空前高漲。半個世紀以來，唐朝中央政府從來沒有這麼威風過。

各路軍閥們大受震動，私下互相發短信：「吳元濟這麼囂張，都被打敗了，咱們還是老實一點吧！」[17]

作為「鐵三角」之一的成德節度使王承宗懂事比較快，立刻向皇帝請求投降，並且痛罵吳元濟：「那個人渣，三歲偷看女生洗澡，五歲就搶兒時玩伴的錢，我早就看他不順眼了！這些年，我一直在和他作堅決的鬥爭！我對朝廷一片忠心、天日可鑒啊！」

然後他亮出胳膊給皇帝看：「您瞧！我當年在胳膊上刻了一個『忠』字，每天晚上睡覺前都要看三遍，祝您萬壽無疆，才能休息啊！」

皇帝說：「王愛卿，難得你這樣忠心啊。可是你的手上為什麼在流血呢？這個『忠』字不會是你剛剛臨時刻的吧？」

王承宗趕快把血擦掉：「哪裡！哪裡！真的是以前刻的啊，呵呵……」

為了表示自己絕不反叛，他主動獻了兩個州給朝廷，又派兒子到朝廷裡當人質。這一塊地盤算是重新回到朝廷掌控之中。

相比王承宗，「鐵三角」裡的另一位李師道就顯得太不機靈了。

他本來也打算投降的，還答應給皇帝獻出三個州的土地，送兒子做人質，從此不再反叛。

但李師道這人有個毛病：過不了女人關。如果是傾國傾城的絕代佳人也罷了，他卻偏寵信一些很沒有政治眼光的大嬸，其中有兩個他最寵信的，一個叫作蒲大姊，一個叫作袁七娘（看這外號，也不知道李師道是什麼品位），一切軍政大事都由這些傻大嬸們摻和著定，其他的大將、幕僚們反而靠邊站。

李師道的老婆一聽說寶貝兒子要被送去做人質，立刻尋死覓活不幹了，還攛掇蒲大姊、袁七娘去做李師道的工作，和朝廷對抗到底，把兒子留在身邊。

這兩大嬸就跑去勸李師道：

「自先司徒以來，有此十二州，奈何一日無故割而獻之耶！今境內兵士數十萬人，不獻三州，不過發兵相加，可以力戰，戰不勝，乃議割地，未晚也。」[18]

她們的意思是，咱們的土地又不是天上掉下來的，一共就只有十二個州，怎麼能白白一下就送掉三個？不如和朝廷死磕到底，等萬一打不贏了，你再割地也不晚嘛。

李師道一拍桌子：「有道理！這地，老子不割了！」

憲宗皇帝聽說李師道又反水了，也一拍桌子：「打他！」

三大戰役中的第三場「淄青之戰」打響了。在裴度的指揮下，李師道大敗。

他的那個聰明老婆，終於成功實現了自己的目的：她的寶貝兒子不會再做人質了，而是和自己一起成了囚犯，被發配到宮中做苦力。幾個小叔子全部發配邊疆。她家的十二個州，最後一個都沒有保住。

與此同時，憲宗皇帝在首都舉行了一個盛大的儀式，主要內容只有一個：迎接李師道的頭顱。它將被擺到太廟裡，作為祭品。

這種原始粗暴的儀式，叫作「馘儀」，必須用敵軍主將的首級完成。四十一歲的憲宗默念著：高祖、太宗，歷代先皇們啊，我十四年前立下的誓願，現在總算基本完成了。

九

今天，當我們翻開這一個時期的詩，能讀到許多歌頌中興的作品，很像是唐朝的一首首〈走進新時代〉。

劉禹錫寫道：「忽驚元和十二載，重見天寶承平時。」劉禹錫出生的時候，開元、天寶年間的盛世已經過去了幾十年，他只能在傳說中了解過去的那個黃金時代。而如今，他看到了新一輪的盛世到來的希望。

許多藩鎮被踏平，社會出現了暫時的穩定，過去在戰火中艱難生存的人民也得到了喘息。白居易有一首詩是這樣寫的：

賊骨化為土，賊壘犁為田。
一從賊壘平，陳蔡民晏然。
騾軍成牛戶，鬼火變人煙。

生子已嫁娶，種桑亦絲綿。

白居易說，隨著叛軍的瓦解，過去的工事、堡壘現在都成了農田。有的人家之前是專門養騾子的，為部隊打仗時提供運輸的畜力，現在可以改為養耕牛了。那些曾經鬼火飄蕩的戰場、荒原，如今也有了人家，冒出了裊裊炊煙。

讀著這些詩人們的喜悅的詩篇，我很有點感慨。

唐朝的中央政府其實是虧欠了他們的，白居易之前貶了官，劉禹錫貶了官，柳宗元貶了官，韓愈也貶了官。劉禹錫、柳宗元甚至和武元衡還曾有私人矛盾。

但他們的歡呼和喜悅，是真心的。這些詩人們，人品和境界有高下，政見有不同，互相之間甚至還是官場對手。但在寫這些詩的時候，至少在個別瞬間，他們能夠超越了政治派別、個人恩怨，筆下都裝著一份兼濟蒼生的溫情，渴望過去的大唐盛世能夠回來。

然而，這可能只是一個美好的願望而已。舊的軍閥倒下了，腦袋被擺上太廟的供桌了，唐朝的藩鎮割據就結束了嗎？沒有。新的一批驕橫的武人又成長起來了。

就在平藩戰爭不斷取得勝利的同時，發生了一起耐人尋味的政治事件。

當時，淮西的軍閥吳元濟剛剛被消滅，皇帝覺得這是一個豐功偉績，要大書特書。他找來了吏部侍郎韓愈，佈置了一項寫作任務：

「韓部長，你是當今文壇最大的筆桿子。朕平定淮西這件事，要立一塊大大的紀念碑，正缺一篇文章。就由你來寫吧！」

韓愈很高興，當仁不讓：「皇上，你就等著一篇傑作的出現吧！」

回到家，韓愈從架子上取下了最粗的毛筆，打算交出一篇可以載入史冊的雄文。他整整寫作了七十天。

後來晚唐的時候有一個大詩人叫李商隱的，他專門描寫了韓愈寫作這篇文章的場景，那是十分震撼人心的一幕：

公退齋戒坐小閣，濡染大筆何淋漓。
點竄堯典舜典字，塗改清廟生民詩。
文成破體書在紙，清晨再拜鋪丹墀。

李商隱的這幾句詩，把韓愈寫作的畫面描寫得活靈活現、氣勢磅礴，好像韓愈就在我們面前鋪開大紙、奮筆疾書一樣。

這樣精妙的對寫作場面的刻畫，在文學史上有過兩段，一段就是李商隱描寫的韓愈作碑文，另一段就是《鹿鼎記》裡金庸描寫的韋小寶寫字。感興趣的讀者可以去看一下。

韓愈這一次寫出來的碑文，叫作〈平淮西碑〉，文章古樸典雅，氣勢雄渾，水平相當高。皇帝看後覺得滿意，就點頭通過了。紀念碑很快製作完畢。

碑文中還有提到一名將領，名字叫作韓弘的，是這一次平淮西戰役的名義上的主將（實質上的主帥是宰相裴度）。他看了文章，也覺得挺滿意，送給了韓愈五百匹絹。

沒想到，對於這篇碑文，皇帝滿意、主將滿意還不行，還有一個人說：「老子不滿意！」[19]，他就是「雪夜入蔡州」的李愬。

他不滿意的原因很簡單：文章裡把第一大功說成是裴度的，這怎麼行呢？難道不是我嗎？憑什麼他戴大紅花，我戴小紅花？

李愬的老婆也不幹了，她是公主的女兒[20]，是可以出入皇宮的，為了這事兒專門跑到宮裡去上訪：我丈夫功勞第一，他應該戴大紅花才對！不然我不依！

據說李愬的部下也不服，憤怒地把韓碑拽倒了。眼看事情不斷升級，已經演變成了政治事件，最後皇帝出來說話了：別鬧啦，都別鬧啦，既然你們對韓愈的稿子有意見，我讓人重新寫一次好不好？你們都戴大紅花！

紀念碑上韓愈的文章被磨掉了，朝廷另外安排了一個寫手——翰林學士段文昌重新寫了一篇文章，刻了上去。這篇新的文章裡，大大表揚了諸將的功勞，特別是把李愬大書特書了一番。而宰相裴度的名字只簡單提了兩次。一場政治風波，以這樣的妥協而結束。

那麼，前後兩篇文章，到底誰寫得更好、更客觀呢？

和韓愈同時代的劉禹錫、柳宗元說，韓愈寫得不好，不夠客觀，引起爭議可以理解。後世的李商隱、蘇東坡則說，韓愈的文章更好、更客觀，最後卻被磨掉了，讓人唏噓。

特別是到了宋朝，為韓愈叫屈的聲音漸漸成了主流，人們乾脆又找到那塊碑，磨掉了段文昌的文章，重新刻上了韓愈的作品。這就是很戲劇化的「韓碑」的故事。

其實，不管誰的文章更好，有一點是肯定的：唐朝打掉一批舊軍頭，又慢慢產生了一批新的軍頭。他們要是不高興，後果就很嚴重，連憲宗皇帝這樣的強人也不得不妥協讓步。

就在這一夥人為韓碑鬧來鬧去的時候，我們的大功臣裴度又在做什麼呢？

他正在鍛鍊身體，準備繼續帶兵上前線，去平定李師道呢。

臨行前，有一個青年學生[21]給他寫了一封信。名字很直白，就叫作〈勸宰相您不要去前線的一封信〉[22]。裡面說了這樣幾段話：

「聽說您剛討平了吳元濟不久，現在又要出征了。我很擔心您。自秦朝、漢朝以來，立了大功卻不知道及時收手的人，沒有一個最後有好下場的，您不了解這一點嗎？

「現在幾路大將都在打李師道，人人都在爭功。您現在帶著兩三個書生幕僚跑去，說起來是所謂的靠前指揮，您讓他們怎麼想？您這是要去和他們爭功嗎？」

接著，這位書生說出了最讓裴度深思的一句話：

「奪人之功，不可一也；功高不賞，不可二也；兵者危道，萬一旬月不即如志，是坐棄前勞，不可三也。」

看完信，裴度陷入了沉思。第二天，他告訴家人說：

「把我的行李收起來吧。我不去前線啦。」

裴度的晚年，過得很悠哉。《新唐書．裴度傳》有一段記載，描寫了裴度的晚年生活。我覺得自己寫不出更美的文字了，就原文引在這裡吧：

度不復有經濟意，乃治第東都集賢里，沼石林叢，岑繚幽勝。午橋作別墅，具燠館涼台，號「綠野堂」，激波其下。度野服蕭散，與白居易、劉禹錫為文章、把酒，窮晝夜相歡，不問人間事。

如果翻譯成現代流行歌曲，這段話的意思就是一句話：

讓我醉也好，讓我睡也好，隨風飄飄天地任逍遙。

有人說，裴度的晚年不該這樣混日子，應該繼續發光發熱、為國分憂才對。那時宦官的勢力不斷坐大，朝政一天比一天黑暗，你裴度老爺子有威望、有能力，朝廷正是需要你的時候，你怎麼能這樣退隱呢。

但是我們也不能苛責裴度。他有他的理由——

我為國家，已經盡到了義務。我參與平定強藩，打贏「三大戰役」，對大唐王朝堪稱是一次續命，讓它又延續了一個世紀。不然，唐朝很有可能不會堅持到九〇七年才滅亡。

我對皇帝，盡到了責任。在我的輔佐下，憲宗皇帝得到了很高的評價。《新唐書》裡說，「唐有天下，傳世二十，其可稱者三君」，憲宗已然站在與成就「貞觀之治」的太宗、成就「開元盛世」的玄宗同等的地位。

所以，就讓裴度去「野服蕭散」，不問人間事吧，我們已不能要求這個老人做更多。

以前有一部老電視劇叫作《唐明皇》，用它的主題曲作為結尾：

談笑掃陰霾，爭一個錦天繡地滿目俊才。
願我煌煌大唐，光耀萬邦流芳千載。
縱然是悲歡隻身兩徘徊，
今生無悔，來世更待，
倚天把劍觀滄海，斜插芙蓉醉瑤台。

註釋

1《舊唐書》：「史臣蔣系曰：憲宗嗣位之初，讀列聖實錄，見貞觀、開元故事，竦慕不能釋卷，顧謂丞相曰：『太宗之創業如此，玄宗之致理如此，既覽國史，乃知萬倍不如先聖……』自是延英議政，晝漏率下五六刻方退。」

2《舊唐書》：「當先聖之代，猶須宰執臣僚同心輔助，豈朕今日獨為理哉！」

3 給劉辟的判決書是：「生於士族，敢蓄梟心，驅劫蜀人，拒扞王命。肆其狂逆，詿誤一州，俾我黎元，肝腦塗地……咸宜伏辜，以正刑典。」

4 武元衡有詩〈途次近蜀驛，蒙恩賜寶刀及飛龍廄馬，使還奉寄中書李鄭二公〉。

5 元代人說他：「以將相之重，聲蓋一時，其詩宏毅闊遠，與灞橋驢子上所得者異也。」什麼叫「灞橋驢子上所得」？指的是文人騷客。武元衡的詩，是馬背上、征程路上的詩，和文人騷客們的詩有不一樣的風格。

6《新唐書・武元衡》：「元衡曰：『陛下新即位，天下屬耳目，若奸臣得遂其私，則威令去矣。』」

7《資治通鑑》：「（元和八年三月）甲子，征前西川節度使、同平章事武元衡入知政事。」武元衡也有詩：〈元和癸巳，餘領蜀之七年，奉詔征還，二月二十八日清明途徑百牢關，因題石門洞〉。

8 元和十年伐淮蔡，「以三州之眾，舉天下之兵環而攻之」。

9《新唐書》：「悉兵四出，焚舞陽及葉，掠襄城、陽翟。時許、汝居人皆竄伏榛莽間，剽系千餘裡，關東大恐。」

10 總指揮先是李吉甫。不久李病故，換成了武元衡。

11《新唐書・武元衡傳》：「李師道所養說客說李師道曰：『天子所銳意誅蔡者，元衡贊之也，請密往刺之。元衡死，則他相不敢主其謀，爭勸天子罷兵矣。』」

12 憲宗的態度很堅決：「若罷度官，是奸謀得成，朝廷無複綱紀。吾用度一人，足破二賊。」

13 韓愈〈平淮西碑〉：「賜汝節斧，通天御帶，衛卒三百。」

14《舊唐書》。

15《資治通鑑・卷第二百四十・唐紀五十六》：「諸軍討淮西，四年不克，饋運疲弊，民至有以驢耕者。」

16　裴度舉薦李愬，發生在元和十一年，也就是裴度到前線的前一年。當時西路軍打了敗仗，李愬接手了西路軍。他雖然是名將之後，但之前的職務是太子詹事，相當於太子府秘書長，是文官，行軍打仗的資歷淺，所以說他「名位素微」。

17　《新唐書》：「自吳元濟誅，強藩悍將皆欲悔過而效順。當此之時，唐之威令，幾於復振。」

18　《舊唐書》。

19　《舊唐書．韓愈傳》：「淮、蔡平，十二月（韓愈）隨度還朝，以功授刑部侍郎，仍詔愈撰〈平淮西碑〉，其辭多敘裴度事。時先入蔡州擒吳元濟，李愬功第一，愬不平之。」

20　未必真是親生的，因為有史料說唐安公主未過門就死了。有可能是其丈夫另外姬妾的女兒，名義上奉唐安公主為嫡母。

21　即李翱，韓愈的學生、侄女婿，與韓愈是亦師亦長官的關係。

22　李翱〈勸裴相不自出征書〉。

唐代詩人裡的好男人

上一篇裡，我們講了不少裴度和白居易的好話。這一篇裡，要爆一些他們的料了。他們晚年都住在洛陽。當時洛陽可是一個高官養老的好地方，既遠離政治中心，又可以享受大城市的生活。大部分時間他們的娛樂活動都是高雅的，學學文件、寫寫詩歌之類。但有時候也做一些猥瑣的事情。

比如有一次，白居易向裴度要一匹好馬。裴度不願白給，向白居易提條件。是什麼條件呢？拿你的小妾來換。

你可能有些大跌眼鏡：忠勇一生的堂堂裴相國能做這樣的事？但這是真的。裴度寫詩向白居易敲竹槓說：

君若有心求逸足，我還留意在名姝。

所謂「逸足」就是好馬，「名姝」就是小老婆。白居易不捨得割肉，可宰相開了口又不好拒絕，只得回信搪塞：

> 安石風流無奈何，欲將赤驥換青娥。
> 不辭便送東山去，臨老何人與唱歌？

意思是，小妾如果被你要去了，我老了可就沒人伺候了。白居易這是說謊，他哪裡差這一個姑娘呢。某次晚上他遊玩西武邱寺，甚至一口氣帶了容、滿、蟬、態等「十妓」。

你如果說白居易、裴度荒唐，他們一定不服：李白可以換，我就不能換？李白確實也寫過這樣的詩，叫：「千金駿馬換小妾，笑坐雕鞍歌落梅。」

唐代的風流才子實在太多，類似的事蹟舉不勝舉。唐初「四傑」裡的盧照鄰那麼窮苦，居然也可以在四川和一個姑娘相好，後來又把人家扔下不搭理了。中唐的元稹以一副癡情的面孔最為聞名，一句「曾經滄海難為水」感動了好多人，然而他自己卻很風流，弱水三千瓢瓢飲，唐代所謂的「四大才女」——薛濤、魚玄機、李冶、劉采春，他一個人就拍拖了兩位。而其中薛濤又和宰相裴度關係曖昧，她的頭銜「校書」據說就是裴度舉薦的。

在我們心目中，「唐代詩人」和「風流才子」，幾乎可以畫等號了，好像人人都不靠譜，都可以穿過大半個中國來睡你，然後扔下一首詩告別你。

其實我想說，唐朝兩千二百名詩人，並不都是那麼風流的。

除了杜牧、元稹這些花心蘿蔔之外，當時的詩人裡還是有很多所謂「好男人」的。他們是才子，但並不薄倖；名滿天下，卻情比金堅。

我們簡單聊一聊幾個大詩人的愛情家庭故事。其中有一些人，他們的風流被過度渲染了，比如韓愈。事實上他可以算得上是個好男人。

所謂「男人有錢就變壞」，韓愈本來應該變壞的，他就很有錢。怎麼賺錢呢？寫軟文（編註：業配文）。

韓愈是當時文壇的第一大牛，軟文開價貴死人[1]，給人家寫個墓誌銘，收費動不動「馬一匹，並鞍、銜及白玉腰帶一條」，等於是今天一篇軟文就換一輛跑車，而且是頂配版的。

韓大爺也收現金，比如「絹五百匹[2]」，那時候絹是有貨幣功能的，五百匹絹值好幾百貫錢，比人家普通基層幹部一年的工資還多。

他好像也確實變壞了——在當時，納侍妾、包養姑娘是時尚，各級幹部都訂了妾、媵的標準，朝廷甚至還專門出文件，允許官員適當養女人。

韓愈也不甘落後，「晚年頗親脂粉」[3]，納了兩個妾，以顯得自己身體很好、思想前衛——大文豪，誰守著老婆過日子啊？

可是，他仍然有好男人的一面。有一次，河南汴州城發生一場兵亂，死傷了不少人。這本來不關韓愈的事，他人在幾百里外的偃師呢。可是消息傳來，韓愈崩潰了，捶胸頓足，繞著房子狂奔：「天啊！我老婆在裡面啊！可怎麼得了！」

韓愈就一直這麼抓狂著，直到後來收到消息，家屬沒事，才慢慢喝口水鎮靜下來。

事後，他寫詩給徒弟，還不停地碎碎唸：「當時我真是好擔心！我夫人留在城裡，不知何時才能見到，情況那麼危險，她拖兒帶女可怎麼辦！」

這一表現是值得肯定的。想想現在，有幾個走紅的大教授給學生寫信的時候會主動提到牽掛師母啊？

在韓愈的詩裡，我們經常能見到夫人盧氏的身影。

在被貶官的時候，他寫詩念念不忘夫人吃了苦，受了朝廷的特派員的氣——「弱妻抱稚子，出拜忘慚羞。」

來到老少邊窮地區上任以後，他又寫詩給朋友，訴說盧氏夫人為了補貼家用，辛苦地養蠶織絲，人都累瘦了——「細君知蠶織。」

後來韓愈時來運轉，觸底反彈，重新調回了中央，官位也越做越高。他變心拋棄了盧氏嗎？沒有。他一直把患難與共的盧氏帶在身邊。她後來被封為「高平郡君」，過上了體面的好日子。

韓愈在二十九歲時和她走到一起，他們生了八個孩子。從年輕到年老，兩人感情一直很好。是的，他納了妾，有「污點」，不算傳統意義上的好男人。但那畢竟是唐代，不能完全用現在的標準來評判。他至少像牛魔王，雖然有了狐狸精，但對鐵扇公主還是尊重和愛惜的。

在當時的環境下，韓愈給了她持久的愛和陪伴，不離不棄，算得上是一個好男人。

除了韓愈之外，還有一個比他更典型的好男人，就是王績。

我們之前聊過這一位才子，他是唐朝出現的第一位名詩人。王績還有一個親侄孫子，在詩壇更是大大有名，就是王勃。

如果光看王績的簡歷，他絕對不像一個好男人：

一個「狂士」，愛喝酒，放縱不羈；當過公務員，一任性給辭了，寧願跑到鄉下當農民。

這也罷了，他偏偏思想觀念還有問題，不夠健康向上，寫起詩來連孔子、周公這樣的大聖賢都敢開玩笑。嫁給他，一不小心要送牢飯的。

這樣的傢伙能靠譜嗎？這樣的男人能嫁嗎？他對姑娘又怎麼可能長情？怎麼可能負責任？然而事實是，人家王績偏偏就是個好男人！

這一年，王績寫了一首詩，叫作〈一個農民詩人的徵婚啟事〉（〈山中敘志〉）。是的，你沒看錯，唐代第一位著名詩人，居然寫了一首徵婚詩。一開頭他就爽快地介紹自己的條件：

物外知何事，山中無所有。
風鳴靜夜琴，月照芳春酒。

什麼意思呢？翻譯成現代漢語就是：

我的條件不好，山裡啥也沒有；
但是我很文藝有情懷，能陪你一起彈琴喝酒！

詩的後面，他還繼續寫道：

我未來的孟光啊，她在哪裡呀？
我這個梁鴻，正在等她啊！
歷史上恩愛的故事，她都聽說過嗎？

快讓我們相遇，一起生活吧！4

沒多久，渴望愛情的王績就迎來了他的孟光，他們結婚了。我查不到這位夫人的名字、年齡、籍貫。我只知道，她的性格很開朗、直爽。王績快樂地給她取了一個外號，叫「野妻」，自己則叫作「野人」，他們一起過起了野日子。看起來特別不靠譜的「狂士」王績，居然兌現了自己的諾言——長久地愛她。

證據呢？我們來看王績寫的詩吧：

「春天來了呀，老婆快別織布出來看花花。」——〈初春〉：「今朝下堂來，池冰開已久……卻報機中婦……滿甕營春酒。」

「老婆這個酒鬼呀，又在村裡喝得仆街了。」——〈春莊酒後〉：「野妻臨甕倚，村豎捧瓶來……田家多酒伴，誰怪玉山頹。」

「每天看老伴織布、孩子種地，就是神仙日子吧。」——〈田家〉：「倚床看婦織，登壟課兒鋤。回頭尋仙事，並是一空虛。」

這類詩，他從青年寫到晚年，不知不覺地創造了一系列第一：

他成了唐朝第一個把伴侶作為寫作對象的詩人，成為了唐朝第一個寫婚姻生活的詩人。

他還成了唐朝寫婚姻生活題材比率最高的著名詩人：在他存世的四十首詩裡，寫家庭婚姻生活的居然多達十五首。

我無法確切地知道，他陪伴了她多少年，但一定是很長的時間。如果給唐朝詩人評選「五好家庭」，王績的「野人家」很有可能要當選。

所以，千萬不要以為唐代的才子們都是小杜、元稹那樣的頑主，其實還有王績這樣的存在。寫「曾經滄海難為水」的人，不一定真的實踐了它，而王績這樣的詩人，倒是不動聲色地真的做到了只取一瓢。

註釋

1 韓愈〈謝許受王用男人事物狀〉。司馬光〈顏樂亭頌〉稱，韓愈「好悅人以銘志，而受其金」，意思就是寫軟文。

2 韓愈寫〈平淮西碑〉，隱隱褒獎了將領韓弘，於是韓弘給韓愈五百匹絹。

3 陶穀《清異錄》。《中吳紀聞》裡說白樂天「嘗攜容、滿、蟬、態等十妓，夜遊西武邱寺」；柳宗元蓄過侍妾；劉禹錫即席賦詩贏得了李紳的歌妓。

4 原詩為「直置百年內，誰論千載後。張奉娉賢妻，老萊藉嘉偶。孟光儻未嫁，梁鴻正須婦」。

從唐朝的節婦到明清的蕩婦

一

一位已經嫁了人的女士，卻被另一名男子殷勤追求。她收了別人貴重的禮物，甚至一度繫在了自己的裙子上，最後經過一番思想鬥爭，又退還了回去，告訴對方不願背叛婚姻。

這樣的姑娘，還可以被叫作是好姑娘嗎？

一位中唐的詩人說，能。

在他的同時代，很多人也都說：這當然是位好姑娘。

然而過了幾百年，到了元、明、清的時候，人們的評價慢慢反轉了，許多評論家大驚失色：不能！這怎麼可以！綠茶婊！

這一篇文章，我們就聊聊這位唐代詩人和這首愛情詩的故事。

話說，如果你在公元八一〇年左右來到長安，到太常寺裡去辦事，就能找到這位名叫張籍的詩人。

他很好找，因為有一個顯著特徵——眼睛不太好[1]，看不清東西，後來病情還一度很嚴重，差一點就成了荷馬了。

他的工作內容有些枯燥，是在太常寺裡擔任一個普通職務，叫作「太祝」。在那個機構裡，太祝應該有三個人，他只不過是三人之一，級別不高，大概是正科級到副處級之間。

張籍工作的主要內容就是祭祀。凡是有重大儀式典禮，要淨手淨面的，多半要由他拿舀水器具、毛巾，這就是所謂的「奉匜沃盥」，「匜」就是水具，「盥」就是洗手。

典禮開始後，他還會莊嚴地跪下，朗誦（我懷疑是背誦，因為眼睛看不見嘛）獻給神明的祭文，然後鄭重地燒掉它們，表示已經送到祖先或者神靈那裡去了。

這項工作真的很無趣。你大概要想，這位張籍先生多半是一個古板、無聊的人吧？恰恰相反，張科長在生活中恰恰是一個很瘋、很有個性的人。

瘋到什麼地步呢？傳說他因為迷戀杜甫，就打印了杜甫的許多名詩，燒成紙灰拌上蜂蜜吃，每天早上吃三匙，還振振有詞地告訴朋友：這樣一來我就可以寫出杜甫那樣的好詩了！

儘管又盲又瘋，但張籍寫詩的水平確實很高。和他同時代的大腕——韓愈、孟郊、白居易等人都很欣賞他的詩。今天，張籍的絕句〈秋思〉還被選進了語文課本。後來大文學家王安石有一句很著名的話，「看似尋常最奇崛，成如容易卻艱辛」，說的就是我們的盲詩人張籍。

在張籍的許多作品裡，最有名的一首，就是我們今天要講的〈節婦吟〉，翻譯成現代話，就是〈記一個正經的好姑娘〉。

二

這首詩不長，也很好讀，全文錄在這裡：

君知妾有夫，贈妾雙明珠。
感君纏綿意，繫在紅羅襦。
妾家高樓連苑起，良人執戟明光裡。
知君用心如日月，事夫誓擬同生死。
還君明珠雙淚垂，恨不相逢未嫁時。

意思很明白：一位已經嫁人的女士，遇到了一個男子大獻殷勤。男子送給了她重禮——一對明珠。

女主人公感動了，甚至可以說是心動了，把明珠繫在了自己的紅裙子上，每天伴隨著自己。看來男子已接近得手了，可是女主人忽然找到他，要和他談談。她所說的話，就是這一首叫〈節婦吟〉的詩。

女子主動說起了自己的家庭，很簡單的兩句話：我家的房子連著花園，修得軒敞又美麗。我的丈夫在做皇家衛士，正拿著長戟在宮殿裡值班，威武又體面。一句是說房子，一句是說丈夫。

講完了這些，她告訴熱情的追求者：我知道你的心意，但我決心和丈夫同甘共苦，不打算背叛他。

最後，詩人寫出了一個被廣為傳誦的結尾：「還君明珠雙淚垂，恨不相逢未嫁時。」

對於這位女性，應該怎麼評價她的行為呢？張籍的觀點很明確：這是一位節婦。

在張籍的時代，人們是認可這個女子的行為的。當時的人認為，她可以接受別人的愛情，為之感動；她也可以收別人的禮物，甚至是貴重禮物，並帶在身上；她退還禮物之前，似乎還經過了一番思想鬥爭，甚至不無遺憾，並為之流淚。經過了這一切之後，這個姑娘還可以被稱作「節婦」。

瞧人家唐朝人的境界。

事實上，像這種已婚美女被人追求的橋段，以前就有很多詩歌都寫到過，其中最著名的有兩個故事。

第一個故事，叫作〈陌上桑〉，其中的女主角叫作秦羅敷。這首詩還入選過課本。

和〈節婦吟〉的女主一樣，羅敷被人調戲了。她堅決拒絕了對方，並且侃侃而談自己的家庭如何富裕，丈夫如何英俊顯貴，好讓獵豔者知難而退。

這個故事還有一個更早的版本，情節更為激烈：調戲羅敷的不是別人，居然是她多年沒見面、此番才休假回家探親的丈夫秋胡。他們兩地分居實在太久，互相都記不清長相了，秋胡把她當成路邊的野花了。

在真相大白之後，羅敷罵了丈夫一頓，然後……離婚了？不是，她自盡了。是的你沒看錯，真的自盡了。

第二個故事，叫作〈羽林郎〉。

這個故事的女主人公叫作胡姬。前文說的羅敷是採桑的，而這裡的胡姬是賣酒的。她也遇見了一個追求者，送來了一件禮物：青銅鏡。胡姬也嚴詞拒絕了他。

這兩首著名的詩，都是相同的臭流氓和好姑娘的橋段，故事裡的人物黑白分明、正邪儼然。這兩首詩裡的女主也都各自被配了一句闡釋禮教大防的莊重台詞：一個是「使君自有婦，羅敷自有夫」；一個是「男兒愛後婦，女子重前夫」。

然而張籍的筆下的這位「節婦」，和羅敷、胡姬都不同。她要溫和得多，沒有指著男人的鼻子罵；她也沒有講一句大道理，沒講一句禮教大防；她甚至還對別人動了心了，思想上掙扎了。最後她拒絕對方，是因為愛，而不是因為禮。她覺得自己愛丈夫。

前兩個故事裡的獵豔者——「使君」和「馮子都」，都是簡單的臭流氓形象，是被鄙棄和斥責的一方。但張籍的詩裡卻沒有貶低那位追求者，甚至說「感君纏綿意」、「知君用心如日月」，反而為對方說好話。

我們總習慣說唐代人開明、開放，從一首小詩裡也可以窺見一斑。

三

可是隨著時間推移，事情慢慢起了變化。

施蟄存先生寫過一本書，叫《唐詩百話》。他在裡面說到了一個現象：時代越是往後，我們的專家學者們看待這首詩的目光就越嚴厲。

宋代的時候，禮教愈發苛刻，但起初似乎還沒有波及這首小詩。北宋有個學者叫作姚鉉的，編了一本書叫《唐文粹》，仍然把這首詩編在「貞潔」類裡。在他看來，詩中的女子仍然可以被叫作「節婦」。

直到南宋，詩人劉克莊在他的《後村詩話》裡也還說：「張籍〈還珠吟〉為世所稱」，「古樂府有〈羽林郎〉一篇，籍詩本此，然青出於藍」。他仍然在說這首詩挺好，屬於正能量。

大反轉發生在元代。當時文壇上有個現象——湧現出大量的節婦詩，講述的都是女人們如何捍衛貞操、尋死覓活的故事。由於當時的特殊背景——蒙古入侵，國家淪亡，漢族的文人們無力抵抗，就把精神投射在女人身上，津津樂道地描述她們怎麼反抗元兵強暴，怎麼上吊、投水、跳崖、絕食。

相比之下，張籍所寫的這位姑娘段位明顯不足，一點兒上吊絕食的事蹟都沒有，慢慢地也就不夠看了，開始從「節婦」向「蕩婦」反轉。

宋元交際的時候，有個學者叫俞德鄰，這位老先生敏銳地嗅出了〈節婦吟〉的思想道德問題，發出了質問：

「今愛明珠而繫襦，還君明珠雙淚垂，其愧於秋胡之妻多矣。尚得謂之節婦乎？」[2]

意思很明白：收人家的奢侈品，還繫在裙子上，這樣能叫節婦嗎？這不是綠茶嗎？

到了明代，「節婦」的標準好像又更高了。晚明學者呂坤搞了一本書叫《閨範》，專門講女人如何守貞的：「女子守身，如持玉卮，如捧盈水……丈夫事業在六合，苟非瀆倫，小節尤是自贖。女子名節在一身，稍有微瑕，萬善不能相掩。」

他這話是什麼意思呢？簡單來說就是：男子做的是大事，所以犯點小毛病也可以挽回。女的關鍵在於名節，只要稍微玷污，那就永遠洗不清了。

比如著名清官海瑞的女兒，因為接受了男人的一點兒食物，海瑞就勃然大怒，認為女兒的錯無可挽回。最後這姑娘被迫把自己活活餓死。相比之下，張籍筆下的這個姑娘收人家的明珠，不是「蕩婦」是什麼呢。

於是，這位幾百年前的綠茶遭到了學究們的猛烈抨擊。晚明學者唐汝詢說：「繫珠於襦，心許之矣……然還珠之際，涕泣流連，悔恨無及，彼婦之節，不幾岌岌乎？」[3]和他同時代的學者賀貽孫則批評說：「此詩情辭婉戀，可泣可歌，然既繫在紅羅襦，則已動心於珠矣，而又還之。既垂淚以還珠矣，而又恨不相逢於未嫁之時。柔情相牽，輾轉不絕，節婦之節，危矣哉！」[4]

這兩段痛心疾首的話其實都是一個意思：這女子不配當節婦。所謂「危矣哉」，就是說：危險啊，離蕩婦就差三十里了！

特別是有一個叫瞿佑的人，對這首〈節婦吟〉實在看不下去了，忍不住要教育一下張籍。他親自動筆改寫，作了一首叫作〈續還珠吟〉的詩，沾沾自喜地到處曬。

我們把這首正義感滿滿的詩錄在下面，大家鑑賞一下：

妾身未嫁父母憐，妾身既嫁家室全。
十載之前父為主，十載之後夫為天。
平生未省窺門戶，明珠何由到妾邊。
還君明珠恨君意，閉門自咎涕漣漣。

據說他有一個名叫楊復的同鄉，讀了這首詩，還點讚說：「真是心正詞工呀！就算張籍見了，也一定會服氣吧！」

在他看來，「節婦」一旦收到別的男人的明珠，就必須像魯迅所寫的吳媽一般，大叫大哭著跑出去：天呀居然送禮給我，叫我以後怎麼做人。

難怪施蟄存先生評價說：「這是一首封建禮教的頑固衛道者寫的詩。」我想，張籍如果真看到這首詩，多半不會服氣，而只會驚訝於這個民族的後人們怎麼會缺心眼成這個樣子。

據說這位瞿佑先生還做過一百多篇類似的樂府詩，可惜我們讀不到了，也不知道是怎樣的正氣凜然。

更有趣的是，這位道學家瞿佑先生一邊痛斥綠茶，一邊卻從事著另一項光輝職業——豔情小說寫作。

我們來看看他小說裡的詞：

洞房花燭十分春，
汗沾蝴蝶粉，身惹麝香塵。
殢雨尤雲渾未慣，枕邊眉黛羞顰。
輕憐痛惜莫嫌頻。
願郎從此始，日近日相親。

這很符合道學先生的一貫特點，他們大多是一些分裂的人。別人談個戀愛，他們就怒不可遏，但自己搞起三俗來卻又比誰的底線都低。女人們「還君明珠雙淚垂」就叫敗壞道德，但是他自己寫「汗沾蝴蝶粉」就不敗壞道德。

四

對於這首〈節婦吟〉，後人批評的還不只是女人心猿意馬，他們還抨擊了另一點：這女人不該炫富。

他們質疑：你之所以不背叛丈夫，不就是因為他有錢有勢嗎？你之所以一本正經地「事夫誓擬同生死」，不就是因為「妾家高樓連苑起」——有大別墅，而且「良人執戟明光裡」——老公在當皇宮衛士，威風又體面嗎？

萬一你丈夫是個貧賤的人，你又將怎樣呢？會不會早揣著珍珠跟人跑啦？

晚明的唐汝詢就是這麼認為的：「以良人貴顯而不可背，是以卻之。」甚至連施蟄存先生也覺得這種分析有道理，認為「這一點擊中了此詩的要害」。

我卻有一點不同的看法。

「妾家高樓連苑起」，可不可以說是炫富呢？可以。你甚至可以再進一步，理解成這位女士認為背叛婚姻的成本太高，太不值得，所以才打退堂鼓了，「還君明珠雙淚垂」。

但我卻以為，這完全也可以作另一種理解。女子是在告訴對方：我的生活很幸福，我什麼也不缺。你的明珠，對我的誘惑並沒有那麼大。你沒有機會。

在我們現代人的頭腦之中，有一個叫「愛情」的抽象概念。這個概念使我們常常不自覺地把「愛」和「物質」對立起來，認為多強調一分物質，就沖淡了一絲愛情。

〈節婦吟〉詩中的女士如果換到今天，在拒絕別的男子的時候，或許不會直露地說「妾家高樓連苑起」，而會選擇說「我丈夫很愛我，你沒有機會」。這是今天的政治正確，是符合現代愛情觀的「正解」。

但在一千多年前的古代中國人的頭腦裡，未必有這麼抽象的、明確的現代「愛情」概念。在唐代，那個女子大概只會說：「我丈夫很尊貴，我生活很富足，你沒有機會。」

物質也是一種力量。有時候，它能幫我們抵禦誘惑，維護尊嚴，保持高貴，讓我們能按照自己的信念去生活。

至於一些學者的擔心：如果沒有高樓，還「事夫誓擬同生死」嗎？

我們何必這麼悲觀呢？張籍另外有一首詩，叫作〈征婦怨〉，不是正好可以解答這個問題嗎：「婦人依倚子與夫，同居貧賤心亦舒。」

張籍的〈節婦吟〉，從誕生起到今天，已經一千二百年了。

在我們這個特別愛講道德的國度裡，從來就不缺什麼節婦烈女的故事，自元明以來，士人們炮製了那麼多節婦詩、烈女詩，情節比張籍的詩更慘烈、更悲壯、更血腥的多不勝數。

但奇怪的是，再沒有一首節婦詩的受歡迎程度超過了這一首。千餘年來，唯獨這首小詩成為了經典，被人們口口傳唱，禁之不絕。

這說明一件事：人心，是有它自己的規律的。不管道學家怎麼唾棄它，怎麼為它捶胸頓足，怎麼認為他道德敗壞，怎麼去改寫出更政治正確的「還君明珠恨君意，閉門自咎涕漣漣」來，人們依然更喜歡「還君明珠雙淚垂，恨不相逢未嫁時」，即便不敢公開表態，卻仍舊默默為它所打動。

註釋

1　張籍不幸得過三年眼病，所謂「窮瞎張太祝」。具體時間有幾說：有說是孟郊死前三年，也就是八一〇年左右開始；也有說是孟郊死後，比如潘竟翰〈張籍繫年考證〉，認為是八一〇年以後得病。這裡用第一種說法。

2　俞德鄰《佩韋齋輯聞》。

3　〔明〕唐汝詢《唐詩解》。

4　見《詩筏》。

武俠小說怎麼用唐詩才高明？

武俠小說裡面，都喜歡用點子詩詞，特別是唐詩。比如上文中講過的「還君明珠雙淚垂，恨不相逢未嫁時」，就是武俠小說裡愛用的句子。至於宋詩和清詩，一來膾炙人口的作品相對略少，二來主要是那些小說作者自己水平也夠嗆，不太熟，引得就少，用來用去還是唐詩多。

有些作者用得就很拙劣。比如有本武俠小說，主角想要撩妹，怎麼表現他很有才華呢？作者就安排他背誦了幾句李白的五律：「山隨平野盡，江入大荒流……」

女孩子立刻就被撩出血了：「啊呀少俠好有才。居然知道〈渡荊門送別〉。」

這未免也太小看古人了。孔乙己連秀才都不是，都還知道回字的四種寫法。怎麼少俠看了本《唐詩三百首》就能叫有才了？

這種用詩的辦法，叫作「硬上弓」、「暴力膜」，一不小心就暴露了自己的老底。

古龍就好得多。他所知的詩其實也是不大多的，但是揚長避短，能夠活用；讀詩雖然少，但卻體味得深。陸小鳳的武功，叫作「靈犀一指」，這就用活了李商隱。還有個人物叫憐花公子，總愛吟一句：「露氣暗連青桂苑。」又寵幸了李商隱一次。

古大俠還能用一二宋詩，這個就更不容易，比如魔教教主叫作「小樓」，有一個心愛的姑娘叫作「春雨」，這個是活用了陸游。雖然林黛玉小姐說，陸游的詩膚淺滑順，「斷不能學」，但是武俠小說用一用也沒有多大關係。

金庸學力更勝，用起詩來注重含蓄。他用唐詩，常常用在你不知不覺的地方，連詩人的名號都不說，只用其意，這是比較高級的手法。我舉幾個例子。

比如《倚天屠龍記》裡，張無忌和趙敏第一次見面，擦出火花，那個地方叫作綠柳山莊，裝潢是很典雅的。張無忌走進去，就看見中堂掛著一幅字，錄了一首詩是趙敏的書法。這首詩不算長，我就全文錄在這裡了：

白虹座上飛，青蛇匣中吼，
殺殺霜在鋒，團團月臨紐。
劍決天外雲，劍衝日中鬥，
劍破妖人腹，劍拂佞臣首。
潛將辟魑魅，勿但驚妾婦。
留斬泓下蛟，莫試街中狗。

落款是「夜試倚天寶劍，洵神物也，雜錄〈說劍〉詩以贊之。汴梁趙敏」。

你看金庸根本不說這是誰的詩。其實這個是元稹的詩，就是「曾經滄海難為水」的那一位。這個傢伙很風流，專愛才女，唐代「四大才女」裡的薛濤和劉采春都和他拍拖過，給我們的印象是他只會寫風流情詩。其實他路子很廣，也可以寫雄壯的詩。

元稹的〈說劍〉原詩很長，囉囉唆唆，有八十句。金庸很巧妙地裁了十二句，拼接起來，意境卻很連貫，而且很符合故事的情景：趙敏夜試倚天劍。

至於原詩的作者、年代，金庸一概不提，讀者知道的就知道，不知道也沒關係，不影響你看小說。這就叫作只取其味道，不要其形殼，跟大廚做菜用調味料差不多。

金庸用李白的詩，也用得很活。

比如大家都喜歡的郭襄。在《神雕俠侶》的大結局裡，楊過和大家最後告別，華麗轉身，飄然遠去。郭襄終於忍不住了，「淚珠奪眶而出」。

接著金庸就用了一首詩詞，昇華一下情緒，作為全書的結尾。這首詩歌是：

秋風清，秋月明，
落葉聚還散，寒鴉棲復驚，
相思相見知何日，此時此夜難為情。

這個是誰的作品呢？是李白的。它叫作「三五七言」，前兩句三言，中間兩句是五言，最後兩句是七言，所以得名。可是金庸並不提李白。仍然是那句話：讀者知道的就知道，不知道的也無妨，反正讀過去你覺得很美、用得很合適就是了。

當然，金庸也並不是一概不讓詩人的名字出現，要看具體的情況而定。比如有一個章節裡，郭靖教育楊過，要他為國為民、天天向上，就用了杜甫的主旋律愛國作品〈潼關吏〉。

在此處，金庸不但大張旗鼓地提出了杜甫的名字，而且一口氣讓老杜連續出場三次。

第一次，先安排杜甫的紀念碑出場——「道旁有塊石碑，碑上刻著一行大字：『唐工部郎杜甫故里。』」

第二次，讓杜甫正式出場，不但郭靖躍馬揚鞭吟出〈潼關吏〉，還安排楊過當捧哏，烘雲托月：「郭伯伯，這幾句詩真好，是杜甫做的麼？」郭靖道：「是啊……我很愛這詩，只是記性不好，讀了幾十遍。」

第三遍，再借郭靖的口，給杜甫一個崇高評價：「你想文士人人都會作詩，但千古只推杜甫第一。」

為什麼金庸之前不提元稹、李白，這裡卻反覆再三提杜甫呢？因為這裡的主題是要表現郭靖忠勇俠義。說出杜甫的名字，對情節是有用的，可以借他的偉大形象烘托主題，和郭靖互相輝映。

此外，也有一些時候，金庸用唐詩沒用好，連他自己都覺得不妥當的。

在最老版的《笑傲江湖》裡，有這樣的一段情節：

小師妹岳靈珊死了以後，令狐沖和任盈盈來到她生前的閨房，發現牆上掛了一幅字，是後文我們會講到的一位大詩人李商隱的詩：

星使追還不自由，雙童捧上綠瓊輈。
九枝燈下朝金殿，三素雲中侍玉樓。
鳳女顛狂成久別，月娥孀獨好同遊。
當時若愛韓公子，埋骨成灰恨未休。

金庸用這首詩，主要是想用它的最後一聯：「當時若愛韓公子，埋骨成灰恨未休。」作者生怕你看不懂，還作了一番解釋：

「令狐沖……喃喃唸道：『當時若愛韓公子，埋骨成灰恨未休。』韓公子，那是誰？

「盈盈道：『詩中說的是……她當年如果愛了韓公子，嫁了他，便不會這樣孤單寂寞，抱恨終生了。』」

這裡想表現的意思是，小師妹似乎有點彷徨、悔恨：當時如果選擇了大師兄，就不會孤單寂寞、一生遺恨了。

乍一看，這句唐詩用得很巧妙、很貼切啊！可金庸覺得這一段不好，在修改小說的時候刪掉了這些內容。到三聯版的《金庸全集》裡就沒有這段了。

為什麼金庸覺得不好？我認為有兩個原因。

第一，不符合岳靈珊的性格和習慣。

岳靈珊和令狐沖一樣，山野孩子，沒什麼文化的，絕不是文藝青年，不喜歡吟詩作賦。他老爸對人說她「整日價也是動刀掄劍」，不完全是謙虛。

用如此委婉的一首詩來表達情愫，這太文藝了，不符合她的習慣。程英可以做這種事，苗若蘭可以做這種事，袁紫衣可以做這種事，甚至趙敏也可以做這種事，但是硬安在岳靈珊身上就比較違和。

第二，不符合岳靈珊的情感和心境。

「當時若愛韓公子，我就不會這麼慘兮兮了」，如果金庸真讓小師妹把這句詩掛牆上，那就是坐實了小師妹後悔了，覺得當初不如跟了大師兄。可是小師妹真的後悔了嗎？

我看她臨終的表現，幽怨是有的，自傷是有的，覺得辜負了大師兄也是有的，但是她絕不悔自己愛上小林子。總而言之，「自憐自傷還自怨」，卻「不悔情真不悔癡」，這是她的心境。

退一萬步說，就算她後悔了，金庸也絕不想表現得這麼露骨、這麼著相，絕不願用一句詩「赤果果」掛出來。這是第一流小說家的心思。

這一句唐詩，看似用得精妙，其實是以辭害意了，違背了人物性格和心境，所以金庸果斷刪去了。這就是高手用詩的境界，絕不能硬上弓。

最後順便說一句，寫小說用詩是這樣，自己家掛字掛詩也是這樣。賓館酒店裡你掛一個「北國風光，千里冰封，萬里雪飄」，就俗了；或者掛一個「會當凌絕頂，一覽眾山小」，也俗了。

掛得好一些的就會出彩。我原先在新聞單位工作，總部的招待所大廳裡掛了一幅字：「猶礦出金，如鉛出銀。超心鍊冶，絕愛緇磷。空潭瀉春，古鏡照神。體素儲潔，乘月反真。載瞻星辰，載歌幽人。流水今日，明月前身。」

我每次看到都蠻喜歡。這個是什麼內容呢？是晚唐有一個文學批評家叫司空圖，這是據傳為他所寫的《二十四詩品》裡的一品。司空圖這個人之後我們會講到他的故事，形象蠻正派的，文化機構掛他的字也挺合適，可以標榜正氣。

在這裡教大家一個方法，比如你是個老闆，家裡想掛一幅字，又非要用〈渡荊門送別〉不可，那麼最好不要掛名句「山隨平野盡，江入大荒流」，這樣就不加分。

你其實可以就掛一句「來從楚國遊」，就相對別致有趣一點。客人還可以找機會攀談，甜甜地來上一句：「原來王總去過湖北？」你就微微一笑：「小田，被你看出來啦。」

中唐的幾場「華山論劍」

一

有一句俗話叫作「文無第一」，就是說寫文章和練武功不一樣，很難分出誰第一、誰第二。然而真是這樣嗎？在牛人輩出的唐代，詩人們好戰得很，動不動就ＰＫ、約架，搞幾場巔峰對決。宋之問和沈佺期有過「彩樓之戰」，王之渙和高適、王昌齡等有過「旗亭之戰」，杜甫和岑參有過「大雁塔之戰」，都是唐詩江湖上著名的戰例。

到了公元八〇〇年左右，當時江湖上的幾位絕頂高手——王維、李白、杜甫，都已經先後過世了。至於更上一輩的高手，張九齡、賀知章、孟浩然，更是早已作古。打個比方，就好像武林中「東邪西毒、南帝北丐」都已經掛掉了，大比武是不是搞不起來了？華山上是不是沒法論劍了？

事實是你多慮了。新一代的高手紛紛湧現，各自開宗立派，稱霸一方，又掀起了幾場大的論劍。

早先盛唐的時候，詩人們雖然偶然也有一些激烈的比賽，但規模並不很大，很少有兩個頂級詩人之間長年累月地拚詩。就算興之所至拚上幾首，篇幅也不會太長。

但到了中唐時期，詩戰不斷升級，最強的詩人們展開了驚心動魄的捉對PK，韓愈戰孟郊，韓愈戰白居易，白居易戰元稹，白居易戰劉禹錫……江湖上一片火星四射。而且這個時期的拚詩動不動就是幾百言、上千言，篇幅超長，數量又多，韓愈「千詞敵樂天」[1]，劉禹錫和白居易鬥詩五卷[2]，元稹和白居易鬥詩十六卷、一千首之多，都是從來沒有過的[3]。

比如韓愈和孟郊的「聯句大戰」，就是一場著名的大論劍。

喜歡《紅樓夢》的讀者對「聯句」都不陌生，這種遊戲一般是兩人或者多人參加，每人要創作一聯以上，輪番交替，誰要是本領不夠強、腦子不夠快，就會當場敗下陣來。

在《紅樓夢》裡，林黛玉和薛寶釵、薛寶琴、史湘雲、邢岫煙、賈探春等幾個就辦過一場「蘆雪庵即景聯句」，一共十來個人參加。王熙鳳作為半文盲，只能出第一句「一夜北風緊」，然後就只能當嘉賓旁觀了。剩下幾個姑娘一通亂戰，你爭我奪，特別是林黛玉和史湘雲兩人的比拚，一句緊似一句，殺得氣都喘不上來。

韓愈和孟郊也基本上是這個玩法。這兩個中唐詩壇的大腕多次聯句比拚，至少拚了一十三場[4]。首先挑起戰端的一般都是孟郊。

比如有一次，孟郊以〈有所思〉為題，向韓愈拋出四句：

相思繞我心，日夕千萬重；
年光坐晼晚，春淚銷顏容。

韓愈是何等功夫，當即穩穩地接住了，回了十分精彩的四句：

台鏡晦舊暉，庭草滋新茸。
望夫山上石，別劍水中龍。

這一次，算是不分勝負。

事實上，這樣的聯句詩算是很短的了。韓愈和孟郊兩個人只要一開戰，往往就要拚到五十句以上，最長的還有拚到三百零六句的，長度是林黛玉等人「蘆雪庵即景聯句」的好幾倍。

如果你的功力稍遜，也和高手一起玩聯句遊戲，結果會怎麼樣？答案是：非常慘，會被轟擊得鱗甲紛飛，一敗塗地。中唐有一些詩人就加入了韓愈和孟郊的戰團，結果被打得毫無還手之力，連話都插不上。

有一個叫李翱的，也是當時一位小有名氣的文學家。他鼓足勇氣，參加了韓愈和孟郊的聯句對戰，對拚了一首〈遠遊聯句〉，長達三百多句，李翱只在開頭撈到了兩句，隨後再也插不上嘴了，後面全是韓愈和孟郊的表演。

不過，韓孟「聯句大戰」雖然激烈，卻還遠不是中唐最精彩的比拚。要說最驚心動魄的，是「白劉之戰」。

二

這一年，有一位姓劉的英雄，在江湖上崛起了。

他乃是漢室宗親，中山靖王劉勝之後，生得儀表堂堂，雙耳垂肩，兩手過膝……寫到這裡，你大概以為我搞錯了：怎麼越寫越像《三國演義》了？連劉備都跑出來了？

我沒有昏頭。這人不是劉備，而是同樣大名鼎鼎的劉禹錫。你是否很熟悉這個名字？沒錯，就是「山不在高，有仙則名，水不在深，有龍則靈」的那位。

劉禹錫也是中山靖王劉勝之後，至少他自己是這麼說的。此人才高八斗，尤其擅長三大詩歌獨門絕技——樂府、民歌、懷古，縱橫江湖，出道以來未逢敵手。

江湖上原本和他齊名的是另一位河東大俠——柳宗元，兩人並稱為「劉柳」。兩人同一年高考，同一屆上大學，都是當時學霸級別的人物。但是漸漸地，柳宗元的主要精力沒用在寫詩上，而跑去搞散文、搞哲學了，在詩歌上的成就也就慢慢不如劉禹錫。

連柳宗元都抵擋不住，何況別人？一時間，江湖上無人敢攖老劉的鋒芒，人送外號：詩豪。然而別忘了，這可是牛人輩出的唐朝，從來就沒有人可以打遍天下無敵手。過去的李白不行，杜甫不行，今天的劉禹錫也不行。

老劉這麼牛，有人看不下去了。

不久，有一封書信，開始在江湖上流傳。信不長，卻寫得氣勢磅礴，我貼一段在此：

「彭城劉夢得，詩豪者也。其鋒森然，少敢當者。予不量力，往往犯之。」[5]

語氣看著挺謙遜，說自己是不自量力，斗膽和劉禹錫比賽，但其實意思是：

「劉禹錫厲害，鄙人不怕！」

寫這封信的人又是誰呢？此人也是江湖上一位傳奇高手。話說他少年時曾經遊歷首都長安，找當時的文壇大V顧況投稿，請顧況鑑賞。

顧況看他年輕，調侃他說：「帝都的房子這麼貴[6]，你一個小孩子家，跑來當北漂，有意思麼？」

說著，老顧拿起少年的稿子讀起來，才看了四句，便大吃一驚，對少年驚為天人。這四句詩是：

離離原上草，一歲一枯榮。
野火燒不盡，春風吹又生。

老顧緊緊握住了少年的手：「來吧！帝都歡迎你！」

這位大高手，叫作白居易。白居易和劉禹錫是同一年生人，都生在七七二年，屬鼠，年齡相同，功力相當，堪稱敵手。

你劉禹錫不是有幾大絕招嗎？白居易卻偏偏不怵——你擅長搞樂府，我正好有新樂府；你能寫民歌，我比你更接地氣，我的詩老太太都能讀懂！

劉、白之戰震動江湖。兩人交手的方式叫作「唱和」，你發一首詩來，我必須回一首詩去，誰要接不住就算輸了，卸一條胳膊（我誇張的，未必真卸胳膊）。

首先發動進攻的是白居易。他向劉禹錫一次性「咣咣」地砸去了一捆詩，簡直像是集束手榴彈。共砸了多少首呢？嚇死你：一百首！

有證據嗎？有的。因為劉禹錫對這一輪攻勢的回應，就叫作〈翰林白二十二學士見寄詩一百篇，因以答貺〉。

從此，中唐詩歌江湖上火星四濺，二位大俠你一首來，我一首去，難分高下。他們一共戰鬥了多少個回合呢？可考證的數據是：一百三十八回合[7]！

戰況又如何呢？應該說是十分激烈。白居易有記載：「合應者聲同，交爭者力敵，一往一復，欲罷不能！」

這些戰鬥，大多是隔空對戰，你一首來、我一首去，打來打去總是難分高下。劉禹錫於是決定改變策略，他要誘出白居易的主力，一舉全殲！

前文說了，對於劉禹錫的三大絕招：樂府、民歌、懷古，白居易前兩招都不怕。劉禹錫為了一戰定乾坤，決定投入自己的終極第三招：懷古詩。

這一戰，就是著名的「金陵懷古會戰」。

三

這一天，金風送爽，萬里無雲（我猜的，我沒考證）。

當時江湖上的四大高手白居易、劉禹錫、元稹、六神磊磊……喔不對，我不在，是韋楚客，他們齊聚一堂，相約寫詩論劍。[8]

主要戰鬥的雙方是白居易和劉禹錫，相當於古龍小說裡的葉孤城與西門吹雪的決戰。元稹和韋楚客則有點像是掠陣的，相當於在場的陸小鳳和花滿樓。

他們論劍的題目是：寫一首詩，緬懷五百多年前三國時代終結的故事。

很多讀者都知道三國是怎麼開始的——劉關張哥仨一個頭磕在地上，桃園結義打天下；大家卻不太清楚三國是怎麼結束的——王濬水師下金陵滅東吳。

當時蜀國已經被滅掉了，北方的大將王濬統帥強大水軍，順江而下討伐苟延殘喘的吳國，直奔首都金陵。末代吳主孫皓投降，轟轟烈烈的三國時代從此結束。

這個題目，很宏大，很滄桑，看似好寫，但卻不容易成經典。

拿到題目，白居易、元稹、韋楚客都開始認真思索。劉禹錫卻給自己倒了一杯酒，慢飲起來。如果你熟悉三國的故事就會知道，一旦某個武將在出陣砍人之前，先倒了杯酒喝的，就說明心裡有底了，十有八九能保證打贏。文豪也是一樣，沒把詩想好，他是沒心思喝酒耍帥的。

果然，劉禹錫飲盡此杯，飽蘸濃墨，一揮而就：

王濬樓船下益州，金陵王氣黯然收。
千尋鐵鎖沉江底，一片降幡出石頭。
人世幾回傷往事，山形依舊枕寒流。
今逢四海為家日，故壘蕭蕭蘆荻秋。

它就是唐詩中的不朽名作〈西塞山懷古〉。短短五十六個字，道盡了歷史烽煙、光陰流轉、人世沉浮、山河更替。

白居易、元稹、韋楚客都呆了，看著這首詩，他們同時感到自己遭遇了五百點暴擊。白居易放下筆，看著劉禹錫：「你是我哥，成不？」

這傳說中的一戰，也成為了唐詩論劍史上的經典之戰。就像一個多世紀前的「彩樓之戰」，宋之問勝了沈佺期，半個多世紀前的「大雁塔之戰」，杜甫勝了岑參、高適。而這一戰的勝利者，是劉禹錫。

四

白居易就這麼認栽了麼？當然不會。

這一年，劉禹錫又有一篇新作問世了，叫作〈泰娘歌〉。

所謂泰娘，不是泰國的新娘，而是一個叫泰娘的妓女。她很會彈琵琶，過去跟著主人住在繁華的洛陽，生活很優渥。後來主人死了，姑娘沒了依靠，孤苦伶仃，一個人流落邊地，靠演奏為生。她感慨自己的身世，時常抱著琵琶哭泣。

劉禹錫是很多情的。他遇到泰娘後，為她寫下了一首二六六個字的長詩，描繪了她的坎坷命運。詩寫得很淒美，比如：

山城少人江水碧，斷雁哀猿風雨夕。

> 朱弦已絕為知音，雲鬢未秋私自惜。

這首詩的名氣很大，一時間成為當時敘事長詩的代表。後來杜牧等人的很多詩都受到了〈泰娘歌〉的影響。

然而，看到這首詩，作為劉禹錫一生敵手的白居易卻沒有出聲。

轉眼幾年過去。到了元和十一年，一個蕭瑟的秋天，在江西北部的潯陽江頭。

白居易也遇到了一個流落江湖的妓女，一樣的會彈琵琶，一樣的身世坎坷。於是，同樣多情的白居易也為她流下了眼淚，拿起了筆，準備寫詩。

動筆的一刻，他心裡或許已知道，〈泰娘歌〉今天要被完爆了[9]。

白居易寫了一首六一六個字的超級長詩——〈琵琶行〉：

> 潯陽江頭夜送客，楓葉荻花秋瑟瑟。
> 主人下馬客在船，舉酒欲飲無管弦……

它成了唐詩裡一座難以逾越的豐碑。千百年來，只要上過一點兒學、略識一點兒字的人，即便沒有聽過它的名字，也會知道那一句「同是天涯淪落人，相逢何必曾相識」。而〈泰娘歌〉呢？對不起，只能退居其後，成為陪襯。

至此，白居易和劉禹錫算是打了個平手。在「金陵懷古」一戰裡，劉滅掉了白，在琵琶歌女一戰裡，白又完爆了劉。

沒有不可戰勝的偉大詩人，只有不可逾越的偉大作品。這就是唐朝。

在一次次的比拚中，劉禹錫和白居易都慢慢老去了。

他們同一年出生，但終究不能同一年去世。先走的那個人是劉禹錫。公元八四二年，一代詩豪劉禹錫病逝。

讓我們猜猜，白居易知道消息後會說些什麼？「啊哈，你個彭城鬼子，和老子掐了一輩子，你也有今天？」

不是的，白居易哭了。

已是古稀之年的他飽含著淚水，寫下了一首送給劉禹錫的詩。

這首詩很好懂。讓我原文一字不差地抄下來吧：

四海齊名白與劉，百年交分兩綢繆。
同貧同病退閒日，一死一生臨老頭。
杯酒英雄君與操，文章微婉我知丘。
賢豪雖歿精靈在，應共微之地下遊。

覺得這首詩還是太文言？太難懂？那我翻譯一下，換成人人都懂的黃家駒的歌詞吧：

前面是哪方，誰伴我闖蕩？
尋夢像撲火，誰共我瘋狂。

沉默去迎失望，幾多心中創傷。
誰願夜探訪，留在我身旁。

現在，你懂了白居易的心麼？

註釋

1 元稹〈見人詠韓舍人新律詩，因有戲贈〉：「七字排居敬，千詞敵樂天。」
2 兩人有《劉白唱和集》五卷。
3 趙翼《甌北詩話》：「他人和韻，不過一二首，元、白則多至十六卷，凡一千餘篇，此又古所未有也。」
4 日本學者齋藤茂《文字觑天巧》中統計，韓愈、孟郊聯手作了至少十三首聯句詩，《韓昌黎》卷八收錄了其中的十首，《孟東野集》載有另外三首，彼此不重複。
5 白居易《劉白唱和集解》。
6 在唐末王定保《唐摭言》裡，顧況說的是「長安百物貴」。（唐）張固《幽閒鼓吹》裡，顧況說的則是米貴，也不是房子貴：「米方貴，居亦弗易」。今天我們對米貴沒有切膚之痛了，暫且戲說為房子貴。
7 白居易《劉白唱和集解》：「至大和三年春已前，紙墨所存者凡一百三十八首。」真實數目可能更多，「其餘乘興扶醉、率然口號者，不在此數」。
8 計有功《唐詩紀事》：「長慶中，元微之、劉夢得、韋楚客同會白樂天之居，論南朝興廢之事。樂天曰：……今群公畢集，不可徒然，請各賦〈金陵懷古〉一篇。」
9 我姑且認為白居易是讀過〈泰娘歌〉的。就像齋藤茂說：「正如認為杜牧是讀過此詩（〈泰娘歌〉）的那樣，白居易也很有可能讀過。」

放下筷子罵娘的白居易

一

大約八〇五年，一個高考成功不久、剛剛步入仕途的青年人，開始制定了他的詩歌寫作計畫。

這個人就是白居易。幾年前，方才二十八歲的他就考中了進士，這是相當了不起的，以至於他得意揚揚地自誇「十七人中最少年」。後來他又陸續擔任了校書郎、周至縣尉、翰林學士等職務。

作為一個河南新鄭出生的外地孩子，家境不很好，沒有什麼背景，卻年紀輕輕就得到拔擢，來到首都長安做官，應該說是很不容易的。

這樣一個很幸運、很有前途的青年幹部，會制定什麼樣的寫作計畫呢？按照我們的猜測，應該寫〈感恩〉十首？〈男兒當自強〉十首？或者是〈奮發有為做大唐好青年〉十首？

答案讓我們嚇了一跳，他的寫作計畫居然是「負能量詩」十首。

什麼是「負能量詩」呢？就是專門揭露大唐社會負面內容，諷刺一些社會不公正、不合理現象的詩。這種詩有一個專門的名稱，叫作「諷喻詩」，說白了就是找碴兒詩、挑刺兒詩。

白居易寫了哪些社會負面現象呢？介紹一下題目你就明白了：

比如〈議婚：當前首都民間婚姻中的嫌貧愛富現象〉、〈傷友：長安一帶社會交往中的不良風氣〉、〈五弦：京城一些非物質文化遺產瀕臨失傳〉、〈買花：首都部分達官貴人生活奢靡腐化一擲千金〉……

你大概覺得這批評的都是些小問題，不過是一些社會風俗類的題材，講的是群眾日常生活，不算什麼負能量嘛。

別著急，更重大敏感的題材還在後面：

比如〈不致仕：淺談當前大唐一些中高層官員不肯及時退休的現象〉，直指大唐的領導隊伍管理問題。

比如〈重賦：皇上設私庫搜刮民財兩稅法形同虛設〉，這首詩更不得了了，作者炮製出了「奪我身上暖，買爾眼前恩」的聳人聽聞的句子。白居易說，平民百姓在重稅壓榨下生活困苦，結果收上來的東西卻堆在倉庫裡發霉腐爛。他還把矛頭指向所謂「至尊」，分明影射皇帝是碩鼠。

又比如〈輕肥：江南部分地區因為饑荒導致人吃人現象〉——「是歲江南旱，衢州人食人」，這等於直接把大唐王朝寫成人間地獄了。

白居易這組詩的實際名字，叫作〈秦中吟〉，意思就是「我在首都長安一帶看到的不良風氣」。它名義上是找問題、提意見，所謂「救濟人病，裨補時闕[1]」，但其實是挑刺兒，從皇帝的政德，到國家的官員管理政策、財稅政策、文化政策，乃至首都社會風尚，都被他抨擊了一遍。

唐朝寫批評詩、諷喻詩的人有很多，但白居易是最扎眼的之一。用我們今天的話來說，他是典型的吃朝廷的飯、砸朝廷的鍋。

二

站在李唐王朝的角度，有一千條理由嚴肅追究白居易的責任。

第一，有計畫地、大批量地寫「負能量詩」，正是白居易等幾個人挑的頭。此前說了，唐朝不少詩人都寫諷喻詩，從早先的初唐就開始了。駱賓王埋怨說「露重飛難進」，什麼叫「露重」？就是官場環境不好；他又說「風多響易沉」，什麼叫「風多」？就是朝廷裡小人多。

抱怨稅費多、負擔重，也是諷喻詩常見的題材。比如一個詩人叫寒山的，說「朝朝為衣食，歲歲愁租調」；還有一個詩人叫王梵志的，說「里正追庸調，村頭共相催」，都是渲染稅費負擔重，老百姓日子不好過。

白居易之前，寫負能量詩寫得名頭最大的是杜甫、元結，一句「路有凍死骨」，把整個大唐王朝的民政、扶貧、社會保障工作都抹殺了。

但和白居易相比，杜甫、元結們的負能量詩影響雖然大，卻都是隨機的、偶然的寫作，大抵是寫一首算一首的。白居易卻是有計畫地寫、成批量地寫，大寫而特寫，這是質的不同。〈秦中吟〉十首之後，他又搞了〈新樂府〉五十首，九千二百多字，幾乎把負能量詩當成自己的主要創作內容。

第二，白居易寫負能量詩，和杜甫等人的性質也不盡相同。李唐王朝可以理直氣壯地說，白居易是吃朝廷的飯又砸朝廷的鍋，不懂感恩。

可不是麼。對於杜甫來說，大唐朝廷某種程度上是虧欠了他的，李唐家的這碗飯，杜甫從來沒有踏實吃上過。他第一次參加科舉就被刷掉了。後來朝廷搞全國貢舉，選拔人才，杜甫又一次參加了，應該說論學問、論能力，他是有機會的，可惜又因為朝政腐敗，奸相李林甫從中搗鬼，杜甫再一次沒有被選上。

還有前面說的王梵志、寒山、駱賓王等人，也都是一輩子沉淪下僚，境遇不好，沒有直接得到李唐王朝的多少好處。這些人偶爾發發牢騷，還算是情有可原。

可白居易和他們不一樣，他大搞負能量詩，則是「情無可原」。如果當時有愛唐論壇，我們幾乎能想像讀者會怎麼罵他：

多少人八十二歲都考不上進士的，你小子二十八歲就舉進士，改變了自己的命運，你不感恩嗎？你沒有一點關係和人脈，「中朝無緦麻之親，達官無半面之舊[2]」，卻能一路做官，李唐王朝有過半點虧欠你嗎？可你不想著報答，卻拚命炒作負面內容，吸引眼球搏出位，你可不是端起碗來吃飯、放下筷子罵娘嗎？

第三，白居易創作「負能量組詩」的時機最敏感、最特殊、最不合時宜。

他搞創作的時間是在中唐。這個時候正是大唐王朝的關鍵轉型期，也是社會矛盾凸顯期，藩鎮割據、宦官弄權、朋黨爭鬥等現象交織，各種社會問題也很多，正是需要大唐社會各界齊心協力、共度時艱的時候，用今天的話說，這個時候是只能吃補藥、不能吃瀉藥的。

相比之下，初唐、盛唐的詩人們寫諷喻詩的時候，國家蒸蒸日上，發展勢頭良好，幾個文人搞點批評，不影響大局。等到了後來晚唐的時候，羅隱等人雖然也大寫諷喻詩，可那時候李唐王朝大勢已去了，幾個底層詩人發洩發洩怨氣、講幾句牢騷怪話，也已經無關大局。

但白居易偏偏在這個最敏感、最需要穩定的階段大肆傳播負能量，拚命下瀉藥，豈不是不合時宜嘛。

第四，和別的詩人相比，白居易的「負能量詩」讀者特別多，流傳特別廣，造成的社會影響特別重大，豈不是難以挽回嘛。

白居易的詩，一大特點就是通俗，沒文化的老太太都能懂。通俗本來是好事，易於群眾理解和接受，如果他能夠好好發揮這一特點，多向群眾解釋解釋朝廷的政策，多宣揚宣揚朝廷的治理成績，本來是很好的。但他卻非要大搞諷喻詩，加上詩歌又通俗易懂，在群眾裡產生了很大的影響。

他的社會影響大到什麼程度呢？據他自己說：「自長安抵江西三四千里，凡鄉校、佛寺、逆旅、行舟之中，往往有題僕詩者；士庶、僧徒、孀婦、處女之口，每有詠僕詩者。」這是他自己向朋友炫耀的，有誇大之嫌，但哪怕打上幾成的折扣，影響力也是很驚人的。

不但如此，白居易的詩還很有國際影響力。譬如在日本，白居易的詩名極盛，作品流傳極廣。他的這些諷喻詩、批評詩流傳到鄰國去，豈不是給大唐抹黑，產生了很壞的國際影響麼。

第五，白居易不是一個人寫，還組織、煽動、影響了一批人寫。

比如同時代的詩人元稹、李紳等，都參與到諷喻詩的寫作中來。白居易搞了〈秦中吟〉十首、〈新樂府〉五十首，李紳就搞了〈樂府新題〉二十首，元稹搞了〈新樂府〉十二首，都是炒作社會負面現象的，形成了一個專門以找碴兒、挑刺兒為主要創作內容的文藝小團體。你說白居易過分不過分呢。

三

今天，每當我讀到白居易搞的〈新樂府〉，都覺得想為他捏把汗。

比如我們在語文課文裡都學過的〈賣炭翁〉，這首詩裡專門批評了一群人，叫作「黃衣使者白衫兒」，這些人不是一般的首都機關單位職員，而是宮廷裡的工作人員，他們強買強賣，用一些綃、一丈綾，就牽走了別人上千斤的一大車炭。

又比如〈紅線毯〉，批評的是紅線毯唐朝地方政府為了進貢奢侈品，浪費人力物力的現象：「宣城太守知不知，一丈毯、千兩絲，地不知寒人要暖，少奪人衣作地衣。」

白居易這是什麼居心？宮廷的人在奪人炭，地方的人在奪人衣，豈不是說唐朝從中央到地方全爛了？

上述這些詩大家都比較熟悉，就不多細講了，我們仔細講一首〈杜陵叟〉，它的小標題可以取為〈皇上的好政策其實是一場騙局〉：

第一句是「杜陵叟，杜陵居，歲種薄田一頃餘」。這個主人公年紀很老了，種著一頃薄田，勉強糊口。可惜這一年天災不斷，三月分大旱不下雨，九月分又早早地遭了霜凍，農作物都死掉了：

三月無雨旱風起，麥苗不秀多黃死。
九月降霜秋早寒，禾穗未熟皆青乾。

既然遭受了天災，那麼官府應該減租、減稅，甚至發農業補貼？可恰恰相反，官府反而加緊了征斂。你想想，「某某鎮大災之年仍實現稅收穩定增長」，這是多突出的政績啊。

官府是怎麼對待杜陵叟的呢？「剝我身上帛，奪我口中粟。虐人害物即豺狼，何必鉤爪鋸牙食人肉。」白居易這是把唐朝基層官員比喻成豺狼，說他們的爪子長鉤，牙齒像鋸子，在吃老百姓的肉。

接下來，白居易筆鋒一轉，皇上畢竟是聖明的、仁慈的，他知道了這件事，下命令免稅了：

不知何人奏皇帝，帝心惻隱知人弊。
白麻紙上書德音，京畿盡放今年稅。

如此一來似乎是「天亮了」？杜陵叟們似乎應該歡天喜地、敲鑼打鼓了？可白居易說，大家高興得太早了！

等到大家該交的租稅都交了，賣地了，破產了，口糧都沒有了，官員們這時候才拿著免稅的通知施施然來了。可此時免稅還有什麼用呢？已經是一紙空文了。大家虛受了皇上的恩典，卻有苦說不出，還要當群眾演員去謝恩。

所以白居易說：「十家租稅九家畢，虛受吾君蠲免恩。」皇上的好政策，被白居易寫成了一場騙局；浩蕩的皇恩，被他說成是「虛受」；聖明的天子，被說成是被蒙蔽的；辛辛苦苦為朝廷收稅的基層幹部，被他渲染成橫徵暴斂、欺上瞞下的野獸，先收完了稅再來搞免稅，可憐的杜陵叟們的苦日子似乎看不到盡頭。

批評的尺度這麼大，而且動輒指向最高權力，你說我們是不是要為白居易捏把汗呢？

更嚴重的是，除了諷喻詩之外，白居易還有一種更惡劣的詩，其創作動機更壞，引發的負面輿情更大，即所謂的「八卦詩」。其中的代表之作就是〈長恨歌：關於色鬼唐明皇不理朝政導致天下大亂的那一段往事〉。

看到這題目，真想問問他是存的什麼心。他寫諷喻詩，還勉強可以說成是年輕氣盛，不能全面地、發展地看問題，一門心思想搞輿論監督、建言獻策，出發點是好的。但他寫這種八卦詩，有什麼良好動機？想解決什麼問題？不純粹是為了炒作宮闈秘聞，抹黑先皇，搞人身攻擊嗎？

〈長恨歌〉開頭第一句就是「漢皇重色思傾國」。明明是在炒作唐明皇的八卦，卻故意說成「漢皇」，這是唐朝詩人一貫的指東打西的鬼伎倆，叫作「以漢代唐」，但凡要說本朝的不光彩的事，就動輒假託漢朝的名，讓漢朝的皇帝揹黑鍋。

比如要說唐朝的大明宮怎麼怎麼樣，就故意說成是漢朝的未央宮怎麼怎麼樣；要說唐明皇怎麼樣，就故意說漢武帝怎麼樣。白居易也玩這一套，名義上是說「漢皇好色」，其實句句是「唐皇好色」。

在下文，他更是長篇鋪陳，拚命渲染皇上生活腐化，荒疏政務，「從此君王不早朝」，最後直搞到天下大亂，連老婆都保不住。

很難想像的是，朝廷怎麼會縱容白居易搞這樣的創作。關於玄宗皇帝的歷史評價，朝廷是有確切的說法的，是有定評的。玄宗的謚號是「至道大聖大明孝皇帝」，這就是官方定評。白居易把「至道」說成無道，「大聖」說成情聖，「大明」說成不明，「孝皇帝」說成色皇帝，怎麼就沒人管管呢。

唐朝的青年讀者看到這樣的詩，怎麼就不憤怒呢，一個臣子如此八卦一位君王，更何況是已經故去的君王，人死為大嘛，怎能寫這種抹黑人家的作品？

四

然而白居易不但一直活下來了，還活得很好。

他寫負能量詩，居然幾乎沒受什麼阻撓地持續了大約十年，從八〇五年一直寫到八一五年左右，才漸漸消停了一些，不大寫諷喻詩了。

即便這樣，他也沒有徹底改悔，手癢的時候仍然偶一為之。比如晚年的時候他還寫了兩首〈思子台有感〉，又是借漢武帝時候的故事刺諷唐朝的時政，而且影射的又是重大敏感問題——皇上和接班人的關係問題。

比如有一首是這樣的：

闇生魑魅蠱生蟲，何異讒生疑阻中。
但使武皇心似燭，江充不敢作江充。

漢武帝有一個寵臣叫江充，和太子劉據關係不好，便栽贓嫁禍，說太子在對武帝搞巫蠱之術，也就是所謂「扎小人」。武帝腦筋糊塗，被江充蒙蔽了，太子含冤莫辯，被迫起兵殺了江充自保，最後自己也被殺死。

漢武帝事後追悔莫及，修建了一座思子台，以追念太子。天下人都為此事感傷。

白居易為什麼要忽然詠嘆這樣一個古代故事？其實他是在影射現實政治。當時，唐文宗聽信妃子的讒毀，對太子不好。後來太子亡故，他思念兒子，又開始追悔了，還遷怒於人，殺了一批宮人。這個事件才是白居易所要影射的。

一般人寫詩談「思子台」這件事，也最多罵一罵讒臣江充就算了[3]。但白居易卻不滿足於此，還要指摘皇帝。第一句「闇生魑魅」，「闇」就是「暗」，意思是黑暗的地方才鬧鬼。之所以鬧出江充這隻「鬼」，白居易認為責任還在漢武帝——「但使武皇心似燭，江充不敢作江充」，說白了還不是怪皇上老兒糊塗嗎？這裡明說漢武帝糊塗，實際在講唐文宗糊塗。白居易寫詩諷刺人，其實到老也沒悔改。

白居易一生批評這麼多人，大家討厭他嗎？當然討厭。

白居易自己在一封信裡說：「凡聞僕〈賀雨詩〉，眾口籍籍，以為非宜矣；聞僕〈哭孔戡詩〉，眾面脈脈，盡不悅矣；聞〈秦中吟〉，則權豪貴近者，相目而變色矣；聞〈登樂遊原〉寄足下詩，則執政柄者扼腕矣；聞〈宿紫閣村〉詩，則握軍要者切齒矣。」

意思就是說，當官的討厭他，有錢的討厭他，帶兵的討厭他。

但是白居易因為寫「負能量詩」倒楣了嗎？似乎並沒有。

他一生中吃了一次大虧，就是被貶江州司馬，但那主要是政治鬥爭所致，導火線是他的越職言事——當時宰相武元衡被藩鎮刺殺，白居易上書要求嚴查肇事者，被政敵抓住把柄，認為他的言論不當，不符合身分。他的被貶和他搞的這些負能量詩沒有太直接的關係。

因為一張不討好的嘴，白居易也確實曾被皇帝嫌棄。據說唐憲宗曾講過：「白居易小子，是朕拔擢致名位，而無禮於朕，朕實難奈。」[4]

大意就是「白居易這小子，端起碗來吃飯，放下筷子罵娘，俺真是不能忍」。但憲宗下令整肅他了嗎？並沒有。而且皇帝所指的「無禮於朕」，主要也是指他的各種諫疏，不是詩歌。

白居易平平安安地活了七十四歲，是最長壽的唐代詩人之一。他也是唐代詩人中結局最好的詩人之一，晚年還做到太子少傅，分司東都，官至二品，可以說是待遇最優渥的養老閒官了，拿著「月俸百千」的高薪，也就是每個月十萬錢。

他製造了那麼多負面輿論，給朝廷抹黑，揭先皇的八卦，傳播自己沒有親自調查的江南災情，批評權貴和軍閥，但從來沒有因為這些被治罪。不少唐代大詩人都坐過牢，李白坐過牢，駱賓王坐過牢，王勃坐過牢，但白居易卻從沒有因為寫詩坐過牢。

不只是我感到驚訝，很多古代人也早就為此感到驚訝。

宋代有個學者叫作洪邁。他寫了一篇論文，叫作〈唐詩無避諱〉，其中說：唐朝的人寫詩，到處戳朝廷的痛處，甚至連皇上宮廷裡的八卦也去反覆炒作，朝廷卻居然不嚴厲整治他們！真是想不通。

原話是「唐人詩歌，其於先世及當時事，直辭詠寄，略無避隱。至宮禁孽昵，非外間所應知者，皆反覆極言，而上之人亦不以為罪」。而這其中，大肆炒作宮廷八卦、「反覆極言」的最典型的人之一，就是白居易。

更讓後人覺得有趣的是，白居易死後，居然還得到皇帝的深切懷念。唐宣宗李忱寫了一首詩，名字就叫〈弔白居易〉：

綴玉聯珠六十年，誰教冥路作詩仙。
浮雲不繫名居易，造化無為字樂天。
童子解吟長恨曲，胡兒能唱琵琶篇。
文章已滿行人耳，一度思卿一愴然。

今天我們說起「詩仙」，都知道是李白，但其實白居易才是唐朝第一個大唐王朝官方認證過的「詩仙」。

皇帝說他「綴玉聯珠」，他「綴」的是什麼玉？綴的是批評貪污腐化的〈不致仕〉、〈輕肥〉的玉；「聯」的是什麼珠？聯的是耗竭民財的〈紅線毯〉、〈賣炭翁〉的珠。這些情況，難道宣宗不知道、不掌握嗎？他「造化無為」，他哪裡是造化無為呢？他系統、有計畫地搞諷喻詩，幾十首幾十首地寫，他不是無為，而是太有為了、太敢為了。

「童子解吟長恨曲」，這事兒宣宗居然也拿來表揚，可童子們解吟的是什麼？是自己先皇的桃色秘聞，是後宮的八卦，是祖上的昏庸糜爛，被白居易搞到小兒皆知！

所謂「胡兒能唱琵琶篇」，琵琶篇就是〈琵琶行〉，它傳唱的是什麼呢？是一個妓女的生活，其中渲染了唐代灰色產業的發達，詩的末尾，白居易還夾帶私貨，發洩了一下自己犯錯被謫貶的抱怨。如此不光彩的內容，白居易居然搞得連「胡兒」——少數民族的讀者都在傳唱。唐宣宗李忱居然還給他叫好。

還有「文章已滿行人耳」，白居易這些大量的批評，尖刻的揭露，已經滿了行人耳，成了難以挽回的局面。宣宗皇帝居然沒有把白居易的詩撕碎丟在地上，沒有下令永遠禁絕他的詩，而是表揚他，懷念他，「一度思卿一愴然」。

這是超越了我們的經驗和常識的一幕：

一個東方專制王朝的皇帝，在深宮之中，正悲傷、真摯地懷念著一個無數次批評自己的王朝、諷刺自己的官吏、揭露先人的八卦、醜化先人形象的詩人。

中唐丟掉了繁榮，沒有丟掉氣度；丟掉了強盛，沒有丟掉自信。宣宗皇帝把被打臉變成了最好的長臉，把被人罵到翻變成了最好的出彩。

反過來看，唐朝放任那麼多詩人寫負能量詩，管得比宋元明清任何一代都寬鬆，唐朝的形象因此被抹黑了嗎？評價因此被降低了嗎？口碑因此變壞了嗎？我們因此覺得唐朝比宋元明清更糟糕嗎？今天的人談到唐朝，說起唐朝，常常說一句「大唐」，這個「大」字是怎麼來的？

有句話叫「無詩不成唐」，我覺得反過來也是對的——「無唐不成詩」。經常被問道：唐詩為什麼那麼繁榮，為什麼那樣群星璀璨，為什麼有後世難以超越的成就？也許我們可以從討人嫌的白居易的身上找答案。

註釋

1 白居易〈與元九書〉：「啟奏之外，有可以救濟人病，裨補時闕，而難於指言者，輒歌詠之，欲稍稍遞進聞於上。」

2 白居易〈與元九書〉：「初應進士時，中朝無緦麻之親，達官無半面之舊。」

3 比如鄭還古〈望思台〉：「讒語能令骨肉離，姦情難測事堪悲。何因掘得江充骨，搗作微塵祭望思。」

4《舊唐書．白居易傳》。

我活二十七歲，讓你爭吵千年

一

公元七六八年，秋天。在美麗的江漢平原上，杜甫正在送一個遠房親戚去四川。

這位親戚的名字有點拗口，叫作李晉肅。「遠房」究竟有多遠呢？反正杜甫叫李晉肅「二十九弟」，具體關係就搞不清了。目前已知有可能的一條是，杜甫的外公的外公的八爺爺，是李晉肅的先祖[1]。

這時的杜甫，已是人生最後兩年，很瘦，很憔悴；那位親戚還是少年，很質樸，很陽光。

杜甫是個重感情的人。對這個超級遠的遠親，他依依不捨，寫詩送別：

我們的船啊，就要相背遠離了。

那天上的雁啊，也排成一行在悲鳴。[2]

秋風中，年輕人含淚緊握杜甫的手：「表兄，我也喜歡寫詩，可什麼時候才能寫到你這個水平啊！」

杜甫拍了拍他肩膀，安慰說：「加油，你可以的。下次我們再交流。」

以上對話是我的揣測。可以確定的是，這一次別離之後，他們再也沒有見過面。

杜甫大概想不到的是，雖然李晉肅的詩最終默默無聞，但他的兒子，卻會成為一代巨擘。日後，這個孩子將會從自己手中接過熊熊火炬，照耀唐詩的輝煌之路。

二

七九〇年，這個男孩出生了。他身體很差，又瘦又小。父親李晉肅卻很愛他，希望他健康幸福。

「我要用最吉利的字給他取名。」李晉肅想。他給兒子取名「李賀」，字「長吉」，希望他一生都吉祥。

李賀的氣質從小就很憂鬱，不愛說話，眼裡經常閃著奇怪的光。

「孩子，你將來打算做什麼？」家人問。

「我要寫詩。」李賀淡淡地說。

「快算了吧！」家長頭都大了：「寫詩很難有出路的呀，你以前的那些猛人，什麼王維李白杜甫，把這個世界上能寫的好詩都寫完了！你看後來那什麼『大曆十才子』，不肯認，非要繼續搞詩，也沒搞出天大的名堂。現在不都時興寫散文了嘛。」

李賀不吭聲。他的目光穿越雲層，直達蒼穹。

冥冥之中，彷彿有個聲音對他說：「你真的想清楚了？詩的殿堂裡，已經沒有你的位子了。」

李賀四面看去，果然，在唐詩的光輝聖殿裡，詩仙、詩聖、詩佛、詩狂、詩魔、詩豪，甚至詩囚都已經就位，真的沒位子了。

「一定還有位子的。」他堅定地說。

「有是有，可是……只剩一個詩鬼了。」

李賀仰天長笑。我就來做這個詩鬼吧。

慢慢地，小李賀長大了。他的家鄉在河南昌谷，一個神秘幽靜的地方。他常常騎著父親送的小毛驢，獨自走出很遠。

他會爬上充滿神話色彩的女幾山，看傳說中蘭香女神升天的古廟。他還來到殘破的福昌宮，那裡人跡罕至，是龍和鳳凰出沒的地方。

在這神奇的地方，小李賀鄭重宣佈，自己確定了寫作風格。

「現實？浪漫？武俠？言情？」家人問。

「都不是，我的主攻方向是——魔幻。」李賀淡淡地說。家人又僕倒一片。

轉眼到了十八歲。李賀整理好了詩，準備走出家鄉，征服外面的世界。他的目標是一座偉大的城市——東都洛陽。

家裡很擔心：「你雖然是大唐王孫，但是家道敗落了，說是富農都夠嗆。現在考試都要靠關係，你的寫作風格又這麼魔幻，誰幫你啊？」

李賀反問：「現在文壇上，最大的腕是誰？」

「這……當然是韓愈院長。」

「好，我就找他。」

「人家是大人物，你是個小號，你找他做什麼？」

李賀傲然一笑，說出了讓家人再次暈倒的話：「互推！」

別誤會，所謂「互推」，不是互相推倒，而是互相推薦。

比如兩個網路紅人，互相發文說對方好，歡天喜地一起漲粉絲，這就叫作互推。

小李賀想去找韓愈互推，難比登天——無論文壇還是武林，都有個不成文的規矩：大號不和小號搞互推，怕吃虧、掉粉。

我的主業是解讀金庸小說，就比如金庸的《射雕英雄傳》裡，黃蓉熱情地邀請老爸黃藥師和江南七怪搞互推：「爹，我給你引見幾位朋友。這是江湖上有名的江南六俠，是靖哥哥的師父。」

有數十萬粉絲的大號黃藥師粗魯地拒絕了。他「眼睛一翻」，直接來了一句：「我不見外人。」

韓愈在文壇的地位，相當於黃藥師在武林。當時文壇最牛的原創文學號叫「古文運動」，是一個有幾十萬粉絲的超級大號，運營者就是韓愈。之前我們介紹過，韓愈也給人寫軟文，因為名氣響亮，開價貴死人。他給人家寫個墓誌銘，收費動不動「馬一匹，並鞍、銜及白玉腰帶一條」，他的文章收入比人家做官的俸祿還多。

小李賀要打動大文豪韓愈，只有一條路：拿出最厲害的詩，讓韓院長嚇一大跳。

按照慣例，開卷第一首尤其重要，要想短時間內快速吸引大佬的注意，卷首必須放上最精彩的代表作。李賀想了很久，終於做出了決定：「第一首，放〈雁門太守行〉吧。」

三

韓愈院長是很忙的。

一天到晚，除了寫作、科研、帶學生，還要應付學校的雜事、教育部門的驗收，以及各種崇拜者、女粉絲……

這天，韓愈剛剛送走了一個粉絲，非常疲憊，「極困[3]」。他的研究生抱著一摞材料進來了。

「我說了晚上不看公文……」韓愈有點不耐煩。

「不是公文，是一個河南年輕人的投稿。」研究生說。

「那……好吧。」

對於年輕人的投稿，韓愈是重視的。他隨手把褲腰帶解了，盤腿窩在沙發上讀。第一首正是〈雁門太守行〉。

才讀了前四行，韓院長就激動地跳了起來，褲子都掉在腳脖子上。他讀到的是：

黑雲壓城城欲摧，甲光向日金鱗開。

角聲滿天秋色裡，塞上燕脂凝夜紫。

韓愈當然識貨——有唐一代，無數猛人寫樂府、寫邊塞，名篇如雲，卻從來沒有這樣淒美絕豔的畫面。

他又讀了下去，後面四句是：

半卷紅旗臨易水，霜重鼓寒聲不起。
報君黃金台上意，提攜玉龍為君死。

韓愈興奮地大喊：「快把這個人給我找回來！」

「是是，我這就把那女粉絲叫回來……」研究生說。

「粉你個頭啊！不是女粉絲，是這個李賀！李賀！」

很快，大家韓愈見到了小號李賀。他緊緊握住這個十八歲年輕人的手，只說了短短幾個字：

「推！咱們互推！」

四

韓愈說話算數，在不少場合都推介了李賀的詩文，給他站台。有了他的幫助，李賀人氣大增，粉絲迅速增長。

他本來應該趁熱打鐵，抓住機會去考進士。在唐代，科舉是不糊名的，一個考生能不能考中，和他的名氣有很大關係。李賀當時已頗有名氣，又有了韓愈的賞識，登科的機會不小。然而，一件意外的事打亂了李賀的計畫——家鄉忽然傳來噩耗，他的父親病故了，必須回老家服喪守制三年。

命運第一次玩弄了他。他只好眼睜睜看著三個好朋友王參元、楊敬之、權璩都考上了進士，自己卻只能在老家等待。

韓愈沒有忘記這個年輕人，特意給李賀寫來了信，熱情洋溢地鼓勵他從頭再來。

等待了八百多個日夜之後，李賀守制期滿，再出江湖。重見之後，韓愈嚇了一跳：你頭髮怎麼都白了？

原來李賀天生早衰，不到二十歲就白頭了。時間對他特別珍貴。「這一次，我無論如何不能失敗。」

第一輪是河南府試，李賀成績很好，輕鬆過關，拿到了「鄉貢進士」資格，取得了去長安的門票。

下一站就要轉場帝都了。他躊躇滿志：「眼大心雄知所以，莫忘作歌人姓李。」[4]

他沒有注意到，在背後，許多競爭者們正嫉恨地看著他，要把他搞掉。這些人拚文采很難拚過李賀，於是使出了最厲害的一招：告狀。

這些人經過反覆深挖，多方調查，終於發現了李賀的一個漏洞。

請屏住呼吸，聽一聽他們給李賀找到的這個罪名：

「李賀的老爸名叫『晉肅』，和『進士』諧音。李賀跑來考進士，就是對父親的極大侮辱，是嚴重的不孝！」

你聽了是不是險些暈倒？這也可以成立？

答案是：可以的。這一個罪名，足可以把李賀的前途判死刑。這樣的例子還有很多。比如白居易的爺爺叫「鍠」，和「宏」字相近，所以他就不能參加「博學宏詞科」的考試。這是我們的文化中相當虛偽陳腐的一面。

目睹李賀被人告黑狀，韓愈憤怒了。他要為李賀鳴冤。這名感性的文豪，寫出了一篇犀利的雄文，叫作〈諱辯〉。

在文章中，他發出了那著名的一問：

「父名晉肅，子不得舉進士；若父名『仁』，子不得為人乎？」

意思是：「當爹的名叫『晉肅』，兒子就不能考進士；假如當爹的名叫『仁』，兒子就不能做人了嗎？」

這是一篇偉大的文章，閃耀著那八個字的光芒：「解放思想，實事求是。」每次讀到，都為韓愈的人格而感動。

閒敘一筆，我本人並不很喜歡韓愈的詩，但他確確實實是一個了不起的人。在文壇上，同時代的很多詩人如李賀、張籍、賈島、孟郊、李翱、皇甫湜，都得到過他真心的幫助。他是一個真正的良師益友。

可惜的是，韓愈的聲援也救不了李賀。所謂「文可以變風俗」，這句常常被用來稱讚文豪的話，有時真的只是一種美好的願望。

二十歲的李賀失去了當進士的資格，悲傷地回到家鄉。他不寫日記，我們只有從詩裡讀到他後來的心情：

長安有男兒，二十心已朽。
楞伽堆案前，楚辭繫肘後。
人生有窮拙，日暮聊飲酒。
只今道已塞，何必須白首……

李賀還描述了自己的彷徨無措，「禮節乃相去，憔悴如芻狗」，最後他大呼：「天眼何時開，古劍庸一吼！」

此後的日子裡，他幾次出門奔前程，都不成功，回來只看到日漸敗落的家庭。姊姊嫁人了，弟弟遠行謀生，家裡只有他和老母親相依為命。

他曾謀到過一個職位「奉禮郎」，品級是從九品，相當於副科長，低到不能再低。但就連這個位子，也因為身體太差當不下去。

二十六歲那年，李賀進行了人生最後一次努力——我不能考試，但還可以參軍，建功立業啊。

那時候的唐朝，已經不是王維、孟浩然所在的田園詩般的唐朝了，整天都有軍閥反叛。李賀來到潞州，想參加平叛的軍隊，謀一份差事。那裡有一個叫張徹的人，是韓愈的侄女婿，李賀打算投奔他。

張徹很夠朋友，用美酒款待李賀，讓他幫自己辦理公文。他們「吟詩一夜東方白[5]」，準備一起平叛，報效國家。

快樂的日子沒持續多久。大唐王朝江河日下，叛亂越平越多，連主戰派的宰相都被人當街暗殺。李賀所在的部隊孤立無援，人員星散。李賀只有再回家鄉。

五

李賀還想奮鬥，但已經沒有了時間。

他一直咳嗽，高燒不退，開始出現幻覺。詩人不甘心死，希望蒼天開眼，留住飛逝的時光：

飛光飛光，勸爾一杯酒。
吾不識青天高、黃地厚，
唯見月寒日暖，來煎人壽。

但是他又本能地知道，自己生命無多了。在他的詩裡，頻頻出現鬼燈、秋墳、恨血、衰蘭、腐草、冷燭、寒蟾、紙錢……無比淒美，但又讓人看了發毛，每一篇都像是給自己的祭文。

就像他懷念錢塘名妓的那篇〈蘇小小墓〉：

幽蘭露，如啼眼。
無物結同心，煙花不堪剪。

眼看身體實在撐不住了，李賀整理了自己的詩稿，鄭重交給一個叫沈子明的朋友，託付他傳下去：我的詩，陰風陣陣，鬼氣森森，魅力很獨特，缺點也很明顯。但是我在前有李、杜，同時代有韓愈、白居易、元稹、賈島、孟郊、杜牧等無數猛人的環繞下，殺出了一條石破天驚的道路。你叫它恐怖詩、魔幻詩也好，黃泉詩、仙鬼詩也好，反正，它們是中國獨一無二的美麗的詩。

順便說一句，這個叫沈子明的哥們兒有點不靠譜，回頭就把這事給忘了。直到李賀死了整整十五年，這哥們兒喝醉了酒，一翻箱子，才發現壓在底下的李賀詩稿，估計都發霉了。沈子明大概有點兒慚愧：哥們兒，我對不起你。我一定好好給你出版詩集，找一個當今文壇上最牛的人來給你作序。

當時老一代文豪韓愈已經故去，他找來作序的新一代牛人，叫作杜牧。沒錯，就是「停車坐愛楓林晚」的那位。

李賀的死充滿傳奇色彩。稍晚的大詩人李商隱記下了這樣一件事：二十七歲的李賀重病之時，忽然有一個穿紅衣服的人，騎著赤龍，手拿著寫滿太古篆文的信來找他，說：「天帝造了一座白玉樓，要你去寫文章點讚。你和我走吧。那裡生活很好，一點兒也不苦。」

李賀想到母親，哭泣不止，但一切已晚。有目擊者看到煙雲升起，還聽見了車輪和音樂的聲音。李賀就此死去。

我不知道李賀究竟有沒有去那天上的白玉樓。但記錄者李商隱深信不疑，鄭重表明：這是李賀姊姊親口說的，她很老實，不會說謊。

六

李賀死後，這個只活了二十七歲的詩人[6]，讓我們爭吵了上千年。

有人說，李賀的詩很猛，比李白杜甫還猛——「自蒼生以來所絕無[7]」、「在太白之上[8]」、「杜陵非其匹[9]」。還有人說，他是中國的濟慈、波特萊爾、柯立芝[10]。

也有人說，他不過爾爾，不如溫庭筠[11]，也就是和唐代的王建、張籍一個水平。

上世紀的早期，李賀成了一個腐朽、落後的地主階級文化人，「他的立場是地主階級的立場」，一味宣揚奢靡的生活，「除了描寫肉慾與色情以外，內容是什麼也沒有的」，「建築在對農人和小民的剝削上」，「沒有同情農人和小民的痛苦」。[12]

到了上世紀七〇年代的時候，李賀忽然又被形容成一個富有革命精神的先進份子，說他是法家詩人，有樸素唯物主義觀點，並且反對分裂、要求統一，不顧儒家退步落後學者韓愈的拉攏，堅決和韓愈作鬥爭。

有人說，李賀生得太晚了，盛唐以後，詩歌路子越寫越窄，李賀慨嘆瑰麗的天國難以到達，只好把注意力移到棘草叢生的墓場。

也有人說，李賀生得太早了，人們不能充分明白他的價值。比如余光中就認為，李賀是一位「生得太早」的現代詩人。如果他活在二十世紀的中國，必然能在現代詩上有所作為。

對李賀的批評，有些有道理，有些沒道理。

比如李賀生前遇到的一個人，就批評他只會寫長調，不會寫五言詩[13]。

這位朋友很遺憾，沒有讀過我們的小學語文課本。上面有一首李賀的〈馬〉，恰恰就是一首五言詩。

李賀寫詩很晦澀，喜歡彎彎繞繞，但他特意把自己最直露的情懷、最激昂的青春、最壯美的豪氣，留給了這一首五言詩：

大漠沙如雪，燕山月似鉤。
何當金絡腦，快走踏清秋。

註釋

1 馮至《杜甫傳》：「杜甫外祖的母親又是舒王李元名的女兒。李元名是高祖的第十八子，太宗的弟弟。」而李賀的祖上，研究者多以為是鄭王李亮，他是李淵的八叔，李元名的八爺爺。

2 杜甫〈公安送李晉肅〉：「檣烏相背發，塞雁一行鳴。」

3 宋代王讜的《唐語林》：「李賀以歌詩謁韓愈，愈時為國子博士分司，送客歸，極困。」

4 李賀〈唐兒歌〉。

5 李賀〈酒罷張大徹索贈詩〉。

6 可憐的李賀到底活了多少歲？說法很多，說二十七歲、二十六歲、二十四歲的都有，反正是沒活到三十歲。這裡按照陳堯、雲國霞〈關於李賀生平的幾個問題〉中的說法：「在諸多觀點中，李賀生於貞元七年（七九一年）、卒於元和十二年（八一七年）、終年二十七歲的說法應是可靠的。」暫時認為李賀活了二十七歲。

7 宋代劉克莊：「長吉歌行，新意語險，自蒼生以來所絕無者。」

8 明代王文祿說李賀：「法〈離騷〉，多驚人句，無煙火氣，在太白之上。」清代黎簡說：「論長吉每道是鬼才，而其為仙語，乃李白所不及。」超越李白，這大概是李賀得到的至高評價吧。

9 王夫之：「長吉長於諷刺，直以聲情動今古，直與供奉為敵，杜陵非其匹。」王夫之是評詩的一代毒舌，這樣推崇李賀，也是很不容易的。

10 林庚《中國文學史》說李賀是濟慈那樣的「啼血的夜鶯」。把李賀和濟慈、波特萊爾、柯立芝作比較研究的文章不勝枚舉。

11 喬鶴儕《蘿藦亭箚記》，說李賀：「餖飣成文，其篇題宜著議論者，即無一句可採，才當在溫岐之下。溫猶能以意馭文藻，昌谷不能。」

12 致幹〈沒落貴族的詩人李長吉〉（《文學雜誌》一九三三年四月第一號）：「（李賀是）一個貴族詩人，他的立場是地主階級的立場」，「沒有同情農人和小民的痛苦」，「他的生活是建築在對農人和小民的剝削上」。劉大傑《中國文學發展史》：「（李賀）除了運用著最美麗的文字去描寫肉慾與色情以外，內容是什麼也沒有的。」

13 李賀〈申鬍子觱篥歌序〉說，自己曾經被人挑釁：「李長吉，爾徒能長調，不能作五字歌詩，直強回筆端，與陶謝詩勢相遠幾里。」

「三百首」裡不會有的那些「冷門」好詩

說完了李賀的故事，我們心裡或許都有一點點悵然。接下來讓我們再次暫停一下前行的腳步，休息一會兒，換一個更輕鬆的話題——那些「冷門」的好詩。我們從一本書《唐詩三百首》說起。

話說在清朝的時候，有一個知縣叫作孫洙。他還有一個號，叫作蘅塘退士。這位孫縣長雖然在官場上不是太成功，官職並不太高，但卻編了一本書，大大的有名，那就是《唐詩三百首》。

這本書到底有多成功呢？這麼說吧，唐代以來一千多年間，大概平均每兩三年就能誕生一本唐詩選，但卻沒有一本能比《唐詩三百首》更家喻戶曉的。

孫縣長選詩是很有個性的。他不管你是什麼流派、什麼風格、什麼題材，或者說，他對任何風格都沒有偏見，而是只有一個標準，具體地說就是四個字：膾炙人口！

能選進「三百首」的，無不是大家耳熟能詳的名篇，比如五言絕句裡，就有元稹的〈行宮〉、王維的〈相思〉、白居易的〈問劉十九〉；七言絕句裡，就是賀知章的〈回鄉偶書〉、李商隱的〈嫦娥〉、杜牧的〈泊秦淮〉……

這些作品，都是沒有什麼爭議的熱門作品，就好像是今天歌星的主打歌、成名曲，大紅大紫，家喻戶曉。幾百年來，無數學生都是捧著它開始學唐詩，在心靈中點燃了熱愛詩歌的第一束火焰。

但我們今天要聊的，不是這些熱門作品，而是一些比較冷門的詩篇。就好像今天樂壇上，大歌星的成名曲固然膾炙人口，但也還有不少小眾的歌手、冷門的專輯，雖然傳唱不廣，但也一樣很有特色。

它們很少入熱門排行榜，或是什麼「流行金曲五百首」之類，如果不是發燒友，你可能都沒聽過這些音樂，但它們卻各有各的迷人之處。

下面我們就來看幾首這樣的「冷門」好詩。

一

百年長擾擾，萬事悉悠悠。
日光隨意落，河水任情流。
禮樂囚姬旦，詩書縛孔丘。
不如高枕枕，時取醉消愁。
——王績〈贈程處士〉

這首詩的作者是王績。也許今天他不算婦孺皆知，《唐詩三百首》裡也沒有他的名字。但在隋末唐初，他卻是最有成就的詩人之一。打開唐詩的輝煌歷史，迎面走來的第一個人大概就是王績。

相比於這首〈贈程處士〉，王績更出名的作品是一首〈野望〉：

東皋薄暮望，徙倚欲何依。
樹樹皆秋色，山山唯落暉。
牧人驅犢返，獵馬帶禽歸。
相顧無相識，長歌懷采薇。

這首詩可謂是王績的招牌之作。一說王績，人們就會想起〈野望〉。它風格清新、淡雅，給人一種暖暖的感覺。正是因為這首「成名作」，使得王績本人也留給讀者一個恬淡謙退、人畜無害的好大叔形象，像是陶淵明再世。

然而我們大家可能都被〈野望〉給迷惑了。王績根本就不是這樣一個人。

他的一生性情曠達，嗜酒若命，人送外號「斗酒學士」。據說此人在唐朝當過一段時間的官，叫作「太樂丞」，他出仕的原因非常搞笑：是因為可以喝到同事史焦革釀的好酒。後來史焦革去世，王先生立刻辭官不幹，回家隱居去了。

看看王績給自己寫的墓誌銘就知道了：「有唐逸人，太原王績，若頑若愚，似矯似激。」這才是他嚮往的人格——根本就是一個狂士。

〈贈程處士〉裡的王績，大概才更接近他的真面目。「禮樂囚姬旦，詩書縛孔丘」，姬旦和孔丘都是聖人，王績卻認為一個被禮樂囚之、一個被詩書縛之，這在當時豈不是大放厥詞嘛。

但由於〈野望〉一不小心成名了，屢屢被各種選本選中，結果多年以來，他都留給人們一個安靜沉穩的印象，真正的狂士王績、酒鬼王績反而不為人們所知。王績如果泉下有知，恐怕會不爽的吧。

二

接著來看第二首詩：

梅嶺花初發，天山雪未開。
雪處疑花滿，花邊似雪回。
因風入舞袖，雜粉向妝台。
匈奴幾萬里，春至不知來。
——盧照鄰〈橫吹曲辭．梅花落〉

盧照鄰，作為「初唐四傑」之一，我們一提到他，第一印象就是善寫七言歌行，例如赫赫有名的〈長安古意〉，「得成比目何辭死，願作鴛鴦不羨仙」膾炙人口，水平已不輸於盛唐時的一流歌行作品。

對他的五言詩，我們則往往印象很淡。《唐詩三百首》裡，王勃、駱賓王都有五言詩入選，盧照鄰卻一首詩也沒有。長期以來，大家都形成了一個「盧照鄰不怎麼會寫五言詩」的印象。聞一多也說，「四傑」中大致分為兩派，王勃和楊炯寫五言，盧照鄰和駱賓王寫七言。

再加上盧照鄰給人的印象是性格柔弱，最後還疾病纏身、投水自盡，更讓人覺得他只會寫婉約纏綿的七言歌行了。真是這樣嗎？

看一下他這首不算太出名的五言詩〈橫吹曲辭．梅花落〉吧。多麼流暢，又多麼雄壯的一首詩，這是純粹的男子漢的詩。當盧照鄰看見梅花落下，想到的並不是賞雪、妓女、詩酒，而是天山的戰士，是「匈奴幾萬里，春至不知來」——誰說盧照鄰不會寫五言詩、盧照鄰太柔弱呢。

作者選擇的樂府詩題，叫作「橫吹曲辭」，它的本意就是馬上的軍樂，說明盧照鄰一開始就打算要寫一首豪邁的詩。

唐朝的詩人，能力是多面的，性格也是多面的。一直寫宮廷詩的宋之問，也可以「佳期應借問，為報大刀頭」；一直被認為是「山水田園詩人」的王維，其實邊塞詩數量非常多，品質也很棒，「日暮沙漠陲，戰聲煙塵裡」，什麼題材都能玩。既然連王維都能被誤讀，盧照鄰又豈能不被刻板化呢。

三

秋風凜凜月依依，飛過高梧影裡時。
暗處若教同眾類，世間爭得有人知。

——郭震〈螢〉

接下來再看一位很有意思的詩人，叫作郭震，唐初的大臣。讓他在文壇上青史留名的，是一首著名的長詩〈寶劍篇〉：

君不見昆吾鐵冶飛炎煙，紅光紫氣俱赫然。
良工鍛鍊凡幾年，鑄得寶劍名龍泉。
龍泉顏色如霜雪，良工咨嗟嘆奇絕。
琉璃玉匣吐蓮花，錯鏤金環映明月……

這首詩很可能還受到了武則天的激賞。傳說郭震當年「任俠使氣」，武后聽見了他的名頭，召來一看，果然出語不凡、人才難得。武則天又讓他獻詩文來看，郭震交上去的就是〈寶劍篇〉，武后大為讚嘆，還拿給諸大臣們欣賞。

由於〈寶劍篇〉氣勢雄渾，也讓郭震在我們心中留下一個黑又硬、粗豪勇敢的印象。以至於在唐代的傳奇小說裡都專門有一篇講郭震的玄怪故事，說他見義勇為，殺死了一個豬妖，解救了民間少女。

真是完全如此嗎？從郭震其他的一些作品來看，他可不完全是個粗豪漢子，心思其實還蠻細膩的。尤其是一些小詩寫得有特色。比如這一首〈螢〉：「秋風凜凜月依依，飛過高梧影裡時」，這是說環境，乃是一個深秋的夜晚。它還隱含告訴你一點：周圍的一切，都比小小的螢火蟲更巨大、更引人矚目，且不說秋風、明月了，哪怕高大的梧桐，也能隨便遮蔽你。

可是螢火蟲卻有自己的辦法，它在努力閃爍著，在深夜之中，用那一點螢光，向一切高大偉岸的東西宣佈自己的存在。哪怕是梧桐巨大的樹影，都不能遮蔽住它。

這很像我們現代的歌曲：沒有花香，沒有樹高，但誰也不能忽視我的閃耀。

最後，詩人發出感嘆：「暗處若教同眾類，世間爭得有人知。」越是在暗處，就越不能自甘平庸，越需要閃亮，不然世上哪裡有人知道你的存在呢！

郭震這碗雞湯燉得好。要說道理，其實並沒有什麼深刻之處，可他偏偏燉得那麼有詩味，似乎是在說哲理，似乎又是在感慨身世，告訴千百年間的讀者：我就是那隻螢火蟲。

郭震其實特別善於從小動物、小物件上入手，寫出與眾不同的角度。又比如這〈野井〉：

縱無汲引味清澄，冷浸寒空月一輪。
鑿處若教當要路，為君常濟往來人。

這首詩非常耐人尋味。它大意是說有一口井，出水非常甜，卻偏偏被開鑿在野外，來汲水的人很少。作者感慨：如果這口井位於大路、要道上的話，一定會滋潤多得多的人吧！

這哪裡是在說野井，這明明說的就是郭震自己，是一首懷才不遇的牢騷詩。

郭震的人生仕途，乍一看並不像「野井」。他曾長期治理邊疆，立下不少功勞，不斷升遷。武則天的時候他受重用，唐睿宗、唐玄宗的時候也受重用，似乎全不受一朝天子一朝臣的影響。後來他做到了兵部尚書、宰相，封代國公，表面上似乎一帆風順。

但他也不是沒有受過挫折和打擊的。最沉重的一次打擊發生在晚年。據說在一次軍事演習中，他不恰當地出來奏事，打亂了演習，唐玄宗又藉口軍容不整，要綁了他斬首，被大臣們苦求告免。當然，這只是表面原因，根本上還是君王猜疑、厭棄他，要藉故清理。

郭震由此被流放，一竿子給捅到廣東。過了一陣，大概皇帝心情好了些，又讓改去江西鄱陽。

〈野井〉，到底是青年不遇的時候寫的，還是晚年被逐的時候寫的呢？都有可能。但在人生的最後，郭震一定是非常鬱悶的，「冷浸寒空月一輪」，就像他的心情。大概正是由於心情抑鬱，他在去江西的路上一病不起，五十多歲就去世了。

膾炙人口的〈寶劍篇〉，讓我們記住了一個剛猛的郭震；而默默無聞的〈螢〉和〈野井〉，卻靜靜訴說著一個細膩、敏感、幽怨的郭震。

四

十里一走馬，五里一揚鞭。
都護軍書至，匈奴圍酒泉。
關山正飛雪，烽火斷無煙。
——王維〈隴西行〉

之前說了，不少唐朝詩人的身上都有標籤，有的是「邊塞詩人」，有的是「田園詩人」，王維就經常被說成是「山水田園詩人」。但他本人要是聽見，大概多半不會樂意的：你才是山水田園詩人，你全家都是山水田園詩人。

王維其實很會寫邊塞詩。林庚說，王維的邊塞詩留下來三十多首，而著名的「邊塞詩人」王昌齡不過只有二十多首，而同樣以邊塞詩著名的李頎只有不到十首[1]。

他有的作品，慷慨熱烈，俠氣十足，不輸於駱賓王、陳子昂，比如這一首〈隴西行〉：「十里一走馬，五里一揚鞭」，明明是寫戰爭的詩，王維開篇卻不寫打仗，只寫一個騎士在飛馬揚鞭，玩命地跑。他這是要幹什麼呢？原來是去送信，因為「匈奴圍酒泉」了。這才是真正的戰事，王維卻故意放到第三句才寫，反而更顯得山崩地裂，十萬火急。

最後兩句，王維筆鋒又一轉：「關山正飛雪，烽火斷無煙。」原來大雪之下，烽火台點不著，無法給後方報信。這麼一來，送信的使者身上的擔子就更重了，救兵如救火啊，他怎麼能不風馳電掣、快馬加鞭呢。

這首小詩，明快短促，一氣呵成，這樣的詩人，你給他一個山水田園詩人的外號，他能開心嗎？

其實，王維除了邊塞詩，還有一類詩——社交應酬詩也寫得不錯。本來這類詩很容易寫成套路的，但王維不同，贈文臣的、送武將的，寫得既應景妥帖，又有相當文學價值，不是空洞套話。朋友中有考試不中的，有辭官回鄉的，王維贈詩，都能在溫勉之中見情真意摯，而且寫出了新意，不落俗流[2]。

今天這裡看一首他寫給朋友的詩，寫得很淺近通俗：

酌酒與君君自寬，人情翻覆似波瀾。
白首相知猶按劍，朱門先達笑彈冠。
草色全經細雨濕，花枝欲動春風寒。
世事浮雲何足問，不如高臥且加餐。
——王維〈酌酒與裴迪〉

在和朋友對飲的時候，王維打開了話匣子，對世道人心作了一次小小的吐槽。他說：人心的變化啊，像波瀾一樣反覆無常，你沒見到「白首相知猶按劍，朱門先達笑彈冠」嗎？

對於這兩句，金庸在武俠小說《白馬嘯西風》裡做了一番解釋：「你如有個知己朋友，跟他相交一生，兩個人頭髮都白了，但你還是別相信他，他暗地裡仍會加害你的。他走到你面前，你還是按著劍柄的好。至於『朱門先達笑彈冠』這一句，那是說你的好朋友得意了，青雲直上，要是你盼望他來提拔你、幫助你，只不過惹得他一番恥笑罷了。」

可能是因為性格，王維的詩裡，比較少有李白杜甫那樣的大悲大喜，不常見到太激烈的表達。但一個人性子溫和，不等於頭腦糊塗。他少年成名，一生宦海沉浮，對世事看得很透。只不過他不走極端，也不太善於毒舌，一句「人情翻覆似波瀾」，帶著一點點壞笑，一點點譏刺，已經是對世道人生的最重的吐槽了。

從各種詩裡，我們能讀出不一樣的王維，一個既恬靜又俠氣，既不平又豁達的王維。

所以，讀詩越多，我們對詩人了解就越全面。「熟讀唐詩三百首，不會作詩也會吟」，固然是這個道理，但要真正品出唐詩的味道，讀懂千年前那些詩人們的心事，唯讀三百首還真不夠呢。

註釋

1 林庚《唐詩綜論》：「把盛唐詩人劃作山水、邊塞兩派，本來就有礙於我們全面地認識一個詩人。」

2 王維贈送給落第的朋友的詩很有特色，例如〈送丘為落第歸江東〉：「知爾不能薦，羞稱獻納臣。」〈送綦毋潛落第還鄉〉：「吾謀適不用，勿謂知音稀。」

何當共剪西窗燭

一

閒話之後，讓我們繼續回到唐詩的史話中。之前，我們聊了群星羅列的中唐，現在該向唐詩的最後一段風景——晚唐進發了。

八一五年，中書舍人韓愈改了他的網路簽名檔：

「李杜文章在，光焰萬丈長。伊我生其後，舉頸遙相望。」

他感慨說，前輩李白和杜甫的文章啊，真是光芒萬丈。我作為他們的後人，只能抬頭遙望，怎麼都追趕不上。

韓愈是當時的文壇領袖，大唐詩歌俱樂部常務副主席。連他都覺得自愧不如李白杜甫，看來盛唐的那些傢伙真是太厲害了。詩歌到了今天，真的是要走下坡路了吧？

然而，不一定。

就在這一年，在鄭州滎陽，一戶普通的官宦人家裡，有一位叫作李嗣的縣令正在教孩子識字。兒子只有兩歲，但特別聰明，學什麼都很快。

李縣長摸摸孩子的頭：兒啊，你這麼小，就學這麼多字，累不累啊？

不累。孩子用稚嫩的聲音說，又埋頭識起字來。

「說不定這個孩子能有點出息呢。」李嗣心想。

我們必須恭喜李縣長，他猜對了，這個孩子就是李商隱。有他在，李、杜的文章就後繼有人，晚唐的詩壇就不會荒蕪。

之所以給他取名「商隱」，字「義山」，大概是要他像秦漢時期著名的隱士「商山四皓」一樣，不一定當多大官，但是有德有才，留下好名聲。應該說，兒子沒有讓他失望。「李商隱」這三個字，成為了唐詩史話裡最光輝燦爛的名字之一。

二

轉眼到了八二九年，韓愈已經離世，白居易、元稹幾位老炮，要麼已經抱病臥床，要麼漸漸淡出江湖。

那一年，在東都洛陽，才剛十六歲的李商隱，興致勃勃地來到了一位政壇大老令狐楚的家裡。所謂的大老，究竟是多大的官呢？在這一年的年初，他是檢校兵部尚書、東都留守，也就是有國防部長級榮譽頭銜的東都留守，也是東都系統的最高長官。在整個洛陽城裡，他就是最大的官員。到了這一年的年底，他又前進一步，做了檢校右僕射，也就是代宰相。

而李商隱呢？雖然在後來的詩文裡，他一再說自己是皇帝家的親戚，但這一點從來沒有被官方承認過。他的父親儘管做過縣長，但這時也已經去世了好幾年。李商隱跟著母親在洛陽安了家[1]，生活很貧困，靠給人家抄書、舂米，賺點錢貼補家用。

可是，大幹部令狐楚一見到窮孩子李商隱，竟然特別高興，連白鬍子都開心地飄起來，拉著他的手，說：來來來，好孩子，我等你好久啦！來跟我認識一下府裡的人吧！

他帶著李商隱在府裡參觀，每遇到了人，就熱情地介紹：

記住啊，這個孩子叫作李商隱，我看過他的文章，寫得棒極啦，以後一定有大出息！

在書房，他們遇到了一個正在練字的男子，他大概三十多歲，面相穩重。這個人叫令狐綯，是令狐楚的兒子。

看到老爸，令狐綯吃了一驚：「爹，你又來檢查啦，我真的有在用功啊！你瞧，我今天寫了這麼多……」

「咳……不是檢查。」令狐楚說：「來，介紹一個年輕人給你認識，他叫作李商隱，雖然年紀比你小，但才華可比你高啊！以後你要和他多接觸，多學習。」

令狐綯有點驚訝。他了解自己的老爹閱人無數，眼界很高，平時很少這麼看重人的，何況是眼前這樣一個寒門少年。

他放下筆，繞著桌子走過來，微笑著和李商隱握手：

「你好，商隱，我叫令狐綯，今後多多指教。要是生活上有什麼困難，只管開口。」

令狐家對於李商隱很照顧。令狐楚不久就召他來做幕僚。李商隱幾次去參加考試，令狐楚都資助了他。後來李商隱回憶說，自己有一件破袍子穿了十年，多虧令狐家的贊助，才能做件新衣服上考場。

李商隱在詩人圈子裡沒有人脈，名氣不大，令狐楚就介紹他認識當時名氣最大的詩人白居易、劉禹錫，還介紹他去做劉禹錫的幕僚。詩壇上，誰要是說李商隱壞話，令狐楚老人家往往還親自出馬，親自幫李商隱罵回來。

令狐楚還教李商隱寫文章。你可能有點懷疑：老爺子資助李商隱沒問題，但要教人家寫作文，他行不行啊，他不會是只能寫「老幹部體」的詩歌吧，還能教得了李商隱？

那你可就小看令狐老爺子了。事實上，令狐楚的駢文當時被稱為「三絕」之一，而其餘的兩絕說出來嚇死人，乃是韓愈的古文、杜甫的詩歌。後來李商隱成為駢文大家，很大程度上多虧了令狐楚這些年的教誨。

令狐楚對李商隱很關心，那麼令狐綯呢？他也會像老爹一樣善待李商隱嗎？看來是個未知數。

開成元年，李商隱又一次準備高考。之前他考了四次都沒有中。而令狐綯中了進士後，靠著深厚的背景，以及自己穩重的做事風格，已經逐步晉升。

李商隱想起了令狐綯。他點亮檯燈，鋪開紙，給他寫了一封求助信：

「現在老兄你越來越順，我卻還是一直沒有什麼長進。著急啊！」

令狐綯收到了信，看了幾遍後，沒有表態，放進了辦公桌抽屜。從他平靜的表情上，完全看不出要不要幫李商隱的意思。

終於，李商隱的第五次高考到來了。他懷著忐忑的心情交了卷。這一年的主考官正是令狐綯的朋友。

他問令狐綯：令尊門下的人士，令狐兄和哪一個關係最好？

這是非常有深意的一問。可以說，令狐綯答出誰的名字，誰就要佔便宜。唐朝的高考就是這樣要拚關係的。

令狐淡定地回答了三個字：李商隱。

問了四次，令狐綯的回答都是同一個名字：李商隱。

不久，禮部公佈了錄取名單。李商隱赫然在列。他終於中了進士了。

他非常感激，對令狐綯說了不少感謝的話。令狐綯揮揮手：

「不要客氣。我把你當兄弟。」

這一年，老爺子令狐楚病重。臨終前，他讓李商隱為自己起草遺表，還讓他奉喪回長安，這是完全把李商隱當成自己家的孩子看待了。

人生中能遇見令狐楚，是李商隱的幸運。十年來，這位愛才的老人一直無私地幫助著他。在李白杜甫的一生中，都沒有遇到過這樣給力的知遇之人。

對於這位伯樂，他無以為報，只有寫詩。比如這一首〈謝書〉：

微意何曾有一毫，空攜筆硯奉龍韜。

自蒙半夜傳衣後，不羨王祥得佩刀。

這是一首滿懷感激的詩，裡面用了三個典故。

第一個，是張良和黃石公。張良是漢朝的開國功臣，年輕的時候遇到怪老頭黃石公，老頭故意把鞋子踢到橋下去，張良恭恭敬敬地給他撿起來，來回幾次考驗之後，黃石公終於傳了他《太公兵法》，成就了他的事業。

李商隱詩裡面的「龍韜」，就是太公兵法裡的一篇〈龍韜篇〉。李商隱這是把令狐楚比作黃石公。

第二個典故，是佛教裡的「傳衣」。禪宗五祖弘忍把袈裟傳給慧能，後者成為了禪宗六祖。李商隱說，這就像是令狐楚對自己的恩情。

第三個典故，叫作「王祥得佩刀」。晉代的大臣呂虔有柄佩刀，傳說只有做了「三公」這樣大領導的人才能佩帶。如若你資格不到，佩了這把刀反而有害。呂虔把刀傳給了晚輩王祥，最後王祥果然做了司空、太保，位列三公。

李商隱的意思是，我得到了您傳的衣缽和學問，比什麼都珍貴，就連王祥得到佩刀那樣的際遇我也不稀罕了。

其實，哪怕這三個典故我們一個都不懂，也是能讀懂這首詩的，照樣能看得出李商隱滿滿的感激之情。

終於，令狐楚的喪事圓滿完成了，令狐綯和李商隱都舒了口氣，互相對望了一眼，微微一笑。這對朋友相識已有十年了，雖然一個仕途節節高升，另一個還在等待時機，雙方的地位有了差距，但畢竟共同經歷過青澀年華，美好的記憶還留在各自心頭。

我們要把這份關係維持下去。他們都想。可惜兩人都忘了一件事：友誼的小船說翻就翻。

三

這一天，李商隱給令狐綯打來了電話，字斟句酌地說：

「綯兄，我過幾天要去甘肅涇州了，去王茂元手下做事。」

王茂元，當時擔任涇原節度使，是官場上一個頗有實力的人物。

令狐綯有點吃驚，愣了一下：「你想好了？那裡……可有點遠啊。」

李商隱回答：「想好啦。這些年老給你添麻煩，太不好意思。等有機會回長安，就來看你。」

「好吧。一路平安。」令狐綯說完，默默掛了電話。

一種強烈的不爽浮上他的心頭。商隱啊商隱，我爹這才過世呢，你這麼快就要另找靠山啦？要攀高枝，那也由得你，可是你非要找王茂元，考慮過我的感受嗎？

為什麼令狐綯很介意王茂元這個人呢？一般的說法是，他們兩家是對頭。當時朝廷上黨爭嚴重，兩派人幾十年間互相傾軋，以搞垮對方為使命。其中一派叫「牛黨」，領頭人叫作牛僧孺，另一派叫「李黨」，領頭人叫李德裕。

大家一般普遍認為，令狐家屬於牛黨，而王茂元屬於李黨。現在令狐楚一死，李商隱就去做王茂元的秘書，在他們看來，這叫作背叛，就好像皇馬的球員去投奔巴薩一樣。

電話的對面，李商隱也心情沉重，緩緩放下了聽筒。他也有他的心事。

綯兄啊綯兄，你可能有點不開心，覺得我另攀高枝吧？

可是我畢竟不能和你比啊，你是什麼門第、什麼前程啊，而我呢？沒有了靠山幫忙，在今天這樣的官場怎麼能生存下去啊。我畢竟不是你家的人啊。現在王茂元很欣賞我，誠心誠意邀請我去。這樣的機會，對我來說不多的，怎麼能輕易放棄呢。

李商隱帶著不多的行李去了涇州。那裡是和吐蕃打仗的前線，條件比首都艱苦很多。他並不介意，開始努力工作，要好好表現，搏一個前程。

王茂元也確實是個愛才的人。話說當時有一個人叫作韓瞻，開成二年的進士，挺有才學。王茂元看了很欣賞，大手一揮：把我女兒嫁他！

沒想到，婚事辦完，王茂元認識了李商隱，一看就呆了，這小子比韓瞻還有才，而且那一年考進士，李商隱的名次比韓瞻還高。

家人小聲問：老爺，小姐已經嫁了，這可怎麼辦。

王茂元大手又一揮：沒事，大小姐嫁了，二小姐不是還沒嫁嘛！

就這樣，開成四年，李商隱成了王茂元的女婿。順便說一句，他的那個連襟韓瞻，後來生了一個兒子，就是晚唐著名的豔情詩人韓偓。李商隱是他的姨父。

婚禮上，李商隱拜倒在王茂元面前，就像當年他拜在令狐楚面前一樣。

他的感激是真心的。李商隱也不傻，他知道這樣一來，自己徹底就成了王茂元的人了，也就徹底成了所謂「李黨」的人了。但那所謂的「牛李黨爭」，對他來說是上面神仙打架的事，他管不著，也顧不上。他只知道，反正眼前這個老人是對自己真心好，跟著他做事有奔頭。

就在那一天，令狐綯的簽名檔變成了簡單的兩個字：

「呵呵。」

當時，各級官員、文士們的論壇和聊天群裡，特別是牛黨人的內部群裡，冒出來好多挖苦李商隱的帖子。比如〈論一個見風使舵者的修養〉、〈李某人，你還記得有個人叫令狐楚嗎？〉、〈做人不能太李商隱〉……

李商隱無法分辯，默默退出了這些群。那些日子，在涇川縣城外的小路上，常常看見他在獨自徘徊。

這一天，他信步登上城北的安定城樓，舉目遠眺，遠處樹木鬱鬱蔥蔥，洲渚盡收眼底。忽然間手機響了，低頭一看，朋友又轉來了一篇笑話他的文章，提醒他注意，題目叫作〈有一種投機，叫作當女婿〉。

李商隱關上了手機，心潮起伏。他拿起筆，寫下了一首詩：

迢遞高城百尺樓，綠楊枝外盡汀洲。
賈生年少虛垂淚，王粲春來更遠遊。
永憶江湖歸白髮，欲回天地入扁舟。
不知腐鼠成滋味，猜意鵷雛竟未休。

那一年，李商隱二十六歲。他寫出的這一首詩，就是傳唱不衰的名篇〈安定城樓〉。

李商隱把自己比作賈生，比作王粲。大家不妨留意一下這兩個名字，因為唐代的詩人們會一次又一次地把自己比喻成這兩個人。如果不熟悉他們，有些詩我們就會看不懂。比如李白說，「君登鳳池去，勿棄賈生才」，我們就不會明白李白到底是想說什麼。

他們倆是什麼人呢？簡單地說，都是過去歷史上的天才少年，才高八斗，作文大賽得第一、選秀必定拿冠軍的。賈生叫作賈誼，就是語文課本裡〈過秦論〉的作者，漢朝初年的人，年紀很輕的時候就以文章知名。後來司馬遷寫《史記》，把賈誼和誰放在了一個傳裡一起寫呢？是屈原，叫作〈屈原賈生列傳〉。他們一起被後人叫作「屈賈」。你看賈誼的水平有多麼高。

再說王粲。他比賈誼晚一點，漢末三國時期的人，也是少年有才。大家應該都聽過一個著名的文學組合，叫作「建安七子」。王粲不但名列七子，而且是這個男子組合的主唱、靈魂人物，水平最高的一個，被叫作「七子之冠冕」。之前說賈誼被人和屈原並稱，叫作「屈賈」。那麼王粲又被人拿來和誰並稱呢？是曹植，人稱「曹王」。

這兩個人，都經歷過一番沉淪。賈誼少年的時候給皇帝獻策，提建議，但不被採納，所以叫「年少虛垂涕」。王粲青年時從長安跑到荊州去投靠劉表，寄人籬下，很不得志，所以叫「春來更遠遊」。

但李商隱大概沒有料到的是，他自比賈誼、王粲，仍然是比得太美好了。他後來的際遇其實還不如這兩位。

幾年之後，岳父王茂元去世了。是的，小李同學就是這麼點兒背，老丈人還沒有什麼機會栽培提拔他就撒手人寰。李商隱又一次失去了靠山。這時候李商隱三十一歲，已經拖家帶口。長安的人才市場上，又出現了他抱著簡歷找工作的身影。

「啊哈，你看那個女婿，改換門庭，還以為他飛黃騰達了，現在怎麼又來投簡歷啦？」

「那還用說？現在李黨不行啦，他老丈人又掛了，他當年去投靠李黨，這叫作上錯船啦……」

旁邊，人們三三兩兩地議論著。李商隱只當沒有聽見。

這幾年，他不斷跳槽，一會兒在長安，一會兒又在桂州、徐州給人做秘書和參謀。

在最困頓的時候，他還會摸出手機，看著上面一些號碼。那些都是他找人打聽來的牛黨要人的號碼，都是在朝廷裡正當紅的，比如宰相周墀，又比如首都市長鄭涓。終於，他嘆了口氣，字斟句酌地給他們打短信，拉近關係。

這些短信，有的人回了，有的人沒回。一些短信被截屏傳了出來，讓人知道了，又笑他沒節操。

很快，時間來到了大中五年。那是李商隱人生最艱難的一年。

他又一次失業了。新近投靠的老闆——武寧軍節度使盧弘正在這一年病故。這位盧老闆算得上一位名臣，很有能力，他的父親是著名詩人盧綸，就是寫「林暗草驚風，將軍夜引弓」的那位。可惜，他也沒有太多機會照拂李商隱。

李商隱獨自收拾著行李。這些行李，兩年前他才從家裡帶到徐州，沒想到現在又要帶回去。想到這個，他自己也不禁苦笑。

忽然，手機響了，是家裡人打來的。

「義山，你動身了嗎？」電話對面，家人的聲音有些異樣。

「快啦，我在收拾行李。」

「唉……動作快點吧。」家人欲言又止，終於說：「夫人的情況，有點不太好。」

瞬間，李商隱呆在當地，說不出話來，只覺得一陣陣眩暈。

他娶王氏夫人，當初是因為岳父賞識，也的確是為了給自己找個靠山。但是這些年裡，他們同甘苦共患難，感情一直是很好的。

李商隱草草收拾了一下，飛奔回家。等他翻越重重關山，終於趕到家中的時候，王氏夫人已經不在了。他沒能見到最後一面。

空蕩蕩的閨房裡，只剩下冰涼的玉簟，上面蓋著碧綠的輕羅，旁邊還擺放著錦瑟，那都是她的遺物，可那美麗的人，卻再也不會回來了。

那些天裡，在夫人的錦瑟旁邊，李商隱整夜枯坐著，卻並沒有流淚。

某日，家人在他的書桌上發現了一頁紙，壓在硯角，上面寫滿了凌亂的字跡，是一首詩。

他念了出來：

錦瑟無端五十弦，一弦一柱思華年。
莊生曉夢迷蝴蝶，望帝春心托杜鵑。
滄海月明珠有淚，藍田日暖玉生煙。
此情可待成追憶，只是當時已惘然。

這一首詩，就是著名的〈錦瑟〉。

唐詩裡面，像這麼美的詩，也還是有的。但再難找出這樣的一首，在一片華美的氤氳裡面，卻藏著難言之痛，至苦之情。

他是詩人，他的淚，是要流到詩裡去的。

四

相比於李商隱，令狐綯的人生直線上升，從考功郎中、知制誥，一路做到翰林學士、中書舍人，崗位越來越重要。大中五年，令狐綯已經做到了宰相，風頭之勁，一時無兩。

這天他辦完了公，秘書拿過來一堆選好的信，一封封給他看。

「有沒有李商隱的？」他看完信，忽然問。

秘書一愣：「有倒是有，到了兩禮拜了，怕您不樂意看，就沒有拿過來……」

「唉，我不是說過嗎，李商隱的信，都要給我。」

信很快被取了過來。讀過之後，令狐綯陷入了沉思中。

他過得真是很不好啊。今年也三十八、三十九了吧，不年輕了，太太最近又過世了，一定很難過吧。現在又來信想要我幫他謀工作。可是……也難啊。

令狐綯拉開底層的抽屜，裡面放著一些李商隱的舊信，都是幾年前的，有的已經發黃了。他信手翻著，隨機拆開一封，李商隱以前寫下的幾句話又映入眼簾：

「一日相從，百年見肺肝。爾來足下仕益達，僕困不動，固不能有常合而有常離。」

令狐綯輕輕吁了一聲，不動聲色，就像他平時一貫的凝穩神態一樣。他把信疊好，又放進了抽屜。在他的臉上，沒有任何的悲喜。

一段時間之後，李商隱忽然接到通知，到人事部門報到，要找他談話。

工作人員言簡意賅，告訴李商隱，你得到了一個職位——太學博士，級別是正六品上。

聽著不算太厲害，但這其實是李商隱至今為止擔任的級別最高的一個職位了。在他人生最窮麼的一年，令狐綯幫了他。

後來，很多人評論說，令狐綯不夠朋友，太摳了，這麼一個小官、冷官，就打發了李商隱。他一定是還記恨李商隱呢！

這是什麼邏輯呢？令狐綯應該幫李商隱到什麼份兒上，才算是講義氣、夠朋友呢。

對於這件事，雲南大學傅劍平老師有一段話，我覺得講得很到位，引在這裡：

「這個國子博士的『冷官』，他（令狐綯）的親哥哥令狐緒就曾做過。這個自己親哥哥做得的官職，李商隱就做不得？這樣薦引安排，就是敷衍塞責，擠兌壓制？……令狐綯要薦引李商隱一個什麼樣的官職，才能平息古往今來、千年不息的種種物議指責呢？

「以當時的政治形勢而論……李黨已被一網打盡，泥沙俱下，玉石俱焚，政治黨派鬥爭早成你死我活的白熱化狀態。在這種情況下，令狐綯能不計前隙，做出這樣的安排，不是已經十分難能可貴了嗎？」[2]

說令狐綯愛記仇、寡義，是不太公平的。確實，李商隱和他之間，關係不可能再和當初年輕時完全一樣了。人生的際遇、經歷如果相差太大，生活的軌跡漸行漸遠，感情和關係是不可能沒有變化的。就連李商隱自己都明白：「固不能有常合而有常離。」這是人性之常，不能說是令狐綯的錯。

今天，我們參加個中學同學會，都往往會覺得隔膜了，聊不到一塊了。這種情感，我們可以有，令狐綯一個做宰相的人就不可以有？

後來，李商隱又生活了七年，換了幾處工作。大中十二年，也就是八五八年，他死於故鄉。晚唐也許是最牛的一個詩人，終於悄無聲息地走了。

前文說了，他把自己比作賈誼、王粲，結果從仕途上來說仍然太樂觀了。賈誼後來雖然失寵，但早先畢竟被漢文帝欣賞和提拔過，還採納了他很多重要建議。王粲早年懷才不遇，但後來很受曹操父子的信任，封關內侯，又做過侍中。王粲死了之後，曹丕還為他搞了一次有名的「驢鳴送行」，提出：「老王平時愛聽驢叫，我們大家就學一次驢叫，為他送行吧！」現場頓時一片驢鳴之聲。

李商隱的際遇遠不如這兩個人。非要說的話，他只有壽命超過了他倆，賈誼活了三十二歲，王粲活了四十一歲，李商隱活了四十五歲——三大才子，活四十五歲就能拿冠軍，聽著也是讓人想哭。

李商隱死後，葬在了河南故鄉。每年七八月，在當地的雨季，點點雨水灑落墓園，打濕了樹葉，流淌進池塘，就像他寫的那一首詩：

君問歸期未有期，巴山夜雨漲秋池。
何當共剪西窗燭，卻話巴山夜雨時。

這首詩，有人說題目是〈夜雨寄內〉，是寄給妻子王氏的，因為他們倆伉儷情深，感情很好。也有人說題目是〈夜雨寄北〉，是寄給令狐綯的，這對朋友也算是有始有終。

今天的我們已經沒法確定，在那一天的雨夜，他究竟是想和誰共剪西窗燭了。那是李商隱美麗的小秘密。

註釋

1 李商隱定居在「東甸」。關於這個「東甸」到底在哪裡，有很多說法，認為是蒲州、懷州、鄭州、洛陽的都有。本文暫且採信李商隱在洛陽的說法，去見令狐楚最方便，讓他少走一點路吧。

2 傅劍平〈李商隱與令狐綯關係要論〉（《華南師範大學學報》，二〇〇六年八月）

李商隱的小宇宙

一

曾經有一個古老的故事，叫作「一道傳三友」。

在《封神演義》裡，有一個終極大神，叫作鴻鈞道人。他把道術傳給了三個徒弟：大徒弟老子，二徒弟元始天尊，三徒弟通天教主。後來所有的神仙故事，都是從這「一道傳三友」開始的。

在金庸的武俠小說《倚天屠龍記》裡，也有一個「一道傳三友」的故事。

南宋末年，少林寺遭到強敵來攻。危難之際，高僧覺遠大師挺身而出，力戰護寺，卻反而招致寺中小人妒恨，被讒逐出寺，不久後就去世了。

臨終之前，覺遠大師背誦《九陽真經》的經文，有三個人有幸在場，各自聽見了一部分。後來，他們分別習練神功，開宗立派，都成為一代宗師。

這三個人，一個是無色禪師，一個是郭襄，還有一個就是張三丰。

後來，每當拿起《倚天屠龍記》，讀到這一節，想像覺遠大師的高風懿範，還有那一次影響了武林上百年的深夜傳功，都讓我很悵惘。

其實，在唐詩的歷史上，也是有過這樣一次「一道傳三友」的。誰是覺遠大師呢？就是偉大的杜甫。

讓我們發揮一下想像吧。那一晚，就像《倚天屠龍記》裡所寫的一樣，山谷中一片寧靜，暮靄四合，歸鴉陣陣。

杜甫悄然端坐著。這位卓立千古的一代宗師，就像覺遠大師一樣，正語氣平靜地低聲宣講，闡述著關於詩歌的道理。

在他的面前，有三個晚輩正盤膝而坐，帶著滿臉的崇敬，聚精會神地聆聽，唯恐錯過了一個字。他們是兩個青年，一個少年。

這一堂課持續了大半夜，直講到斗轉星移，月落西山。老師已經離去了，三個學生卻還一臉迷茫地坐在那裡。杜甫講的內容，他們有的懂了，有的還不能全懂，都在苦苦思索。

忽然間，一個青年渾身一震，驚呼：「我明白了！我明白了！」

他大笑著，長身而起，向老師的方向深深一禮，大踏步而去。

這個後生的名字，叫作韓愈[1]。杜甫一生的絕學，他得到了一個字——「骨」。後來，他果然成了一位大高手，開創了屬於自己的門派。他的詩，奇崛陡峭，骨力遒勁，「七尺大刀奮如湍，丈八蛇矛左右盤」，人們都說，很多方面真的很像杜甫[2]。

又過了一會兒，另一個青年露出微笑，喃喃說道：「我悟到了！我悟到了！」

他的名字，叫作白居易。杜甫的絕學，他也得到了一個字——「真」。

白居易後來也成為了一派宗師。他用最率真、最淺白的語言寫詩，很多直接是用口語。他還關心著時事，看見了什麼不公平的現象，就直抒胸臆地吶喊出來，不怕得罪人，就像杜甫當年寫〈石壕吏〉、〈新安吏〉一樣。人們也說，他這些地方好像杜甫。

兩個青年先後都走了，只剩那個少年還留在原地。

他仍然在思考著。天漸漸地亮了，徐徐晨風吹來，少年終於豁然貫通。他得到了杜甫的一個字——「情」。

許多年後，他也成了一代宗匠，而且是對後世影響最大的唐代詩人之一。他的詩，和杜甫一樣，「溫柔敦厚」、「忠愛纏綿」，對天地萬物、一蟲一鳥、一草一木，無不飽含著深情。

後世的王安石說，唐朝的人學杜甫，真正學到家的，只有他一個。還有人說，他得到杜甫的真傳，因為兩個人骨子裡都是天性特別醇厚的詩人，都是深於詩而多於情，「憂樂俱過於人[3]」。

他的名字，就是李商隱。

二

如果不是李商隱，晚唐的詩沒有那麼絢麗。

上一篇文章裡，我們講了李商隱的故事。這一篇，我們來講他的意義。

他是有一個小宇宙的。明清之交的學者吳喬說，唐代詩人裡能自己開闢一方宇宙的，只有四個人：李白、杜甫、韓昌黎、李義山[4]。李義山就是李商隱。

「宇宙」這個詞，不太好懂。今天我們叫作次元。唐詩大概有過三個次元。

從初唐到李白杜甫，是第一次元。李白和杜甫兩位，是一次元的頂峰。

到了頂峰，不能再高了，除非把天捅個窟窿。於是韓愈的時代開闢了二次元。它不是韓老師獨自開闢的，而是和白居易、元稹、賈島、孟郊等眾多高手合力開創的成果。

這個全新的次元裡，詩人們把舊世界的維度打破了，制定了新的物理規律，由此誕生了各種奇觀：有「通俗淺白派」，有「驚險奇崛派」，有「苦仄怪異派」，詩國的蒼穹之下，佈滿了一個個壯觀的浮空天體。

這一個新的世界維持了數十年，又開始出現了不穩固的跡象，大地輕輕震顫著，元素的碎片如雨點般從天剝落。

這一個時代的偉大的造物主們，如韓愈、如劉禹錫、如白居易，要麼死亡隕落了，要麼因年老而遲鈍了[5]，二次元的世界出現了坍塌之勢。

有一個詩人在這關鍵的時刻出現了。他要穿破雲層，再造一個全新的次元。這個人就是李商隱。

他手指到處，暗沉沉的雲被衝破一個洞。霎時間五彩的光照了進來，帶著異香的風吹了進來，人們驚呼著抬頭，看到了那一孔之外的全新的世界——一個綿延無盡的曼妙虛空。

白居易、韓愈們所主持的那個二次元，是最後一個凡人可以注釋和理解的次元。他們寫的詩，不管再險、再怪，也都是我們可以讀懂的。而李商隱所開闢的三次元，再也不可解釋、不可箋注了，對於它的奧妙難明，我們別無能為，唯有感受。

三

其實，李商隱本來完全不必開創什麼新的紀元的。以他的本事，完全可以在舊的紀元裡呼風喚雨。

這有點像畫畫的畢卡索。據說畢卡索曾經聲稱，自己十四歲的時候，就能畫得像拉斐爾一樣好。李商隱也可以輕狂地說，我早就可以寫和杜甫老師一樣的詩了。

他的有些詩，分明就是杜詩。你看「永憶江湖歸白髮，欲回天地入扁舟」，多麼像是杜甫的詩啊！「天意憐幽草，人間重晚晴」、「蒼桐應露下，白閣自雲深」，又多麼像是杜甫的詩啊！難怪宋代的學者感嘆說：把它放在杜甫的詩集裡也毫不違和[6]！

就像畢卡索一樣，對於舊世界的這些功夫，小李早已經練得純熟了。他是晚唐詩人裡最超級全能的一個，五言七言、古詩律詩、長篇短篇，乃至四六駢文，他的水平都是頂級的。

他的七絕幾乎可以和李白、王昌齡相捋，長篇五言古詩的造詣甚至在韓愈之上。清代的紀曉嵐說，李商隱的「西郊」詩，水平雖然還趕不上杜甫的〈北征〉，但已經超過了韓愈的〈南山〉。

哪怕是寫完全符合儒家道德標準的教化詩、主旋律詩，他也是一流高手，今天人們還傳誦著他的警句：「雛鳳清於老鳳聲」、「莫恃金湯忽太平」、「成由勤儉敗由奢」。

這樣一個全能的傢伙，不只是晚唐，整個唐朝近三百年歷史上也找不出幾個。哪怕拿掉他所有的〈無題〉、〈錦瑟〉之類的篇章，李商隱也應該是一代大家。他完全可以不必搞什麼創新的。

但他卻不滿於此。他不願停留在二次元，不願僅僅是在舊世界中割據一方、稱王稱霸，而是要做造物主，開闢新的世界。

我們常常這樣評價李商隱：唐詩的終結者，唐代詩人中最後一位大家[7]。實際上，是他挽救了晚唐。

在他的時代裡，大批詩人們追捧著賈島，整天躲在牆角裡、禪床上輾轉苦吟，尋章摘句，零敲碎打，研究著「你吃了麼」和「你吃了沒」到底哪一個更好，以塞滿自己的那首五言律[8]。這批詩人的面前好像總是有一堵牆，阻住了他們的想像力，讓他們的眼光超不過前方十米。

幸虧崛起了一個李商隱，讓晚唐詩煥發出了動人的光彩。

有句話叫「一種風流吾最愛，六朝人物晚唐詩」，如果不是小李，不知道還剩幾個人會認可這句話，不知道在我們的心目中，晚唐還能不能呈現一片綺霞般的奇幻色彩。

四

我們對李商隱，都用錯了情。我們鑽進過一個死胡同——總想一字一句解釋他的詩。他的那個次元，是不能被理解、被註釋的呀。可我們卻不甘心。世界上哪有不能解釋的詩呢！《詩經》那麼難，來自於那麼遙遠的古代，我們都可以註釋得了呢，難道還會解釋不了一個公元八〇〇年後的詩人嗎！

為了解釋李商隱，後人花了很多心血。俗話說「千家註杜」，意思是說給杜甫做註釋的人數不勝數。但實際上說「千家註商隱」也不為過[9]。李商隱被註解的次數，大概僅次於杜甫，比其餘任何一個唐代大詩人都多。

可是我們發現了一個奇怪的現象：越是想註釋，李商隱就離我們越遙遠；越是想解析，李商隱的面目就越模糊。

什麼叫「血凝血散今誰是」？什麼叫「斷無消息石榴紅」？我們拆散了字句，剝下來零件，拿到顯微鏡下去分析，可是幾百年研究下來，得到的不過是一堆亂碼。

我們根據他的詩裡的片言隻句，給他塞了一堆情人的名字：燕台——「長吟遠下燕台去」；朝雲——「欲書花葉寄朝雲」；錦瑟——「錦瑟無端五十弦」；柳枝——「柳枝井上蟠」；還有什麼飛鸞、輕鳳、宋華陽……我們安排給他的姑娘之多，夠韋小寶開四院聯號了。

至於春蠶、蠟炬，要不是因為被引用得實在太多，而且現代人已經約定俗成用來比喻人民教師，確實不好意思再瞎解釋了，否則這兩個詞搞不好也要變成李商隱情人的藝名。

研究者們安排給他的女朋友，身分也是五花八門[10]，包括皇宮裡的女子，宰相家的侍妾，玉陽山的女道士……有的人便堅持認為，李商隱的〈無題〉詩全是寫給姑娘的，有如但丁寫〈神曲〉，是奉獻給戀人。

為了講通他的詩，我們大開腦洞，編出了千奇百怪的魔幻故事，比小說還精彩。

比如他有一首詩叫作〈藥轉〉。在這首詩裡，李商隱不知為什麼，有兩句忽然寫到了廁所，當然，他的措辭是十分雅致婉約的，讀者必須了解《世說新語》裡的典故才懂這是廁所。

他怎麼會忽然寫廁所呢？他是想隱喻什麼呢？後世的註釋家們發揮了神奇的想像力：有的把它解讀成言情小說，說是李商隱在廁所裡看到了老情人，所以寫了首詩；有的把它解讀成武俠小說，說是有一個女殺手躲在廁所裡，被李商隱撞見了，發生了一串離奇故事；有的解讀成知音體，說這首詩是暗喻有姑娘在廁所裡用藥物流產；有的則把它解讀成輿論監督，說李商隱這是在諷刺權貴的煉丹活動。

我們給李商隱編的劇情還經常反轉。比如一句著名的「何當共剪西窗燭，卻話巴山夜雨時」，有那麼一陣子，大家都說這是他寄給妻子的，然後人人為此感動不已，強烈呼籲：做男人就要像李商隱。

可後來劇情忽然反轉了。有研究發現，在寫這首詩的時候，他的妻子王氏應該早就去世了。於是乎，純情的幻想破滅了，我們尷尬地拭去淚水，又開始爭論這句詩究竟是他寫給情人的、寫給上司的，還是寫給基友的。

我們給了他許多無緣無故的恨。一些道德家們看他的詩，越看越黃，越看越不忿，說他輕浮、猥瑣，「其詩喜說婦人」。後來的陸游便說唐人的〈無題〉詩「率皆杯酒狎邪之語[11]」。

我們也給了他許多莫名其妙的愛。喜歡他的人據理力爭，不住地拔高他的境界，說他講的統統不是「婦人」，而都是在隱喻國家和人生大事，是在弘揚正能量——他寫春愁閨怨，是在隱喻懷才不遇的憤懣；他描繪香豔場面，是在抨擊諷刺當政者荒淫無恥；甚至他表示思念女人，有人說那其實是在思念岳父。

五

對於解讀李商隱，葉嘉瑩寫過一首挺有趣的小詩，叫作〈讀義山詩〉：

信有姮娥偏耐冷，休從宋玉覓微辭。
千年滄海遺珠淚，未許人箋錦瑟詩。

對於這首詩，《葉嘉瑩說中晚唐詩》中作了一番解釋，我把它引在最後：

「我相信世界上果然有一個像嫦娥一樣的女子，她『碧海青天夜夜心』，她忍耐了高空的寒冷寂寞，大家不相信怎麼會有這樣的人願意過這樣的生活。『休從宋玉覓微辭』，李商隱的詩你不用給他牽強比附，去做指實的解說。

「『千年滄海遺珠淚』，千年之下他的詩篇好像滄海之中留下的一顆珍珠，一滴眼淚，像珍珠一樣的眼淚。『未許人箋錦瑟詩』，是不許人給他作箋釋、註解的。」

李商隱讓我們矛盾。一方面，我們遺憾著「獨恨無人作鄭箋[12]」，巴不得有能人站出來，替我們把李商隱的詩講清楚；另一方面，我們又覺得「未許人箋錦瑟詩」，害怕越解釋越煞風景，越攪越糊塗。

讀李商隱，有點像是在夜晚仰看星雲。人人都知道它美，但人人都是在看熱鬧——那星雲裡是什麼物質？是氣體還是固體？它有沒有生命？藏著什麼故事？我們一概不知道。然而我們卻又偏傻站著不肯離去，仍然願意仰著頭，嘖嘖地說：「喔喔，真美，真美。」

註釋

1 杜甫真的給韓愈、白居易、李商隱講過課嗎？很遺憾，沒有。文中的情景只是一種想像。他們不在同一個年代。杜甫去世的時候，韓愈才兩三歲，白居易、李商隱都還沒有出生。不過，如果你問他們三個：杜甫是你們的老師嗎？我相信他們都會回答：是的，我永遠愛戴他。

2 沈德潛《唐詩別裁集》說：「樂天忠君愛國，遇事託諷，與少陵相同。特以平易近人，變少陵之沉雄渾厚，不襲其貌而得其神也。」《唐宋詩醇》說他的〈西涼伎〉：「筆力排奡，彷彿似杜。」

3 劉汾〈論杜甫、李商隱詩歌的情感品質及其創作異同〉。

4 吳喬《西崑發微·序》：「唐人能自辟宇宙者，惟李、杜、昌黎、義山。」

5 白居易晚年變得碎嘴而囉唆。王漁洋《帶經堂詩話》：「白古詩晚歲重複，什而七八。」

6 朱弁《風月堂詩話》：「李義山……其他句『蒼桐應露下，白閣自雲深』，『天意憐幽草，人間重晚晴』，置杜集中亦無愧矣。」

7 常民強〈虛負淩雲萬丈才，一生襟抱未曾開——李商隱研究述評〉：「李商隱是唐代詩人中最後一位大家，也可以說是唐詩的終結者。」

8 〔清〕邵長衡：「晚唐自昌黎外，惟許渾、杜牧、李商隱三數家，差錚錚耳。餘子專攻近體，就近體又僅僅求工句字間，尺幅窘苦不堪。」

9 宇文所安《晚唐詩》。

10 蘇雪林《李義山戀愛事蹟考》，研究稱李商隱的情人包括女道士、宮女、娼妓等等。

11 陸游《老學庵筆記》：「唐人〈無題〉詩『率皆杯酒狎邪之語』。」

12 元好問：「詩家總愛西昆好，獨恨無人作鄭箋。」

唐詩裡最美的四種植物

一

在李商隱的故事之後，聊一個有趣的話題——唐詩裡的植物。

花花草草那麼多種，不是每一樣都可以幸運入詩的。你看《唐詩植物圖鑑》，五萬首唐詩，其中經常露臉的植物不過七八十種。

究竟哪幾種植物，能成為大詩人們的最愛，不惜親自給它寫詩、代言？我認為最猛的有四種。

它們天生麗質，色藝雙絕，成為了唐詩中的耀眼巨星。

我們從排行榜上的第四名說起。

今天，它的名字如雷貫耳。但在唐朝的很長一段時間裡，它並不太出名，只是西北地方的一種花花。

就像今天的娛樂明星一樣，它也有過很土鼈的「曾用名」。有人叫它「鼠姑」，有人叫它「鹿韭」，有的僅僅因為它和芍藥很像，就叫它「木芍藥」，也真是夠不走心的。

當時，它真的並不紅。

從初唐到盛唐，在一個個詩人的炒作包裝下，很多花花草草都已經紅了，比如蘭花、丹橘、桂子、薔薇……可它還是在默默地當二三線藝人，沒有大紅大紫。

這一年，有一個大名鼎鼎的詩人遇到了它，瞬間被它的美麗驚到了。這個詩人叫作王維。

王維想必很驚訝：天啊，這麼美貌的花花，我大唐開國都一百年了，居然沒有詩人認真寫過你？

那麼，今天就讓我來給你寫首詩吧。

於是，就有了那首〈紅牡丹〉：

綠豔閒且靜，紅衣淺復深。

花心愁欲斷，春色豈知心。

這是自有唐朝以來，所能知道的詠牡丹的最早的詩。

可惜的是，這首詩仍然沒有紅。看來，即便是人氣數一數二的大家王維，也不是每首詩都會紅的。

陸續又有一些詩人給它寫詩，比如岑參，比如裴士淹……但牡丹還是不很紅。它還在靜靜等待著機會。

終於，它等到了這一天。因為唐代的三個女人，使它一飛衝天，成為唐詩中的絕代名花。

第一個女人，叫作武則天。她和牡丹的糾葛，還發生在王維寫詩之前。這是一個婦孺皆知的故事：

武則天有一天突發奇想，想要冬天遊公園，命令百花緊急綻放。所有的花都從了，只有牡丹不搭理她。

沒有人能無禮地命令我開花，哪怕你是女皇。

武則天大怒，把牡丹謫貶出首都長安，趕到洛陽。但牡丹的高傲，卻開始漸漸征服唐代人的心。

第二個女人，叫作楊貴妃。她無意中成為了牡丹的代言人，因為唐代第一文案高手李白給她寫過一首詩，把她比作牡丹：

雲想衣裳花想容，春風拂檻露華濃。

有了這兩個名女人的背書，牡丹越來越紅了。到了中唐，它終於成長為一名巨星。那個時代最強的詩人劉禹錫也傾倒在它裙下：

庭前芍藥妖無格，池上芙蕖淨少情。
唯有牡丹真國色，花開時節動京城。

但是我卻覺得，只靠兩個名女人的代言，牡丹想要躋身唐詩中最美的四種名花草之一，還仍然不夠。我更喜歡的是第三個女人的代言。

她只是個普通的女孩子，並不是什麼名女人，更不是什麼貴妃、女皇。我們甚至不知道她的準確姓氏、身分、生平。但牡丹在唐詩中的地位，卻最終是由她奠定的。

事情經過也許是這樣的：那一年，有一個二十二歲的男青年，看見了這個女孩子。

他想給她寫首詩，題目就叫〈牡丹〉。

這是一首絕美的詩，這是一首絕美的詩，這是一首絕美的詩——重要的事情說三遍。它的最後兩句是：

我是夢中傳彩筆，欲書花葉寄朝雲。

這個青年詩人，叫作李商隱；而那個神秘的姑娘，大概就叫作朝雲。

今天，再厲害的學者，也考證不出這位朝雲姑娘的來歷了。但李商隱的詩，卻為牡丹最終戴上了金冠。

二

排名第三的植物，是菊花。

你可能不同意：它憑什麼能排在牡丹的前面？難道它也有楊貴妃、武則天、李商隱當代言人嗎？不要著急，我慢慢告訴你原因。

有人說，唐詩無非就是四種套路：田園有宅男，邊塞多憤青，詠古傷不起，送別滿基情。可是你知道嗎，四種套路中的前兩種——唐詩裡所謂的「宅男」和「憤青」全都喜歡菊花。什麼叫「半壁江山」？這就叫半壁江山。

眾所周知，日本有一個著名的「菊花王朝」。但我覺得，唐朝才是名副其實的「菊花王朝」。這一種奇花，可謂是伴隨了唐朝的始終。

首先，唐朝就是在菊花的芬芳中開啟的。唐代第一個傑出的詩人，叫作王績。他是一代著名田園宅男，被認為是陶淵明再世。和陶淵明一樣，他也喜歡菊花：

澗松寒轉直，山菊秋自香。

其次，唐朝還是在菊花的搖曳中走向盛世的。比如孟浩然，他一生都生活在王朝最強盛的年代，雖然從來沒有做過官，但卻洋溢著盛世的氣派、悠閒和自信：

待到重陽日，還來就菊花。

最後，唐朝還是在菊花的狂舞中走向滅亡的。

那一年，有一個失意的年輕人，高考失敗，混得也不好。他覺得社會不公平，於是滿懷憤怨地寫了一首詩，題目就叫作〈詠菊〉。

這人叫作黃巢，是整個唐朝最大的一枚憤青。

我說過，當時的憤青也是喜歡菊花的。黃巢的這一首菊花詩，讓整個大唐王朝都在戰慄、顫抖：

待到秋來九月八，我花開後百花殺。
衝天香陣透長安，滿城盡帶黃金甲。

黃巢後來兌現了他可怕的誓言。他率領大軍攻入長安，給搖搖欲墜的唐王朝捅了深深一刀。這個王朝捂著傷口，再也沒能痊癒，二十多年後就覆滅了。

這不禁讓我想起，在距此半個多世紀前，大才子元稹曾經寫過一首一語成讖的菊花詩：

不是花中偏愛菊，此花開盡更無花。

這預言太準了。當黃巢的菊花綻放之後，唐朝就再也沒有花好月圓的機會了。

三

現在，請屏住呼吸，讓我隆重介紹在唐詩中排名第二的植物——楊柳。

它在詩歌史上的地位高不可攀。在它面前，千花伏地，萬木拱手。前文說了，菊花伴隨了唐詩的始終；而楊柳卻可以更驕傲地說，這算什麼，整個中國的詩歌，都是從我楊柳開始的。

因為早在距今近三千年前，那一部偉大的《詩經》裡的那一首偉大的詩：「昔我往矣，楊柳依依。今我來思，雨雪霏霏。」

許多人相信，從這首詩開始，中國的詩不只是發洩，不只是言志，不只是男女勾引對方交配的呼號，不只是獻給鬼神的言語，而是為了追求一種新的、純粹的東西——美。

在整個唐代，楊柳，就幾乎是唐詩的形象標識。如果說「田園宅男」和「邊塞憤青」都喜歡菊花，那麼「詠古傷不起」和「送別滿基情」，則幾乎全靠楊柳。

它出現在唐朝人離別的時候：「渭城朝雨浥輕塵，客舍青青柳色新。」在他們戀愛的時候：「楊柳青青江水平，聞郎江上踏歌聲。」

在他們思春的時候：「忽見陌頭楊柳色，悔教夫婿覓封侯。」在他們懷古的時候：「一上高樓萬里愁，蒹葭楊柳似汀洲。」

在他們開心的時候：「最是一年春好處，絕勝煙柳滿皇都。」在他們沉吟的時候：「羌笛何須怨楊柳，春風不度玉門關。」……

要不是有下面的這一位的話，楊柳真的應該排名唐詩第一的。

四

這或許是唐詩裡最哀婉的一個傳說：

這一年，在洛陽，有一個叫顧況的青年詩人[1]，正在皇宮御溝的水邊遊玩。忽然間，一片紅色的葉子順水漂來，上面依稀寫有幾行小字。顧況撿起了它，發現那是一首詩：

> 一入深宮裡，年年不見春。
> 聊題一片葉，寄與有情人。

這是一個宮女題詩後放入水裡的。她所在的這座宮殿，就是大名鼎鼎的上陽宮。

上陽宮的出名，主要因為兩點：一是裡面關著的宮女多；二是皇帝來得少。

這裡是名義上的行宮，實質上的冷宮。它像一座沒有火焰、沒有溫度的爐子，焚燒的是無數少女的青春。

顧況手持紅葉，傷感不已——這個宮女一定很孤獨，很寂寞吧？她可能還要再被關上幾十年，變成老太婆了，才有希望出來吧？

他也找了一片葉子，寫上一首詩，從御溝的上游放了進去：

> 君恩不禁東流水[2]，葉上題詩欲寄誰？

我們不知道宮女是否收到了這片葉子，也不知道她有沒有再寫詩給顧況。儘管有一種一廂情願的說法稱，宮女撿到了紅葉，又給顧況回了詩，兩人搭上了線，多年之後他們最終在一起了。留下這段美麗傳奇的，就是唐詩中最美的角色——紅葉[3]。

它有時候是丹楓，有時候是黃櫨。和前面三種植物相比，它並不是嚴格的一種植物。但在詩歌裡，它們共用了紅葉這個頭銜。

它是慈悲的。皇宮裡有無數牡丹，但在關鍵時刻，都不如一片紅葉能幫助宮女傳情。

唐代的每一個偉大詩人，心中幾乎總有一片紅葉。李白是在夜晚想起它的：「明朝掛帆席，楓葉落紛紛。」王維是在晨時想起它的：「荊溪白石出，天寒紅葉稀。」

白居易在醉的時候想起它：「似燒非因火，如花不待春。」張繼在醒的時候想起它：「月落烏啼霜滿天，江楓漁火對愁眠。」

和別的花花草草相比，紅葉更含蓄，它怨而不憤，哀而不傷，感情從不過度濃烈；它也更飄忽，不像楊柳，代表「離別」的印記太深，也不像牡丹，總是代言高貴的婦人。

這也是為什麼，在今天存世的五萬首唐詩中，我覺得寫到植物最美的，是這一首幾乎所有小孩子都會背的詩：

遠上寒山石徑斜，白雲生處有人家。
停車坐愛楓林晚，霜葉紅於二月花。

這首詩，很安靜，很平和。它證明了唐詩完全可以沒有田園宅男、沒有邊塞憤青、沒有詠古騷人、也沒有送別基情。這就是紅葉的氣質——它可以無比深情，也可以無比地正大、平和、醇美。

唐詩第一，我給紅葉。它是最動人的一抹紅。

註釋

1 還有一個說法是中書舍人盧渥。
2 一說是「帝城不禁東流水」。
3 這裡的紅葉並不只是一種植物，我們暫且把楓樹、黃櫨等都算上。

聶夷中的兩個夢

一

八二四年，韓愈去世了，離開了他奮戰一生的詩壇。

這一年，白居易倒還身體健康，跑到洛陽買了房子，開始安排未來的退休生活。

我們這一篇故事的主角，正是這一年出生的，他的名字叫作聶夷中。他是晚唐的孩子。

小聶出生在一個小山村裡，家裡不富裕，但他很喜歡看書學習，經常熬夜用功到很晚。

老爸很擔心，說：孩子啊，你這麼折騰自己，到底是為什麼呀？小聶說：我要做出一番事業。

老爸點點頭，一咬牙，找來了一把刀子，說：脫褲子吧孩子。

「啥？」小聶大吃一驚：「為什麼要脫褲子？」

老爸說，我給你淨身啊！你不是要做出一番事業、出人頭地嗎？現在全天下最有勢力的人就是宦官老爺了，比皇帝、大臣還厲害，你不淨身，怎麼出人頭地啊？

小聶急忙說，爹你誤會了，我的志向不是當宦官。而是要寫詩。

老爸有些意外：原來如此。好孩子，有志氣，比你爹強。爹挺你。

一夜又一夜，小聶一邊苦讀，一邊試著寫作。全村裡，他的燈總是亮得最早，熄得最晚。但越是學習，他就越是苦悶：

我到底該寫什麼樣的詩呢？選擇一條什麼樣的創作之路呢？這村子太小了，太閉塞了，我又該向誰請教呢？

終於有一天，他鼓起勇氣找到父親：

聽說在山的外面，有很多了不起的大詩人。我想去找到他們，向他們誠心請教。他們也許會告訴我接下去的路怎麼走。

父親點點頭，又是一咬牙，轉身走了。不過這一次回來的時候，他拿的不是刀子，而是一包銅錢、還有滿滿一大口袋乾糧。

「家裡就這點東西了。拿著，去找到那些大詩人吧！」

二

小聶跋山涉水，走了很多地方。

但他漸漸發現一個事：那些名氣最大的詩人，都不好好寫詩了。他四處奔波，沒有什麼所獲。

這一天，小聶走得又睏又倦，嚼了幾口乾糧，靠著一塊大石頭沉沉睡去。闔眼不久，忽然聽見有人喊：洛陽到了！

聶夷中一睜眼，發現自己正站在一座大街市裡，街上人煙阜盛，車水馬龍，可不是洛陽嘛！

小聶很高興，他早就想來洛陽了，大唐詩歌俱樂部的總舵如今就設在這裡，德高望重的老詩人們可都在這裡開會辦公呢，尤其是，這裡住著一個名震天下的人物——白居易。

小聶決定去拜訪白居易。他懷裡揣上了白居易的名篇〈新樂府〉，打算見到了老爺子後，先恭恭敬敬請他簽個名，再求他好好指點，怎麼才能寫出「可憐身上衣正單，心憂炭賤願天寒」、「地不知寒人要暖，少奪人衣作地衣」那麼有力量的詩句！

一路上，他七拐八彎，踩了好幾個人的腳，好不容易才找到了白府，那座著名的豪宅「履道里一號」，一進門就看見一行大字——「形容逐日老，官秩隨年高。白樂天書。」

「進來進來！」白居易一看是求學的青年人，非常熱情：「我身體不好，就不出來接你啦。哎呀你是河東人呀？裴度老爺子也是河東人，我們經常一起吃酒作詩呢，可惜他去年去世啦……」

小聶見到偶像，這位傳說中的詩壇一代天王竟然近在眼前，禁不住熱淚盈眶，摸出了懷裡的〈新樂府〉，還有自己寫的詩：「白老爺子，請你……」

白居易接過來隨手翻了兩頁，丟在一邊，說：「這些都不忙說，來來來，你先看看我裝的這個房子怎麼樣……」

他讓僕人抬著自己，拽著小聶，開心地帶他看花園：

「你看，我這個房子，當年從楊常侍的手上買的，現錢不夠，我還拿了兩匹好馬來抵的價呢。一共有十七畝，花園有十五畝，池子裡還可以划船，雖然還是小了點，不能和裴度裴老爺子、李德裕李老爺子家的園子比，但也還不錯吧？

「喏喏，你看這個園子的裝修，那塊太湖石，洋氣吧？還有那個白蓮和青板舫，都是我當蘇州刺史的時候弄來的。那塊天竺石，還有兩個華亭鶴，是我在當杭州刺史的時候裝的……對了，瞧見池子邊上那塊大青石頭沒，那是外地朋友送的，又長又滑，夏天躺著聽聽音樂，爽呆啦！」

他拉著聶夷中看了半天豪宅，這才意猶未盡地轉回身來：「對了，你找我什麼事來著……」

聶夷中剛要說詩的事，忽然白居易一拍腦門：「哎喲差點忘了，今天十五號，是理財日。管家，管家，算帳啦！」

只見高高的帳簿堆起，僕人還在一本一本往外搬。白居易開心地坐著，一本本地計算和檢查。

「算帳，真是一件快樂的事呀，我年紀越大就越喜歡算帳。你猜我薪水現在多少？一個月十萬錢，不賴吧！前些年我做太子左庶子分司東都的時候，薪水就有八九萬。後來提了太子少傅，又漲了一點。」

只聽算盤聲劈啪作響，白居易一邊說：「小聶啊，要說這做官，最爽的就是『分司東都』了，比長安清閒多了！我在洛陽，級別又高，待遇又好，事情又少，每天你猜我上班做什麼事？哈哈，隔三岔五給皇上請個安，給神佛燒燒香，再學習點文書處理、口才訓練什麼的，『月俸百千官二品，朝廷雇我作閒人』……咦，這裡怎麼有一筆支出兩千塊呀？哦哦，想起來了，是託人給我帶的醃螃蟹的錢……」

好不容易算完帳，搬走了帳本，白居易和聶夷中正要談詩，忽然人聲喧嘩，一群白髮老頭找上了門來：「樂天公！樂天公！在家嗎？我們來找你論詩啦！」

定睛一看，乃是洛陽詩歌圈裡的張公、顧公、牛公、裴公……他們都是大唐詩歌俱樂部的副秘書長、委員、主任之類，各自帶著僕人，拿著酒壺、小吃，有的還帶著妓女，烏泱泱湧了進來，白府的僕人們連忙搬椅子、加座位，忙個不迭。

「樂天公，最近又做了幾斤詩啊？」一個老詩人問。

「不多不多，最近都忙著整理五百多斤的舊詩稿了，新詩只做了兩斤多，顧公您呢？」

「啊哈，我倒做了五斤多詩，不過比較好的只有兩斤多一點，慚愧，慚愧呀！」顧公摸著白鬍子，似有遺憾。

又有一個老頭說：「最近有一些小年輕，發文章批判我們，說什麼我們洛陽這些老頭是『東都混日子養老派』，簡稱『混派』。真是狂妄啊！想我們元和年間威震江湖，白樂天兄『慈恩塔下題名處，十七人中最少年』的時候，他們這幫小崽子還不知道在哪個宇宙次元裡呢！」

他們七嘴八舌，吃酒聽曲，鬧到很晚。聶夷中根本插不上話。直到天黑，白居易才想起小聶來，留他吃了晚飯，合了影、簽了名，連聲道歉，送出白府來。

走出門，冷風一吹，聶夷中打了個激靈，猛然醒了，原來剛才是個夢。

四周是一片荒野，頭頂是無際星空，他覺得很孤單。低頭一看懷裡，平時不離身的白居易的照片和那本〈新樂府〉仍然好端端躺著。

小聶想起了這些年的所見所聞，和夢裡幾乎一樣，十分感慨。那些成名的老詩人們，已經不是自己學習的對象了。

三

他開始了繼續尋找的道路，要找到理想中的真正的詩。
「混日子養老派」是學不得了，他下一個打算學習的，是當時最流行的另一大門派，「慘兮兮苦吟派」，簡稱「苦派」。
可是，拜訪了許多詩人，學了很多作品之後，小聶逐漸發現，「苦派」的詩也不適合他。
這一天，他在小旅店歇腳，洗了臉，讀了幾卷書，剛沉沉睡去，忽然聽見有人喊：五泄山寺到了！
小聶不由得一喜，浙江諸暨縣的五泄山寺，那可是詩壇「苦派」大師——貫休的研究所啊。抬頭一看，就見山門上掛著大橫幅——「熱烈慶祝苦吟詩派研討大會召開」，原來苦派正開大會，群賢畢至，那可太好了，我一定要去好好旁聽學習。
他興奮地趕往會議室，一路上，發現沿途到處都是前輩中唐詩人賈島的雕像，旁邊還有字樣：「開派宗師」、「萬古流芳」、「苦吟聖手」之類。
到了會議室門口，正要探頭進去看，兩條木棒忽然飛出，交叉攔在他面前。持棒的是兩個和尚，喝道：「站住！口令！」
聶夷中差點被棒子敲中腦袋，嚇了一跳：「口令？參加個文學論壇要什麼口令啊？」
一個和尚表情嚴肅地說：「你必須背誦賈島大師至少三聯名句，才能進入！」
「可是，為什麼偏偏是賈島大師呢？」聶夷中不解。
和尚臉色愈發難看了：「你這說的什麼話？我苦吟一派，開派宗師就是賈島他老人家。他吟詩吟到撞牆吐血的精神照耀千古。你連這個都不知道？口令！」

聶夷中有點害怕了，連忙唸道：「鳥宿池邊樹，僧敲月下門。」

「哼。還有兩聯！」和尚說。

「『兩句三年得，一吟雙淚流。』、『只在此山中，雲深不知處。』」小聶忙補充說。

和尚一撇嘴：「去那邊領香，給賈島大師像敬過了，就進去開會吧。」

聶夷中趕忙領了香，拜了賈島像，這才躡手躡腳進了會場。

那是一個鉛灰色的屋子，房頂是鉛灰色的，牆壁是鉛灰色的，地板也是鉛灰色的，像是一個大鐵盒。屋裡坐著幾十個人，有僧有俗。陰暗的光線從A4紙大的窗戶裡射進來，每一個人的臉孔都模模糊糊看不清楚，只有一些圓圓的小光團在攢動，仔細一看，原來是和尚的頭頂反光。

一個和尚發言了：「列位，這一句『氣射燈花落』，到底是『落』好，還是『盡』好呢？我已經想了一年多啦。」

底下嗡嗡一片討論之聲，有的說「落」好，有的說「盡」好。還有的說都不好，用「燈花散」、「燈花眩」、「燈花爆」更好。

一個人感嘆說：「貫休老師真不愧是當今苦吟派學術帶頭人，一個字可以想一年。比起當年賈島大師『兩句三年得』，也只差兩年而已。」

又一個人駁斥說：「不然。貫休老師一年想一個字，當年賈島大師雖然是花了三年，但是想的是整整兩句，十個字。兩人苦吟的境界，其實已經相差彷彿了。」

聶夷中忍不住問身邊一個人：「兄台，你覺得是『落』好，還是『盡』好？咦，你……你怎麼流鼻血啦？」

那人眼神呆滯地看著聶夷中，鼻下流著兩道血線，也不在意，隨手一擦，說：「沒什麼特別啊。吟詩吟的唄。我有一聯詩，已經苦思了五個月了，現在一吟就流鼻血。」

聶夷中正要勸勸他，忽然「哇」地一聲，有一個客人吐出一口鮮血，栽倒在地。旁邊的人七手八腳，趕快相扶。

吐血的客人掙扎說：「我……我沒事……就是想一個字想了八個月，有點累，呵呵。」

話音未落，對面一個詩僧「砰砰」地拿頭撞牆，痛苦地喊：「我這一聯，到底是用『飛』字好，還是『升』字好？」

隨著論壇的繼續，聶夷中只聽「砰砰」聲此起彼伏，撞牆的人越來越多。小聶有點害怕起來，再這樣研究下去，別搞出人命來，慌忙揹上書包離場。

門口，兩條交叉的棍子又飛出來了：「站住！口令！出門的人，要先背誦三聯苦吟派亞聖——孟郊大師的詩！」

「『慈母手中線，遊子身上衣！』、『夜學曉未休，苦吟神鬼愁！』、『鏡破不改光，蘭死不改香！』」

棍子放行了。聶夷中趕緊跑出，一邊逃一邊擦汗。這苦哈哈的苦吟派，看來也學不得啊。忽然間，他一不小心腳下踏空，摔了一跤，睜開眼來，只看見小旅店發黃的蚊帳，桌上一點孤燈，原來又是個夢。

四

那段日子，在荒涼古道上，經常能看見聶夷中踟躕的身影。

他到處奔走，努力求學，眼看年紀已經不輕了，可是仍然不知道自己該寫什麼詩，沒有拿出滿意的作品。

放眼現在的詩壇，「混派」一心退休養老，研究些花花草草，不問世事了；「苦派」則是一夥龜毛男，抱著各自的五言絕句敲敲打打，反覆斟酌些雞毛蒜皮；還有日益壯大的「豔派」，大寫戀愛詩、小黃詩，在網路詩歌排行榜上大行其道。

甚至著名的杜牧，寫的小黃詩還真不少，例如寫女生的襪子的「鈿尺裁量減四分，纖纖玉筍裹輕雲」，這些，都不是我想寫的詩歌啊！聶夷中苦悶不已。詩的黃金時代，難道真的過去了嗎？

這一天，秋雨淅瀝，無法趕路，他滯留在一個小旅店裡，百無聊賴，一摸背囊，已是乾癟無比，只剩下一把短琴，一本小書了。

聶夷中苦笑一下，隨手摸出書來，正是一本《詩經》。

他心中一動，打開《詩經》，就著昏黃的燈光翻看起來。映入眼簾的，都是一行行早已經無比熟悉的詩句：

> 碩鼠碩鼠，無食我黍！三歲貫女，莫我肯顧……
>
> 蒹葭蒼蒼，白露為霜，所謂伊人，在水一方……

坎坎伐檀兮，置之河之干兮，河水清且漣猗……

聶夷中越讀越是感動。這樸素的字眼，真摯的情感，不正是我自己一直追求的好的詩歌嗎？一個念頭漸漸冒了出來：在當世，我沒有詩人可以學習，沒有流派可以跟隨，但那又怎麼樣呢？我難道就不能追根溯源，向詩歌的祖宗——《詩經》三百篇學習嗎？

聶夷中豁然開朗，闔上《詩經》，忍不住仰天長笑。

「這書生是不是得了神經病？」店小二低聲問掌櫃。

掌櫃忙說：「噓！小聲點。估計是一直考不上，腦子受刺激了吧。唉，現在世道亂，大家日子都苦，考試也不公正，窮書生也不容易啊……」

這一天之後，聶夷中終於找到了自己的「詩歌正道」。他不再忙著去拜訪名家了，而是到處閱歷采風，專門往農村裡、田地上跑——我的詩，要寫我眼前的時代，要寫親歷的鄉土，還有我遇到的人。

他所看到最多的，是一個殘破的大唐，隨處都是拋荒的田地和破敗的村落。有的地方十戶人已經逃空了九戶，剩下的人也扛不住賦稅，眼看要逃跑了。軍閥們則還在連年打仗，好幾次聶夷中和部隊遭遇，要不是他反應快，躲避及時，多半已經被大軍給踩死了。

他經常想：這個時代，和當年盧照鄰說「人歌小歲酒，花舞大唐春」的時候，和當年杜甫說「稻米流脂粟米白」的時候，真的是同一個時代嗎？真的是同一個大唐嗎？

有一天，他遇到了一對正在努力耕作的父子農夫。當時是六月，天氣還不熱，但父子倆已經忙得額頭冒汗。

「你們兩位這麼努力，收成一定不會壞吧？」聶夷中問。

父親苦澀地笑一下，指了指遠處：「那又有什麼用啊，種出來還不是白種，官家早已經追著屁股修了倉庫，蹺著腳，就等著催我們納糧啦！」

聶夷中如鯁在喉，心情久久難以平靜。不是曾有人寫詩說「又作豐年望，田夫笑向人」嗎？怎麼我看到的不是這樣呢？

當晚，他把這一幕寫成了一首詩，題目就叫〈田家〉：

父耕原上田，子劚山下荒。
六月禾未秀，官家已修倉。

這一首詩一誕生，就被許多人傳唱了開來。它言簡意長，悲天憫人，是可以和〈鋤禾〉並稱的名篇。

又有一次，他來到一個破敗的村落，發現官家二月份就猴急地跑來收稅了。本來按照規定，應該是夏天、秋天才收稅的。眼下，農夫的蠶還小得和螞蟻一樣，桑樹都沒冒嫩芽，拿什麼交稅呢？只好賤價抵押了新絲，去借高利貸。

「寅吃卯糧，以後怎麼辦呢？」聶夷中問。

「以後？呵呵，哪裡顧得上呢！等到五月，收稅的還會來的，我們就要抵押穀子再借一次高利貸啦！」

離開村子的時候，聶夷中心想，也許到了明年，這裡的住戶都要逃光了吧？

這天晚上，聶夷中點亮了燈，又寫起詩來，題目就叫作〈傷田家〉。白天的見聞變成了短短四行詩：

二月賣新絲，五月糶新穀。
醫得眼前瘡，剜卻心頭肉。

寫完之後，他仍然心情起伏，難以平復，覺得話還沒有說完。窗外暗沉沉的，刮著大風，他覺得自己的聲音是那麼小，那麼微弱。但他仍然想要吶喊，要把這黑夜喊穿，要呼喚陽光照臨大地。

他坐回案前，又寫下了後四句詩：

我願君王心，化作光明燭。
不照綺羅筵，只照逃亡屋。

你可以說這是一首幼稚的詩。如果要評選晚唐詩歌異想天開、不自量力第一名，它有可能要當選的。

一個寒酸的書生，居然想向君王呼喊，要他的心變成明亮的燭光，這不是異想天開嗎？何況，那個時候大唐的君王被官宦操弄著，被軍閥威脅著，自己都顧不上自己了，還能照亮別人嗎？

可是，要評選晚唐最勇敢的詩，最有力量的詩，它也有可能是要當選的。它是一個最手無縛雞之力的讀書人，發出的最有力的質疑；是一個最微小的身軀，發出的最大的聲響。這聲音，和千年前的〈碩鼠〉、〈伐檀〉一樣有力量，和百年前杜甫的「三吏」、「三別」也一樣有力量。

「苦派」的大宗師賈島曾說：「兩句三年得，一吟雙淚流。」其實真正能「一吟雙淚流」的，是聶夷中「二月賣新絲」這樣的詩句。它並不需要「兩句三年得」那麼便秘。

一說起晚唐的詩，我們就好像不以為然，覺得沒什麼意思了，甚至好像是足球比賽裡到了「垃圾時間」。

但在晚唐的詩人裡，還有聶夷中這樣的存在。他不很紅，名字也不很響亮，似乎只是浩瀚夜空中的一顆小星，守在天邊一角，多它一顆也不多。

但是如果少了它這一顆，如果拿掉他的詩歌，唐詩會有大大的缺憾，唐詩的光彩會減弱許多。

是的，我是一個小詩人，我生在晚唐，但我刷出了存在感。只要有這樣的詩在，就沒有人敢無視晚唐。

從長城窟到菩薩蠻

一

遠路應悲春晼晚。

這是李商隱的詩句。美好的時光，總是會過去的。

公元八九七年七月，盛夏中炎熱的一天，在陝西華州的著名景點齊雲樓上，來了一個特殊的遊客——唐昭宗皇帝李曄。

他相貌威嚴，甚至稱得上英俊，但是卻有些憔悴，頭髮蓬亂，滿臉都是塵土，好像很多天都沒有好好洗個澡了。他身後跟著的都是些王公、學士，一個個也臊眉耷眼，提不起精神。

原因很簡單——他們是被人挾持到這來的。

就在不久前，軍閥李茂貞帶兵進犯首都。在唐末，這種事已經屢見不鮮了，全國到處是惡狠狠的軍閥，朝廷只能管理巴掌大的地盤。軍閥們和皇帝一言不合，動不動就打上門來。

昭宗皇帝被逼無奈，帶著官員集體出逃。他們本來想去太原，結果路上又遇到另一個軍閥韓建，把君臣一干人等挾持到華州。

皇帝逃跑，在唐朝也已經不是第一次，過去安史之亂的時候唐玄宗跑過，黃巢犯長安的時候唐僖宗跑過，但他們逃跑的時候手上還是有底牌的、有部隊的。但今天昭宗逃跑的時候，已是孤家寡人了。

這個時候登上齊雲樓，幾乎和號子裡放風差不多。昭宗皇帝的心情可想而知。站在樓上，向西望去，就是渭南；過了渭南，就是長安了[1]。那裡是首都，是家，是自己應該在的地方。但舉目遠眺，只看見茫茫煙樹、千山萬丘，看不到家的影子。

昭宗感慨傷懷，他叫來了樂工，唱起了自己寫的一首詞：

> 登樓遙望秦宮殿，茫茫只見雙飛燕。
> 渭水一條流，千山與萬丘。
> 遠煙籠碧樹，陌上行人去。
> 安得有英雄，迎歸大內中……

這一首詞的詞牌，叫作〈菩薩蠻〉。當音樂結束時，君臣們都流下了眼淚。皇帝說的是遙望「秦宮殿」，那是委婉的說法，昭宗眼巴巴望著的哪裡是秦宮殿呢，明明是自己的宮殿。

後來，昭宗的境遇也沒有什麼改變，一直在軍閥和宦官這兩股勢力的夾縫中艱難維持著局面。他一度被宦官關起來，飯食都從小洞裡送入。好不容易脫離宦官掌握後，他又再次被各路軍閥挾持，跟隨他的官員和隨從被一批批殺掉，防止皇帝倚仗他們生事。幾年後，昭宗終於被朱溫的部下殺死。

他死亡的經過有詳細記載。朱溫的士兵夜入皇宮，昭宗察覺不妙，從床上爬起來，衣衫不整地繞著柱子逃跑，被士兵追上殺死。一名昭儀試圖用身體保護皇帝，也被一起殺了。昭宗死後，朱溫扶植了一個小皇帝上台，唐王朝實際上已名存實亡了。

齊雲樓上的這一首〈菩薩蠻〉，是大唐王朝的安魂曲，也是最後的輓歌。

一說起〈菩薩蠻〉，我們就容易想到溫庭筠和韋莊。他們都寫過風流旖旎的〈菩薩蠻〉，一個「小山重疊金明滅，鬢雲欲度香腮雪」，一個「人人盡說江南好，遊人只合江南老」，幾乎給〈菩薩蠻〉這個詞牌定了調子，好像它就該是這麼柔美的。事實上，還有唐昭宗這樣悲傷、苦悶的〈菩薩蠻〉。

時光如果倒流二百七十多年，那是昭宗的先祖——李世民的時代。當時大唐王朝還剛剛肇建，李世民正帶兵出征，曾經吟了一首〈飲馬長城窟行〉：

塞外悲風切，交河冰已結。
瀚海百重波，陰山千里雪。
迥戍危烽火，層巒引高節。
悠悠卷旆旌，飲馬出長城……

真是此一時彼一時。〈飲馬長城窟行〉吟響的時候，李世民是去討伐敵將，意氣風發；而當〈菩薩蠻〉唱響的時候，是李曄受辱於叛將，倉皇辭廟；二百七十年前，帝國、太宗都是青春年少，朝氣蓬勃，寫的詩是那麼雄壯、豪邁；而二百七十年後，當李曄站在齊雲樓頭，唱起哀樂，又是多麼無奈和淒涼。

從〈飲馬長城窟行〉到〈菩薩蠻〉的歷史，正是大唐帝國走過的歷史，也是唐詩走過的歷史。

二

更讓人感慨的故事，發生在昭宗死了之後。

就在他被朱溫殺掉不久後的天祐二年，一群人迫不及待地跳了出來，發文章、打報告，猛踩唐昭宗，標題叫作〈強烈要求重新評價壞皇帝唐昭宗〉。帶頭的人叫作起居郎蘇楷。這些文章的大意是：

「昭宗的這個『昭』字，太抬舉他啦！他也配？我們廣大士民絕不答應，我們強烈要求，要尊重歷史，重新評價，給他的謚號降級降格！」

太常卿張弘範也跑出來踩昭宗幾腳，說：昭宗定的謚號是「聖穆景文孝皇帝」，這些字眼太正面了，太好了，嚴重不符合事實，我們都覺得不公平，情感受到了一萬點傷害。我看應該改成「恭靈莊閔皇帝」，他的廟號「昭宗」也應該改成廟號「襄宗」。

「聖穆景文孝皇帝」和「恭靈莊閔皇帝」，到底有什麼區別呢？簡單解釋一下，「恭靈莊閔」

這幾個字，第一個字「恭」算是美謚，是正面評價，所以蘇楷、張弘範把它放在最前頭當個幌子。但是「恭」也有「既過能改」的意思，也是隱隱地把評價打了折扣的。

第二個字「靈」是一個惡謚，是負面評價，「好祭鬼怪曰靈」，「不勤成名曰靈」，這是明顯的惡評。第三個字「莊」也是含義複雜，「死於原野曰莊」，「屢征殺伐曰莊」，在這裡不能說是美謚。最後一個「閔」則是平謚，「在國遭難曰閔」，無褒無貶[2]。

這是明顯的欺負人了。李曄都已經死了，謚號都已經定了，按照規矩本來沒有更改的道理。如果在正常的時節，給蘇楷一百個膽子，他也不敢挑這個頭。但是昭宗作為大唐末世之君，他生前死後都只能由人欺負，活著的時候，被軍閥欺負，死了之後名聲也被這一幫文人欺負，用踩昭宗來取媚新主。

蘇楷、張弘範這些人發了帖子，得意揚揚，偷眼看著新老闆朱溫：表揚我啊，怎麼還不表揚我呀。

如果要頒一個「見風使舵沒節操獎」的話，蘇楷這些人都是很有希望的。

不過，大唐末代的士人裡，也不全是蘇楷這樣的，也是有例外的。

在南方的吳越，當昭宗被殺死的消息傳來，吳王找來了一位參謀詢問：「朱溫看樣子是要取代李唐家，自己開新公司了，我們怎麼辦，跟著他嗎？」

這位參謀對吳王說了一句話：「奈何交臂事賊，為終古之羞乎！」意思是：我們怎麼能侍奉賊臣，留下千古的罵名呢？他激動地告訴吳王，我們應該起兵討伐朱溫，給昭宗報仇。

看著眼前這位悲憤的參謀，吳王覺得非常意外：

「羅老師呀，你這樣我就搞不懂了。朱溫殺皇帝，別人生氣倒也罷了，怎麼你也這麼氣憤呢？大唐朝廷可是什麼好處也沒給你啊！你過去不一直是批評朝廷的刺兒頭嗎？」

這位吳王都搞不懂的參謀羅老師，名字叫作羅隱。讓我們記住這個名字，不但因為他的才華，也因為他的個性和節操。

三

首先，羅隱有才。

他是唐朝最後的時光裡，最有才情的一個詩人。晚唐的詩人們大多境界逼仄，沒有什麼才氣，羅隱卻是個例外。此外，他不但有才，而且作品很富有流行氣質。如果放到今天，他會是特別有商業價值的詩人。

他的詩很容易流行，許多婦孺皆知的通俗句子都來自於他的筆下。比如「今朝有酒今朝醉」，人人都聽過，就來自他的〈自遣〉；「為誰辛苦為誰甜」，大家也都熟，就來自他的〈蜂〉。

又比如，唐朝那麼多詩人緬懷諸葛亮，相關的篇章數不勝數，可是最紅的句子之一卻是羅隱寫的：「時來天地皆同力，運去英雄不自由。」同樣地，唐朝詩人裡，寫給風塵女子的詩也很多，羅隱卻能一寫就紅，膾炙人口：「我未成名卿未嫁，可能俱是不如人。」

我們來看看他的詩有多美：

一年兩度錦城遊，前值東風後值秋。
芳草有情皆礙馬，好雲無處不遮樓。
山將別恨和心斷，水帶離聲入夢流。
今日因君試回首，淡煙喬木隔綿州。

非要說他有什麼缺憾的話，那就是顏值低了一點，和他的詩有點兒不相稱。羅同學真人長相很醜。有多醜呢？據他自己說，是長得像猴子，而且「未能慚面黑，只是恨頭方」，女粉絲看見他真人都要被嚇跑。

最後一句話還真不是我瞎編的，真有點根據。據說當時宰相鄭畋有個女兒，是羅隱的粉絲，幻想羅同學一定相貌英俊、風流倜儻，為他得了相思病。

鄭畋知道了女兒的心事。也不知道他是為了玉成好事，還是為了打破女兒的迷思，就把羅隱帶到了家裡。鄭小姐隔著簾子一看，我的天啊，羅老師原來這麼醜，美好的想像頓時幻滅了，從此粉轉路，再也不看羅隱的詩文。

羅隱有才，我們介紹了。他還有一個特點：有個性，有節操。

實如吳王所說，羅隱這個人，從來沒有得到昭宗和朝廷的什麼好處。比如考試，大家都知道杜甫考運不好，一共落榜過幾次呢？一般認為是兩次。和羅隱悲慘的考試人生一比，那就是小巫見大巫了，羅隱考了多少次沒上呢？十次！史稱「十舉不第」。

羅隱的大半生簡直是一部催人淚下的被虐史：三十六歲，他參加第七次考試，落第；四十一歲，第八次考試落第；四十二歲，第九次考試落第；四十五到六十五歲至少再考過一次，仍然不中[3]。直考得他「寒餓相接」，苦不堪言。

曾經有一次高考，昭宗親自過問，畢竟他一向是很重視選拔人才的。羅隱的卷子被他看中了，認為作文寫得不錯，又有思想，就想把它錄取為甲科。這可是很罕見的，有記載說：「進士有甲乙二科，自武德以來，明經唯有丁第，進士唯乙科而已。」什麼意思呢，就是說武德年之後，進士就不給甲科了。

類似的歷史記載還有不少。對於這些記載，學者們有很多解釋，但至少有一點是確定的，甲科是不輕易給人的。

結果，有官員一聽羅隱的名字，立刻出來提意見：陛下，不行啊！這個傢伙經常說朝廷的壞話，可不能錄取他[4]！

唐昭宗問：他說了什麼壞話呢？

官員從袖子裡摸出一首詩，正是羅隱的〈華清詩〉：

樓殿層層佳氣多，開元時節好笙歌。
也知道德勝堯舜，爭奈楊妃解笑何。

「您瞧瞧，這不是赤裸裸地諷刺麼？說咱們玄宗皇帝為了楊貴妃的一笑，把堯舜之道都拋之腦後了！這是胡說八道，是傳播負能量！您想想，他連英明偉大的玄宗皇帝都敢諷刺，何況是咱們呢？這種人怎麼能用！」

昭宗皇帝被說動了，放棄了羅隱。

可能是落榜太多受刺激了，羅隱在錯誤的詩歌寫作路線上越走越遠，動不動就諷刺詆毀朝廷。他寫了一本叫《讒書》的小品集，相當於今天的段子彙編之類，大肆譏諷時事時政。甚至連當朝皇帝本人，他也直接調侃諷刺起來。

那時唐昭宗身邊有一個藝人，很會馴養猴子，專門給昭宗逗樂。昭宗一高興，便和猴子鬧著玩，賜給了它緋色的官袍（一說是給養猴的藝人官袍，不是給猴子。後文的「孫供奉」也是指藝人）。在唐朝，這是五品以上官員才能穿的服色，等於是當了局長。這隻猴子還得了一個官名，叫「孫供奉」。

羅隱抓住這個事大肆炒作，專門寫了一首詩：

十二三年就試期，五湖煙月奈相違。
何如學取孫供奉，一笑君王便著緋。

這詩的意思是說，我刻苦讀書，十考不中，還不如學人家猴子呢，把皇上逗開了心，就立刻做五品官。這首詩一發表就刷了屏，流傳很廣，造成了巨大的負面影響，可以說嚴重影響了唐王朝和領導人昭宗的形象。

按照我們的想像，這樣一個平時專給昭宗抹黑、唱反調的人，和大唐王朝離心離德的人，在唐昭宗被弒之後，應該很開心吧，搞不好還要放鞭炮慶祝吧？

但誰想到，在蘇楷、張弘範等一群士人出來猛踩昭宗，以討好新主子朱溫的時候，偏偏是羅隱，沒有落井下石，沒有幸災樂禍，反而要攻打朱溫，大呼：「奈何交臂事賊，為終古之羞乎！」

這是發人深思的一幕——過去諷刺朝廷最狠的人，最後反而卻最忠貞、最赤誠；平時敢批評指摘昭宗的人，在昭宗被弒之後反而表現得最熱血、最仗義。相反地，那些平日裡和皇上保持高度一致的人，唯唯諾諾的人，到了關鍵時刻卻見風使舵、大肆投機。

當然，羅隱提出討伐朱溫的建議，吳王沒有採納。他沒有對抗朱溫的實力，也沒有那個必要，而是更樂意於安居一隅。但從此之後，他對羅隱更加敬重了，「心甚義之」。

羅隱手上沒有兵權，無法指揮部隊出征。他能做的只有寫詩，抒發不平之氣。

他曾寫了這樣的詩，叫：「屈指不堪言甲子，披風常記是庚申。」意思是說：每當想起甲子、庚申這兩個時間，都非常痛心。這都是昭宗受難的日子。

他還有兩句詠松樹的詩，叫作：「陵遷谷變須高節，莫向人間作大夫。」所謂「陵遷谷變」，就是指時局大變、山搖地動的時候。越是在這樣的時刻，越需要守住高潔的品性。如果那個世界確已經被污染了，松樹寧可自立孤山，也莫要見風使舵、同流合污。

所以吳王才搖頭感嘆：羅隱啊羅隱，我真是搞不懂你。

這不禁讓我想起李世民當年曾經留下過的兩句詩：「疾風知勁草，板蕩識誠臣。」在唐朝最後的歲月裡，當疾風最勁、板蕩最劇的時候，詩人羅隱向李世民的子孫們再一次驗證了這句話。我們經常把讚美等同於忠誠，把批評等同於敵對，這實在是一個天大的誤區，羅隱告訴我們：從來都沒有這個等式。

註釋

1 之所以說向西望去是渭南，因為當時渭南不屬於華州。武德元年（六一八年）改華山郡為華州，割雍州渭南縣來屬，武德五年（六二二年）渭南縣又復隸雍州，不再屬華州。

2 也有說是「湣」的。我懷疑應是「湣」不是「閔」。因為後者說「在國遭難」，有同情昭宗的意思，起不到討好朱溫的效果，可能還會有反作用。

3 以上考試經歷，按林啟興〈羅隱的「十舉不第」與晚唐科舉〉（《北京師範大學學報》，一九九四年）。

4 計有功《唐詩紀事》：「昭宗欲以甲科處之，有大臣奏曰：『隱雖有才，然多輕易。』」羅隱遂因為口過而落第。

流水今日，明月前身

一

天祐四年，也是唐王朝二百八十九年歷程裡的最後一年。帝國的運數即將終結了，唐詩的故事也翻到了最後一頁。

這一天，在山西中條山一處叫作王官谷的幽靜山谷裡，來了一夥大搖大擺的使者。

「哪個是司空圖啊？出來，快出來！」使者趾高氣昂。

「我就是……」一間小木屋裡，一個七十歲的白髮老人，頭戴著烏紗巾，穿著粗布衣服，正坐在那裡吃雞翅膀。

房間裡佈置很簡陋，使者還是微微吃了一驚：放眼望去，四壁全都是書。他們還從來沒有看過那麼多書。

使者拿出一個紅頭文件遞給老頭：「喏，司空老師，告訴你一個好消息，現在唐朝已經沒有了，改成大梁啦！新皇帝已經坐了龍庭了！皇上特別愛才，叫你去做禮部尚書，你收拾收拾，這就跟我們走吧。」

司空圖露出無比吃驚、又無比懊惱的表情：「什麼？讓我去做大官？還是禮部尚書？哎呀呀，真是太可惜了，我不幸得了絕症，五級肝炎八級胃脹氣十級肺癆，馬上就要死了，不能去做官了呀！」

使者大怒：「胡說八道，你得了絕症，怎麼還能在這裡吃烤雞翅膀呢？」

司空圖又唱又跳：「烤雞翅膀，我最愛吃……越是快昇天就越應該要拚命吃，如果現在不吃以後沒機會再吃……」

終於，使者悻悻地走了，一邊走一邊喃喃地罵：「臭老頭，給臉不要臉……」

等使者走遠，司空圖才重新又坐下，默默地放下了雞翅膀。轉頭一看窗外，紅日已經西沉。

他發出了一聲極低極低的嘆息。

這太陽，終於是落山啦。

很快，準確的消息傳來，唐朝果然滅亡了，被朱溫建立的大梁取代。不久之後，被廢的小皇帝也被殺害。

司空圖聽說之後，停止了進食。不久他便死去了[1]，時年七十二歲。

二

按理說，為唐朝絕食而死的人不該是司空圖。他不是這樣「軸」的人。王朝的更迭，不是尋常事麼？一個和李唐家絲毫不沾親帶故的人，偏偏自己那麼入戲，學古代傳說中的伯夷叔齊，效仿他們在殷商滅亡後「恥食周粟」，為了一次王朝的更迭餓死自己，固然是很忠貞、很剛烈，但也多多少少有一點認死理、鑽牛角尖、遇事想不開的執著性子吧？

可是，我要負責任地說，司空圖完全不是這種人。相反地，他是一個遇事很想得開的人，平時的口頭禪就是：「做人吶，最重要的就是開心[2]。」

如果你來到他隱居的王官谷，看見這位老人，一定會驚訝於他的平易近人、瀟灑曠達。他的打扮很簡樸，「布衣鳩杖」，每當村裡有什麼集體活動，比如求雨、祭祀、評選先進之類，他一定參加，和不識字的老農坐在一起，樂呵呵地吃飯喝酒聊天，活像是住在哈比人村落裡的甘道夫[3]。

對名、對利，他也都是能看得破的。他三十三歲就中了進士，先後做過光祿寺主簿、知制誥、中書舍人，後來還升到「大中大夫尚書兵部侍郎，賜紫金魚袋[4]」。但他並不貪權戀棧，在唐末的大亂世中選擇了安心隱居。有的地方實力派拉他去做官，還給了他絹千匹，他居然把這些絹堆到市集上，讓大家免費去取，玩了一把行為藝術。

他晚年的詩也寫得很豁達，很少張口閉口談什麼忠君愛國、禮義廉恥的大道理。七十歲的時候，他樂呵呵地說：「今朝人日逢人喜，不料偷生作老人。」覺得自己活了那麼大，賺到了。他還說：「甘心七十且酣歌，自算平生幸已多。」為自己的壽數心滿意足。

一個心態多麼好，多麼自得其樂的老人啊。

那麼，他遇事容易激動嗎？常在詩裡抒發憤懣之情嗎？並不。相反地，他說：「詩中有慮猶須戒，莫向詩中著不平」——有什麼不爽、生氣的事，不要弄到詩裡面來。

就算偶爾在詩裡說起一些傷感的話題，他也會提醒自己：別找不開心，還是聊點兒讓人高興的事吧。

莫話傷心事，投春滿鬢霜。
殷勤共尊酒，今歲只殘陽。

這不活活是一個王績嗎？人家王績可是並沒有一點為隋朝絕食而死的意思啊。

此外，司空圖不但是一個豁達的人，而且還是個聰明的人，很諳熟官場手腕和變通之道，懂得自保，完全不是個只會死戰死諫的一根筋。

那個一手埋葬了唐朝的朱溫就曾經兩次讓他去做官。就在唐朝滅亡前兩年，司空圖就被他半請半抓地弄到了洛陽，逼著他出仕。

司空圖不願出仕，又不能得罪朱溫，怎麼辦呢？他的表現非常精彩，在朝堂上演了一場無厘頭的喜劇，所謂「墮笏失儀」，笏板都抓不住掉在地上，還磨牙摳腳，打嗝放屁，各種失禮，全力表現得自己又老又蠢，完全不中用[5]。朱溫的部下看他實在寒磣，不耐煩了，打發他回了老家[6]。

這種表演，一是為了不當賊臣，保全名節，二來大概也是為了自保。

要知道，唐末的朝官是很不好當的，十有八九難以善終。我們看一下下表的唐末宰相們的結局表就知道了：

韋昭度	被殺	**盧光啟**	被殺	**孔緯**	得以保全
張濬	被殺	**陸扆**	被殺	**劉崇望**	得以保全
崔昭緯	被殺	**朱樸**	被殺	**張文蔚**	得以保全
崔胤	被殺	**崔遠**	被殺	**楊涉**	得以保全
李磎	被殺	**裴贄**	被殺	**孫偓**	被貶
王摶	被殺	**王溥**	被殺	**徐彥若**	被貶
張浚	被殺	**裴樞**	被殺	**韋貽範**	被貶
蘇檢	被殺	**崔遠**	被殺	**鄭延昌**	以病罷
杜讓能	被殺	**柳璨**	被殺	**陸希聲**	被罷
王摶	被殺	**獨孤損**	被殺	**鄭綮**	託病致仕

*表中崔遠被殺兩次，應為誤。

「唐昭宗與唐哀帝時宰相結局列表」

出自：楊春蓉〈論唐朝末期的宰相群體〉（《西南民族大學學報》）

對這種高危險的職業，司空圖能用一場表演擺脫，簡直應該拿奧斯卡獎啊。

於是問題就來了：像這樣一個見過無數世面、頭腦清楚，又曠達瀟灑的隱士，怎麼會主動想不開求死呢？

三

放眼晚唐詩壇，比他更有可能壯烈、為唐朝殉身的人還有不少。比如羅隱，在唐昭宗死後，曾經積極勸諫吳王發兵報仇。又比如韋莊，唐亡時他在蜀國做事，曾經專門作書反對朱溫。還比如韓偓，是寫豔情詩的大家，他的一些詩尺度大得今天人看了都要臉紅。但作為唐末大臣，韓卻是少有的敢當面忤逆朱溫的人。後來朱溫召他做官，他堅決不幹，一路逃到江西、福建。

這幾個詩人，都是唐末比較有氣節的。可是他們都不曾自盡，並沒有綁著自己和唐朝這艘破船一起沉沒。偏偏是一向最豁達的司空圖死了，沒有邁過心裡的那道坎。我很好奇：在決定離開這人世之前，他到底是怎麼想的呢？

由於沒有任何遺言和遺書，我們已經無法準確知道他的心境，只能猜想。

也許，在隱居的歲月裡，他心中大概曾無數次地告訴自己：算了吧，王朝的興亡關我什麼事呢，好好當隱士吧。做人呢，最重要的是開心。

一遍又一遍地，他寫著閒適的詩句，「將取一壺閒日月，長歌深入武陵溪」，「不用名山訪真訣，退休便是養生方」，似乎是一種表態，更似乎是一種自我暗示，讓自己更加堅定地置身世外。

為了讓自己真的成為一個成色十足的逍遙子，他還興致勃勃地修起了藏書閣，取名叫作「麒麟閣」，藏書多達七千餘卷。他還用心裝修了自己的房子，「泉石林亭，頗稱幽棲之趣」，決心安享晚年。

他又給自己取了個外號，叫作「耐辱居士」，並且給自己訂下了人生格言：

> 眾人皆察察，而我獨昏昏。
> 取訓於老氏，大辯欲訥言。

「老氏」就是老子。吟誦完這首詩，司空圖摸著雪白的鬍子，終於感到滿足了——我真的可以做一個萬事不關心的隱士啦。我有書，有詩，有酒，有房子，我真的很開心。

然而，當大唐王朝真的覆滅的那一天到來，當小皇帝哀宗也被朱溫殺掉的消息傳來，司空圖的精神世界轟然崩塌了。

悲痛，還是悲痛。之前信誓旦旦的那些詩「將取一壺閒日月」、「甘心七十且酣歌」，他根本做不到。

詩人活了七十多歲，大概直到最後一刻才弄懂了自己——原來，我根本就不是一個隱士；我從來就沒有說服過自己；我學不了釋家，也學不了老莊；我其實不是一個想得開的人。

這大概是他絕食之前的真實心態。

前文曾經說過，司空圖不是一個冥頑、愚忠的人，也絕不是不知變通的人。他是懂得韜晦的，是懂得明哲保身的。他晚年儒釋道三家皆通，並不是只推崇儒家、立志要做忠臣烈士。

一個人，如果他只被灌輸了一種思想，只知道一種人生選擇，只被教授了一個價值取向，然後他為此犧牲，相對是容易的。更難的是，他明明知道生命之舟有許多航道，未必都不光明，未必都可鄙視，他明明知道人可以靈活一點，做忠臣也有很多方式，未必要搭上老命。你看韓偓選擇了避禍到南方去，不也完全可以說得過去嗎？不也可以自況是「羲皇白接羅[7]」嗎？

可是司空圖仍然選擇了用結束生命，表示和朱溫的不合作。

這就是人最可寶貴的——了解之後的拒絕，淵博之後的專注，選擇之後的堅持。

別忘了，司空圖是一個美學家。他的死，與其說是道義上的選擇，我更寧願相信他是美學上的選擇。因為朱溫等人支配的那個世界太惡、太殘暴、太不美了，作為一個對「美」有潔癖的人，他受不了，他無法與之同存於世。

我曾經想過很多遍，要用哪一位詩人的故事來結束唐詩的故事。才氣四射的羅隱？風流的韓偓？精緻深情的韋莊？甚至是詭譎脫俗的段成式、更有八卦可聊的花蕊夫人？

但最後還是決定用司空圖來結尾。唐詩是美的高峰，當它將近三百年的歷程走完時，能得而有這樣一位詩人、美學家作為收束，也算是一種圓滿。

司空圖留下來了兩百多首詩。我想找出一首來形容他本人，卻發現很少有貼切的。在那些詩裡，他往往把自己描寫成一個陶淵明式的隱士，然而我們知道，那不能完全體現他最真實的一面。

幸運的是，司空圖有一部詩歌理論著作，叫作《二十四詩品》[8]，其中談論了詩的二十四種風格。在形容其中的一品時，他寫下了一段美麗的文字，我覺得恰恰可以用來形容他自己：

猶礦出金，如鉛出銀。
超心鍊冶，絕愛緇磷。

空潭瀉春，古鏡照神。
體素儲潔，乘月返真。
載瞻星辰，載歌幽人。
流水今日，明月前身。

註釋

1 絕食是《新唐書》的說法。《舊唐書》裡說司空圖是鬱鬱而終，並沒有提他絕食。
2 司空圖有很多這樣的詩：「甘心七十且酣歌，自算平生幸已多。不似香山白居士，晚將心事著禪魔。」、「詩中有慮猶須戒，莫向詩中著不平。」
3 《舊唐書．司空圖傳》：「圖布衣鳩杖，出則以女家人鸞台自隨。歲時村雩祠禱，鼓舞會集，圖必造之，與野老同席，曾無傲色。」
4 根據王步高、蘇倩倩〈司空圖晚年行跡考〉。
5 《舊唐書．司空圖傳》：「圖……至洛陽，謁見之日，墮笏失儀，旨趣極野。」
6 司空圖是被朱溫的宰相柳璨放回的。《舊唐書．司空圖傳》：「璨知不可屈，詔曰：『司空圖……可放還山。』」有一種說法就認為，柳璨是在暗中幫助司空圖。
7 韓偓避禍到南方，被人攻擊他不夠忠貞。他就寫了一首詩，裡面有兩句叫「不羞莽卓黃金印，卻笑羲皇白接䍦」。
8 也有說法稱《二十四詩品》是偽作。

唐詩，就是一場太陽和月亮的戰爭

一

講完了司空圖，唐詩的故事，也就到了尾聲。

我們已經不知不覺，走過了接近三百年的歷程，該是回望一下的時候了。

唐詩，究竟是一個什麼樣的故事呢？

讓我們把光陰倒轉，重新回到初唐的公元六六九年，那一年的深秋。唐詩的江湖版圖上，在偏僻的巴蜀這一角，忽然異常地亮了一下。

在那裡，有一個十九歲的年輕人，寫出了一首超美的送別詩。

他就是王勃。這天夜晚，他和一名朋友道別。在煙水迷蒙的江邊，他望著友人的背影，仰看空中的冷月，不禁感慨萬千。剎那間，滔滔基情化為四句，奔湧而出：

亂煙籠碧砌，飛月向南端。

寂寞離亭掩，江山此夜寒。

我覺得，這是唐朝開國半個世紀以來，誕生的最美的送別詩。在後世，任憑是多麼毒舌的批評家，從黃叔燦到王國維，都對這一句「江山此夜寒」擊節讚嘆。

王勃是很狂傲的。或許他想過：我這一首〈江亭夜月送別〉，大概要稱霸江湖，再難有什麼送別詩可以媲美了吧？

數十年後，另一個詩人站了出來。他是我們的老熟人高適。他也送別了一個朋友。和王勃不同，他不是在月下，而是在白天；他不是悵惘的、小資的，而是心情更開闊，更慷慨激昂。一首傳唱更廣的送別詩誕生了，那就是〈別董大〉：

千里黃雲白日曛，北風吹雁雪紛紛。
莫愁前路無知己，天下誰人不識君。

這一役，「白日」似乎壓過「飛月」了。

然而事情遠沒有結束，又一個詩人出手了，他叫作李白。眾所周知，李白是月亮的朋友。他要用才華為月亮「帶鹽」（編註：「代言」的諧音）：

楊花落盡子規啼，聞道龍標過五溪。

我寄愁心與明月，隨風直到夜郎西。

高適，你的「黃雲白日曛」是很豪邁，但是有我的「愁心寄明月」飄逸嗎？

李白可是詩歌江湖上巨人般的存在，他這一出手，是不是可以宣佈此戰結束了？

不是的。這可是唐朝，再小的角色。都有挑戰宗師的可能。果然，一個小詩人弱弱地舉起了手：

「讓我來試試！」

他叫作嚴維。在唐代群星璀璨的詩人裡，他是一個不很起眼的存在，但他卻有一個長項，正是送別詩。眼下，他要為太陽寫詩，所交出的作品就是著名的〈丹陽送韋參軍〉：

丹陽郭裡送行舟，一別心知兩地秋。
日晚江南望江北，寒鴉飛盡水悠悠。

無數人讀到它，都不禁讚嘆：感情多麼深摯，餘韻多麼悠長，雙關又是多麼巧妙。

因為這首詩，後世很多學者紛紛對嚴維路轉粉。明朝著名的才子高說：「『日晚』二句，多少相思！」

光陰飛逝，李白離去了，高適離去了，江湖上高手已經更迭幾代。還有沒有人能寫出更美的送別詩，為月亮扳回一局呢？有的。

一位風姿綽約的女子站了出來，嫵媚一笑：我來吧。我要代表月亮消滅你們。

她叫作薛濤。這是一個傳奇女性，雖然是營妓出身，但要論才華和成就，在唐代所有女詩人中都是第一。上官婉兒、魚玄機，都不是她的對手。

薛濤的這一首送別詩，就是〈送友人〉：

水國蒹葭夜有霜，月寒山色共蒼蒼。

誰言千里自今夕，離夢杳如關塞長。

我們已經無法確定，薛美女送的這個「友人」究竟是誰了。是風流瀟灑的元稹，還是白居易、王建？又或者是位高權重的西南之王韋皋、武元衡？

不管他是誰，能夠得到薛濤的「離夢」，他應該滿足了。

二

太陽和月亮之戰，還在唐詩的各個戰場上演。

李白給自己訂了一個小目標——先拿到唐詩七言絕句的第一名：

朝辭白帝彩雲間，千里江陵一日還。

兩岸猿聲啼不住，輕舟已過萬重山。

他是不按套路出牌的。我說過，他是月亮的朋友，但這一次卻奇兵突出，為白日代言，眼看真要拿七絕第一了。

但另一位絕句大師王昌齡卻不答應。有我王龍標在，誰敢輕言說七絕第一呢？他縱馬揚鞭，吟出了關於月亮的傑作：

秦時明月漢時關，萬里長征人未還。
但使龍城飛將在，不教胡馬度陰山。

後世很多學者評論說，這一首才是唐代七言絕句的壓卷之作，該當第一。

那麼，哪一首又是最美的邊塞詩呢？高適寫出了壯美的〈燕歌行〉，那是關於太陽的：

戰士軍前半死生，美人帳下猶歌舞。
大漠窮秋塞草腓，孤城落日鬥兵稀。

不想，隔壁老王又出手了。作為邊塞詩狂人，王昌齡拒絕向「孤城落日」妥協，又一次交出了關於月亮的名篇：

琵琶起舞換新聲，總是關山舊別情。

撩亂邊愁聽不盡，高高秋月照長城。

一時間，罕有人敢挑戰王昌齡的邊塞詩。文壇之上，老王傲視群雄，四下無人敢當。然而，到了中唐，一位少年俠客卻斜刺裡殺出。他叫作李賀。仗著一身鬼才，他寫出了名篇〈雁門太守行〉，重新點燃了太陽的光輝：

黑雲壓城城欲摧，甲光向日金鱗開。
角聲滿天秋色裡，塞上燕脂凝夜紫……

這首詩，一度震動了大唐的詩壇。據說當時的文壇領袖韓愈讀完，本來是寬衣解帶的北京癱姿勢，一下驚訝得跳起來，褲子都掉在腳脖子上。

但即便是李賀，也無法終結邊塞詩的日月之戰。

這一天夜裡，在遙遠的靈州邊關，有一位詩人，孤獨地登上了一座城池。他滿臉風霜之色，看來在邊關已經漂泊很久了。靠在城垛上望去，遍地都是白沙，像是無邊積雪。冷冷的月光灑下來，如同滿天飛霜。

一陣清幽的笛聲隨風而至，在城上飄蕩。詩人觸景生情，寫下了一首詩：

回樂峰前沙似雪，受降城外月如霜。
不知何處吹蘆管，一夜征人盡望鄉。

這位詩人叫作李益。他的這一首詩，就是千古名作〈夜上受降城聞笛〉。

這首詩被譜成曲子，天下傳唱。明代的文壇領袖王世貞讀了之後，當場給跪了，說：有這樣的詩，何必王龍標、李供奉？

「王龍標」就是王昌齡，「李供奉」就是李白。在唐朝，只有難以逾越的傑作，從來沒有不可挑戰的詩人。

三

一場又一場日與月的戰鬥，仍然在不斷爆發，讓人眼花繚亂。

比如哪一首是最好的五言律詩？一位叫王灣的高手先聲奪人，拋出了關於太陽的金句：

海日生殘夜，江春入舊年。

同時代的大師張九齡，則以一首關於月亮的神作捍衛了自己的江湖地位：

海上生明月，天涯共此時。

接著，王維出手了，歌詠的是太陽：

大漠孤煙直，長河落日圓。

大師杜甫淡淡一笑，又寫出了〈旅夜書懷〉：

星垂平野闊，月湧大江流。

他們從五律殺到五絕，從初唐殺到晚唐。有「藍田日暖」，就有「月落烏啼」；有「落日照大旗」，就有「月下飛天鏡」；有「白日放歌須縱酒」，就有「夜吟應覺月光寒」；有「東邊日出西邊雨」，就有「露似真珠月似弓」。

終於，廝殺進行到了最激烈的階段。一頂萬眾矚目的金冠被捧了出來：誰，是唐詩的第一名？

它一直被不少人認為是屬於太陽的，正是崔顥的〈黃鶴樓〉：「日暮鄉關何處是，煙波江上使人愁。」

相傳李白看到了這一首詩，都覺得服氣，說自己沒法再寫黃鶴樓了。這首詩也經常被列為唐詩第一——連李白都為它低頭，誰還敢質疑呢？

然而這一年，後世有一個大學者叫作李攀龍的，在做一本詩集。

他隨手翻讀著一卷又一卷材料，忽然，在一些前人編的詩歌選本裡，他發現了一首詩。

這首詩，很冷門，向來不太被人重視。只因為它是一首樂府詩，這才幸運地被一些樂府詩的集子保留了，傳了下來，否則說不定都已經失傳了。

李攀龍激動得一拍桌子：「這樣牛的一首詩，居然沒有人注意它？」

他讀了又讀，鄭重地把它選了出來：我要推這首詩！

有了大才子的力推，從此一傳十、十傳百，人們開始爭相傳誦著它，這首詩的江湖地位也青雲直上，從當初的默默無聞，變得蜚聲天下：

春江潮水連海平，海上明月共潮生。

它就是被埋沒了數百年的〈春江花月夜〉。

它華麗又空靈，深沉又壯美。學者稱它為「孤篇橫絕」，這一句評語後來被通俗地演繹成了另一句話：孤篇壓全唐。

看來，日月之爭徹底勝負已分了？

不是的。「孤篇橫絕」，是一座耀眼的金盃。但是金盃銀盃，不如老百姓的口碑。

五萬篇唐詩中，究竟哪一首，才是全世界華人的共同記憶，不論生長環境、教育程度、宗教信仰，都無人不知、無人不曉的千古一詩？

讓我們的目光來到盛唐。我們的老朋友王之渙，正昂然立在鸛雀樓頭，高高舉起了權杖：

白日依山盡，黃河入海流。

欲窮千里目，更上一層樓。

我們之前介紹過這首詩。這二十個字，之洗練，之壯闊，之雄視千古，彷彿不是出自人的手，而是出自神的剪裁。它是唐詩裡的最強音，是盛唐氣象最完美的代言。

如果沒有下一首詩，「白日依山盡」要奪魁的。我們每個小孩子背的第一首詩，都會是它。然而，在這最最關鍵的一戰裡，李白出手了。他是帶著一身月色而來的：

床前明月光，疑是地上霜。
舉頭望明月，低頭思故鄉。

論境界、論匠心、論巧奪天工，「白日依山盡」都不輸給「床前明月光」。它是輸給了人心——前者是宏偉的豪言，後者卻是心靈上柔軟的一擊。日間的浩蕩氣象，再寫到極處，也終究沒有月下的相思打動人。

這兩首詩，其實也正是中國人矛盾的兩面。在白天，裹挾在大時代的征塵裡，為了生存和理想奔走，勉勵自己「欲窮千里目，更上一層樓」；在夜晚，則又每每想起了鄉土、故人，「舉頭望明月，低頭思故鄉」，潸然淚下。

太陽和月亮，對於中國人來說，早已不只是遙遠的天體，它們早已鐫上了李白、杜甫、張九齡、薛濤們的悲憂喜樂，並時時提醒著我們，在千百年前的某一日、某一夜，那些才華橫溢又敏感多情的先人們看著它們的時候，是怎樣的心情。

文學森林 LF0088

翻牆讀唐詩

作者

六神磊磊

本名王曉磊，原為時政記者，現專心經營微信公眾號「六神磊磊讀金庸」。

自稱骨灰級金庸迷，懷抱對金庸的愛，先於二〇一三年十二月開設公眾號「六神磊磊讀金庸」，借武俠人物評點時事、社會現象，成為最有影響的自媒體之一。受金庸裡的詩句啟發進而走進唐詩世界，單篇唐詩題材文章在個人微信公眾號上往往迅速閱讀傳播數百萬次，成為當前新媒體上的一大景觀。二〇一六年榮獲中國年度新銳榜「年度新媒體」（個人獎）。二〇一七年獲選為中國亞馬遜年度新銳作家。

封面插畫　阿梗
美術設計　朱陳毅
責任編輯　陳柏昌
行銷企劃　劉容娟、詹修蘋
副總編輯　梁心愉
初版一刷　二〇一八年一月二日
定　　價　新台幣四二〇元

ThinKingDom 新經典文化
發行人　葉美瑤
出版　新經典圖文傳播有限公司
地址　臺北市中正區重慶南路一段五七號十一樓之四
電話　02-2331-1830　傳真　02-2331-1831
讀者服務信箱　thinkingdomtw@gmail.com
FB粉絲團　新經典文化 ThingKingDom

總經銷　高寶書版集團
地址　臺北市內湖區洲子街八八號三樓
電話　02-2799-2788　傳真　02-2799-0909
海外總經銷　時報文化出版企業股份有限公司
地址　桃園縣龜山鄉萬壽路二段三五一號
電話　02-2306-6842　傳真　02-2304-9301

版權所有，不得轉載、複製、翻印，違者必究
裝訂錯誤或破損的書，請寄回新經典文化更換

翻牆讀唐詩 / 六神磊磊著. -- 初版. -- 臺北市：
新經典圖文傳播, 2018.01
412面；14.8X21公分. --（文學森林；LF0088）
ISBN 978-986-5824-94-5（平裝）

855　　106024191

本書授權自《六神磊磊讀唐詩》簡體中文版
由北京十月文藝出版社出版

Printed in Taiwan

ALL RIGHTS RESERVED.